KB078574

멱운 장편 소설
FUSION FANTASTIC STORY

# 전공 삼국지 14
멱운 장편 소설

초판 1쇄 찍은 날 § 2016년 6월 9일
초판 1쇄 펴낸 날 § 2016년 6월 16일

지은이 § 멱운
펴낸이 § 서경석

편집책임 § 이지연

펴낸곳 § 도서출판 청어람
등록번호 § 제387-1999-000006호
등록일자 § 1999. 5. 31
어람번호 § 제1-2453호

주소 § 경기도 부천시 원미구 부일로 483번길 40 서경B/D 3F (우) 14640
전화 § 032-656-4452  팩스 § 032-656-4453
http://www.chungeoram.com
E-mail § chungeorambook@daum.net

ⓒ 멱운, 2015

ISBN 979-11-04-90838-5 04810
ISBN 979-11-04-90353-3 (세트)

**14**

멱운 장편 소설

**FUSION FANTASTIC STORY**

진공

삼국지

도서출판 청어람

# 目次

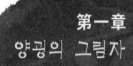

第一章

양공의 그림자

　장간이 섭현에 사신으로 간 이튿날, 도응은 조운에게 관도에 남아 양도를 지키라고 명한 후 스스로 8만 대군을 이끌고 원릉을 통해 곧장 허도로 진격했다. 서주군이 지난 원릉, 개봉(開封), 신정(新鄭), 위씨 등 성지에서는 누구 하나 감히 이들을 막아서는 자가 없었다.

　한편 도응은 출발과 동시에 기주의 원상으로부터 편지를 받았다. 원상은 도응에게 빨리 북쪽 전선의 역량을 강화해 복양과 여양에 도사리고 있는 고간, 왕마 대오를 함께 소탕하고, 자신이 기주와 유주, 병주를 통일하는 데 힘을 보태 달라고 요구했다.

　물론 도응이 이에 순순히 응할 리 없었다. 그는 허도 전투 때문에 몸을 빼칠 여유가 없다는 구실로 원상의 요구를 단호히 거절해 버렸다. 그런 다음, 이호에 주둔 중인 진도에게 몰래 밀령을 내렸다. 곧 있으면 병주로 철수할 고간과 왕마 대오를 전력을 다해 쫓지 말고 쫓는 시늉만 하며, 동시에 그 틈에 복양 요지를 접수해 절대 원상이 연주에 발을 들여놓지 못하게 하라고 했다.

이밖에 임성과 태산에 각각 주둔한 손관과 후성에게도 즉각 동아와 무염, 견성 등 연주 북부 요지로 쳐들어가라고 명했다. 이로써 원씨 세력을 연주에서 완전히 몰아내고 부채꼴 모양으로 기주를 포위해 이후 북방 병탄을 위한 견실한 기초로 다져놓도록 했다.

이상의 안배를 모두 마친 도응은 재차 허도성 공격에 나섰다. 나흘 만에 허도성 아래에 도착한 서주군은 전과 마찬가지로 유수 가에 대영을 차렸다. 한편 고립무원에 빠진 허도의 원담군은 스스로 서주군의 적수가 되지 못함을 알고 성을 꽁꽁 걸어 잠근 채 방어에 집중했다.

그런데 서주군이 쳐들어온다는 소식을 듣고 허도성 내부에서는 심각한 의견 대립이 벌어졌다. 원담에게 충성하는 신평은 성을 굳게 지키며 원군을 기다리자고 주장한 반면, 잠벽을 위시로 한 일부 문무 관원은 즉시 성을 버리고 달아나 군대를 보존하자고 주장했다. 양측이 서로의 의견을 고집하며 시간을 지체하는 사이, 서주군은 허도성 아래에 이르렀던 것이다.

허도성은 지키긴 쉬워도 공격하긴 어려운 성이다. 하지만 원군이 올 가능성이 전혀 없는 상황에서 허도성을 공파하기란 단지 시간이 얼마나 걸릴지, 그리고 대가를 얼마나 치를지의 문제일 뿐이었다. 물론 도웅과 서주의 고위층은 견고한 허도성을 무력으로 공격해 쓸데없는 희생을 늘릴 생각이 없었다. 이에 이들은 영채를 건설하고 공성 무기를 준비하는 것 외에 최대한 대가를 줄일 방법을 찾으려고 노력했다.

그런데 서주군이 허도에 도착한 날 저녁, 도웅을 찾아온 방문자들이 있었다. 지난번 도웅이 허도성에 들어와 베푼 인정(仁政)을 잊지 못하고 허도 주변의 호족들이 선물을 들고 서주 군중을 찾아왔다. 이들은 원소 부자의 권력 독점과 가렴주구를 눈물로 호소하고 서주군의 허도 입성을 적극적으로 지지하는 한편, 서주군에게 필요한 물자와 정보를 모두 제공하겠다고 약속했다. 몇몇 토호는 아예 가병(家兵)을 조직해 서주군에 편입시켜 달라고 요청했다.

도웅은 이들을 반갑게 맞이하고 일일이 만나 따뜻한 말로 위무했지만 그의 관심사는 최소한의 희생으로 허도성을 손에 넣는 것 외에 장간이 사신으로 간 섭현의 결과와 유비가 과연 허도성 안으로 도망쳤는지 여부였다.

서주군이 허도에 도착하기 전날 밤, 유비는 장비, 제갈량과 함께 구사일생으로 살아남아 허도성 안으로 들어갔다. 하루 동안 휴식을 취한 이들은 서주군이 허도로 쳐들어오자 곧바로 신평과 잠벽에게 달려가 군사를 이끌고 잠시 형주로 피신해 도웅의 예봉을 피할 의사가 있는지 떠보았다. 그러나 잠벽은 성을 버리고 달아나자면서도 그 목적지가 형주가 아니라 하내로 먼저 갔다가 다시 병주로 향해 원담과 회합하자고 주장했다. 신평은 더욱 완강하게 나와 성을 버리는 데 결연히 반대했다. 게다가 섭현에 주둔한 형주 원군은 언제 허도에 이르느냐며 유비를 다그쳤다.

괜한 얘기를 꺼냈다가 본전도 못 찾은 유비는 울고 싶은 심정이었다. 유표가 교활하고 담이 작아 절대 도웅과 전면전을 벌일 의사가 없는데, 자신이 나선다고 말을 들을 리 있겠는가?

"신 복야(僕射), 형주 원군은 올 가망이 없으니 절대 희망을 품지 마십시오."

이때 곁에 있던 제갈량이 담담하게 대답한 후 단도직입적으로 말했다.

"기후께서 일부 군사라도 이끌고 허도로 철수했다면 형주 원군이 어쩌면 이리로 이르렀을지도 모릅니다. 하지만 지금 기후의 군대가 거의 몰살되고, 기후 본인도 병주로 달아난 마당에 형주의 유 사군이 과연 원군을 보낼까요? 이미 고립무원이 된 허도에 대량의 군대와 전량을 소모하리라고 생각하십니까?"

신평은 눈만 깜빡이며 멍한 표정을 짓고 있다가 갑자기 유비와 제갈량에게 버럭 화를 내며 소리쳤다.

"유표가 우리에게 원군을 보낼 가망이 없는데, 그대들은 여기 뭣 하러 온 것이오?"

제갈량은 전혀 두려운 빛 없이 정색하고 대답했다.

"한 가지 분명히 짚고 넘어갈 문제가 있습니다. 우리 주공은 유 사군의 객장이지 결코 그의 부하가 아닙니다. 우리 주공은 의를 좇아 창생을 재난에서 구하기 위해 귀군을 구원하러 왔습니다. 따라서 유표가 실력을 보존하려고 군사를 출동시키지 않은 건 그의 결정일 뿐, 우리 주공과는 전혀 무관합니다. 신 복야, 꾸짖으려거든 신의를 저버린 유표를 꾸짖어야지 우리 주공에게 화를 내는 건 대상을 잘못 골랐다고 생각됩니다."

신평은 말문이 막혀 아무 말도 하지 못했다. 잠시 후 그는 유비에게 공수하고 사과했다.

"내 감정에 치우쳐 말이 너무 지나쳤소. 의를 좇아 우리를 구원한 일에 대해 마음으로 감사하고 있소. 방금 전 폭언은 잊어주시오."

유비는 아무렇지 않다는 듯 너털웃음으로 이를 받아넘긴 뒤 길게 한숨을 내쉬었다.

"휴, 이 비에게 군사가 없는 것이 한스러울 따름이구려. 그렇지 않았다면 수중의 모든 군사를 이끌고 귀군을 구원해 선두에서서 도응 도적놈과 대적했을 텐데. 그저 부끄러운 마음뿐이오."

신평은 유비를 곁눈질로 힐끔 쳐다보더니 대꾸도 없이 혼잣말로 중얼거렸다.

"형주 원군이 이를 가망도 없고, 주공도 병주로 패주했으니 이제 허도를 어찌 지킨담?"

제갈량은 무표정한 얼굴로 이에 즉각 대답했다.

"지금 복야에게는 두 가지 선택이 있습니다. 하나는 성을 버리고 천자와 옛 기후를 보호해 하내로 가는 것이오, 또 하나는 성을 버리고 먼저 형주로 남하해 잠시 몸을 의탁했다가 기후와의 회합을 도모하는 것입니다."

신평은 놀란 표정을 지으며 제갈량에게 반문했다.

"만약 성을 버린다면 곧장 하내로 갈 수 있는데 무엇 하러 형주로 간단 말이오?"

"포위를 돌파할 가능성이 크지 않기에 드리는 말씀입니다. 하내 형양까지는 족히 3백 리가 넘고 길이 아주 평탄한 데다 원군의 접응까지 없어서 기병이 많은 서주군에게 따라잡힐 공산이 큽니다. 중간에 적에게 길이 막혀 버리면 오도 가도 못 하는 신세가 돼 군대가 전멸할 수도 있습니다."

신평은 살짝 고개를 끄덕이며 제갈량의 말에 수긍했고, 줄곧 북쪽으로 도망치자던 잠벽도 인상을 찌푸리며 얼굴에 두려운 빛을 가득 드러냈다.

이들의 안색을 살피던 제갈량은 재빨리 설명을 덧붙였다.

"하지만 남쪽으로 가게 되면 이와 다릅니다. 허도에서 섭현까지는 겨우 2백 리 길에다 도중에 손수, 영수, 여수, 유수, 네 개의 큰 강이 적군의 추격을 막아줍니다. 손수를 건넌 후에는 지형이 복잡한 지대가 나타나 기병이 활동하기에 매우 불리합니다. 또한 서주군이 설사 섭현까지 추격해 온다 해도 유반은 형주를 지킬 의무가 있기에 귀군을 도울 수밖에 없습니다."

잠벽은 제갈량의 설명에 크게 고개를 끄덕이고 말했다.

"맞는 말이오. 실제로 손수를 건너기만 하면 탈출은 보장돼 있소. 손수를 건넌 뒤 다리를 불사르고 배를 침몰시킨다면 도응에게 날개가 있지 않는 한 절대 아군의 길을 막을 수 없소."

신평은 아무 대꾸 없이 생각에 잠겼다가 주저하는 목소리로 말했다.

"하지만 아군이 형주 경내로 들어가면 유표의 지시를 들어야 하고, 천자와 옛 주공까지 유표의 수중에 떨어지게 되지 않소?"

제갈량은 태연하게 대답했다.

"기껏해야 천자만 유 사군 수중에 들어가겠지요. 몸을 움직이지 못해 침상에 누워 있는 옛 기후를 구금했다간 천고의 오명을 뒤집어쓸 텐데 형주에 남겨놓을 리 있겠습니까?"

신평은 또다시 고개를 살짝 까닥이더니 혼잣말로 중얼거렸다.

"형주로 갔다가 만일 유표가 우리 군대를 형주군에 편입시키기라도 하면……"

그러고 나서 한참 동안 말없이 생각에 잠겨 있던 신평이 겨우 입을 열었다.

"이 일은 쉽사리 결정할 문제가 아니오. 내 사람들과 심도 있게 논의한 후 대답을 드리리다."

제갈량은 공손하게 두 손을 모으고 대답했다.

"저는 그저 맹우의 직분을 다하기 위해 계책을 말씀드린 것뿐입니다. 결정은 당연히 신 복야가 하셔야지요. 그럼 저희는 이만 물러가 답변을 기다리겠습니다."

제갈량은 유비에게 눈짓을 보내고 그만 역관으로 돌아가 쉬겠다며 작별을 고하고 물러나왔다. 돌아오는 길에 유비는 제갈량에게 걱정된 투로 말했다.

"신평이 허도 사수를 포기하게 만드는 게 가장 중요한데, 내 보기에 마음의 동요가 있었다 하나 여전히 허도를 굳게 지킬 환상을 품고 있는 듯하오. 뭔가 묘책이 좀 없겠소?"

제갈량이 미소를 띠며 대답했다.

"염려 마십시오. 우리가 손을 쓰지 않아도 신평이 허도를 포기하도록 재촉할 자가 저절로 나타날 겁니다."

"그게 누구요?"

유비의 다그침에 제갈량은 동북 방향을 가리키며 대답했다.

"허도성 밖 유수 가의 도응입니다. 도응은 잔꾀로 이익을 취하는 데 능해 허도성처럼 견고한 성에 강공을 퍼붓는 어리석은 짓을 할 자가 아닙니다. 따라서 도응은 분명 신평이 성을 버리고 달아나게 할 방법을 강구하고 있지, 절대 신평을 궁지에 몰아 성을 사수하도록 핍박할 리 없습니다."

그제야 유비는 얼굴이 활짝 펴져 중얼거렸다.

"세상에 이런 일이. 도응 놈이 아군을 도와줄 때도 있단 말인가?"


한편 그날 밤, 의대조에 이름이 올랐지만 의대조가 조조 손에 들어가지 않은 덕에 목숨을 건졌던 월기교위(越騎校尉) 종집(種輯)은 심복에게 몰래 허도성 성벽에 올라가 성 밖으로 편지를 매단 화살을 쏘라고 명했다. 그 편지에는 거사 날짜와 그날 서주군이 기습을 가하면 안에서 내응이 되겠다는 내용이 적혀 있었다.

하지만 불행히도 편지를 성 밖으로 전하기 전에 순라를 돌던 신평의 대오에게 붙잡히고 말았다. 신평은 이를 듣고 대로해 당장 종집과 그 일가를 모두 잡아들여 역모죄로 처형했다. 그러면서도 한편으로는 불안한 마음이 들어 허도성 안의 한실 백관에 대한 감시를 강화했다. 이로 인해 성안의 인심이 더욱 흉흉해져 성을 지키는 원담군의 사기가 떨어지고 신평 본인도 근심 걱정에 시달렸다.

이와 동시에 유비와 제갈량이 바라던 또 한 가지 기쁜 일이 일어났다. 서주군은 주력 대영이 막고 있는 북문과 함께 동문, 남문에만 군사를 배치하고, 일부러 서문 쪽은 허도 수비군이 도망갈 수 있도록 길을 열어두었다.

유비와 제갈량은 이 소식을 듣고 맘속으로 모든 일은 이미 정해졌다며 신평과 잠벽이 포위를 돌파할 결심을 내릴 때까지 가만히 기다리기로 결정했다. 본래 성지를 사수하려던 신평은 악재가 연달아 터지는 바람에 얼굴에 수심이 가득하고 의지가 점점 흔들리기 시작했다.

*　　　　*　　　　*

서주군이 관도를 대파하고 허도성 아래까지 쳐들어갔다는 소식은 세작의 입을 통해 서평 일대에서 길이 막힌 조조의 귀에까지 들어갔다. 유반을 설득할 방법이 없어 고뇌하던 조조는 이 소식을 듣자마자 얼굴이 사색이 되었다.

"허도성이 무너지기 전에 유반이 막고 있는 길을 돌파하지 못한다면 우린 끝장이다!"

그러자 전위가 쩌렁쩌렁한 목소리로 외쳤다.

"주공, 무력으로 돌파하면 그만 아닙니까! 말장이 당장 3천 군사를 이끌고 선봉에 서서 유반 필부 놈의 목을 베 아군의 퇴로를 열겠습니다!"

조조는 잠자코 말이 없었다. 무력으로 돌파가 가능했다면 진즉 뚫고 나가지 않았겠는가. 섭현은 영천, 형주, 여남, 사례로 통하는 교통의 요지라 예로부터 병가의 필쟁지지였다. 전에도 이 요해를 차지하기 위해 조조가 유표와 잇달아 세 차례나 전쟁을 벌인 일이 있었다.

하지만 지금 조조 수중에는 겨우 9천 병마뿐인 데다 보호해야 할 가솔이 수천에, 사례까지 가는 데 필요한 전량과 양초까지 지켜야 했다. 상황이 이렇다 보니 험준한 지세에 의지해 지키는 유반의 대오를 뚫기 어려울뿐더러 자칫 부주의하다간 돌이킬 수 없는 결과를 초래할 수도 있었다. 이런 이유로 조조는 함부로 모험을 걸지 못했던 것이다.

조조가 침묵하자 순욱이 무거운 목소리로 입을 열었다.

"지금으로서는 유반에게 계속 고개를 숙일 수밖에 없는 형편입니다. 유반이 매번 선물을 그대로 돌려보내고 길을 비켜주지 않고 있지만 항상 아군 사자를 예로써 대하고 있습니다. 이로써 보건대, 그는 탐심이 끝이 없어 우리에게 더 많은 길세를 뜯어내려는 의도가 분명합니다. 따라서 유반이 원하는 것을 모두 내어준다면 틀림없이 길을 열어줄 것입니다."

조조는 괴로운 표정을 지으며 신음했다.

"지금 내 무얼 아까워하겠소? 하지만 금이고, 은이고, 보석이고, 미녀고 보내는 족족 돌려보내는데 낸들 어쩌란 말이오?"

"주공께서 밑천을 아까워하지 않으신다면 제가 유반에게 가서 길을 열도록 설득해 보겠습니다."

모사들 틈에서 깜짝 발언을 한 이는 바로 서서였다. 서서는 사람들의 시선에도 아랑곳하지 않고 차분하게 말을 이었다.

"저에게 아무 손실 없이 유반이 길을 열게 할 방법이 있습니다."

하지만 조조는 의심스러운 표정으로 조심스럽게 물었다.

"원직에게 방법이 있다고? 어떤 묘책인지 먼저 들어나 봅시다."

서서가 공수하고 대답했다.

"제가 아군 사자에게 물어보니 유반 군중에 이름은 방통(龐統)이요, 자는 사원(士元)이라는 참군이 있더군요. 사실 저는 이 자를 잘 알고 있습니다. 전에 양양을 유람할 때 방덕공(龐德公)의 소개로 그의 조카인 방통을 만나 여러 번 학문을 논했었는데, 어린 나이에도 불구하고 학식이 과인(過人)하고 모략이 심원해 깜짝 놀랐습니다. 유반처럼 탐욕스러운 자가 아군의 후한 뇌물에도 냉정을 유지하며 길목을 막고 있는 건 필시 방통의 욕금고종(欲擒故縱 : 큰 이득을 위해 작은 것은 과감히 내어줌) 계략을 따랐기 때문입니다. 따라서 그에게 먼저 손을 쓴다면 유반도 자연히 길을 열게 돼 있습니다."

이 말에 조조는 절로 얼굴이 환하게 밝아졌다. 하지만 이내 낯빛을 바꾸고 다짐을 받아내듯 다그쳐 물었다.

"그런데 정말로 가망성이 있는 얘기요?"

전에 저지른 잇단 실패로 인해 조조의 말투에는 믿지 못하겠다는 기운이 가득했다. 그러나 서서는 이에 개의치 않고 당당하게 말했다.

"물론입니다. 이번에 가서 반드시 사례로 가는 길을 열고 오겠습니다."

서서의 자신만만한 태도에도 사실 조조는 걱정이 앞섰다. 하지만 사례와 관중으로 서둘러 돌아가야 했기에 조조는 서서에게 다시 한 번 기회를 주기로 결정하고, 유반과 방통을 만나 길을 열도록 설득하라고 명했다. 여기에 모개를 함께 딸려 보내 확답을 받아내라는 의지를 알리는 것도 잊지 않았다.

서서와 모개는 풍성한 선물을 가지고 즉각 길을 나서 그날 오후 섭현에 순조롭게 도착했다. 하지만 서서는 곧바로 형주군 주장 유반을 찾아가지 않고, 형주 관원에게 자신을 참군 방통에게 안내해 달라고 부탁했다. 형주 관원은 이 얘기를 듣고 기이하게 여기면서도 난처한 표정을 지으며 대답했다.

"선생, 다른 사람을 만나는 건 별문제가 없지만 방 참군을 만나기는… 아마 힘들 것 같습니다."

서서가 의아해하며 그 이유를 묻자 형주 관원이 솔직하게 대꾸했다.

"방 참군은 도위 대인을 따라 출정한 이래, 날마다 취향(醉鄉)에 빠져 공무를 나 몰라라 하고 있습지요. 공무는 아예 아랫것들에게 던져놓고 유 도위 외에는 누구도 만나지 않습니다. 그러니 선생처럼 외부에서 온 사신을 만나줄 리 있겠습니까?"

모개는 이 대답을 듣고 깜짝 놀랐다. 세상에 어디 이런 참군이 있단 말인가? 그런데 서서는 외려 소리 높여 크게 웃고 말했다.

"봉추(鳳雛)는 과연 봉추로다. 패기가 하나도 안 변했어. 오히려 이를 용인하는 유반이 더 대단한 걸."

그러더니 형주 관원에게 미소를 지으며 말했다.

"상관없으니 귀관은 가서 이 말만 전해주시오. 영천의 서원직이 왔으니 방사원은 당장 나와 맞이하라고요. 일각이라도 지체한다면 다음번에 수경장(水鏡莊)에서 날 만날 생각일랑 하지 말고, 또 지난번 내기 바둑에서 내가 빚진 술 한 독을 떼어먹겠다고 하시오."

"당장 선생을 보러 나오라고요?"

그 형주 관원은 말도 안 된다며 펄쩍 뛰었다. 하지만 서서의 태도가 너무 진지해 반신반의하면서도 하는 수 없이 서서와 모개를 성중 관아 곁에 딸린 측실로 안내하고, 방통에게 서서의 말을 그대로 전했다.

그런데 곧이어 더욱 놀랄 만한 일이 벌어졌다. 대낮부터 거나하게 취해 목까지 시뻘게진 방통이 이 얘기를 듣자마자 신발도 신지 않고 밖으로 뛰어나가는 것 아닌가. 그는 문 밖까지 헐레벌떡 달려 나가 서서의 소매를 꼭 붙들고 크게 소리쳤다.

"아이고, 서원직, 내게 빚진 술을 떼먹을 심산이오? 어쨌든 오늘은 그대가 날 찾아왔으니 내 맘껏 대접하리다. 자, 얼른 안으로, 안으로."

서서는 찡긋 웃음을 짓고 거드름을 피우며 말했다.

"빚진 술은 당연히 갚아야지. 하지만 지금은 아니네. 먼저 그대가 사신으로 온 내 일을 도와준 연후 갚도록 하겠네. 만일 임무를 완수하지 못하면 녹미(祿米)를 받기는커녕 목이 달아날지도 모르는데 어떻게 술을 살 수 있겠나?"

"허허, 생떼는 여전하구려. 하지만 오늘은 내 얼른 그대를 도와 일을 처리한 뒤 밤새 취하도록 마셔 봅시다!"

이야기를 하는 와중에도 방통의 얼굴에서는 웃음이 가실 줄 몰랐고, 마치 친형제를 만난 듯 서서를 반갑게 맞이했다.

모개는 서서와 방통의 사이가 매우 친밀하고 교분이 두터운 것을 보고 다소 안도의 빛을 띠었다. 그러고 나서 방통의 용모를 자세히 살펴보니 나이는 대략 스물을 갓 넘겼고, 짙은 눈썹에 들창코요, 시커먼 얼굴에 수염이 듬성듬성 나 생김새가 심히 추했다. 모개는 자기도 모르게 이처럼 새파랗게 어린 자가 어떻게 참군의 중임을 맡고, 또 명성이 높은 서서의 존중을 받는지 기이한 생각이 들었다. 이어 서서가 방통에게 모개를 소개했을 때, 방통이 거리낌 없이 내던진 한마디에 모개는 얼굴색이 확 변해 버렸다.

"조조가 원직을 그다지 신뢰하지 않는가 보구려. 유반에게 연락하는 이런 사소한 일에 사냥개까지 딸려 보내다니 말이오."

모개의 얼굴이 붉으락푸르락해지며 따지려 들자 서서가 재빨리 끼어들었다.

"그건 오해일세. 효선 선생은 나와 함께 온 사신이지 절대 감시자가 아니네."

그럼에도 방통은 홍, 하고 콧방귀를 뀌고는 모개를 무시해 버렸다. 그는 서서를 끌고 술독이 여기저기 널린 자신의 집무실로 데리고 가 상좌에 앉힌 후 직접 술을 따라주었다. 서서는 웃으면서 술잔을 받고 술내가 진동하는 집무실을 휘 둘러보고 말했다.

"매일 미주(美酒)에 빠져 산다는 전언이 과연 거짓이 아니었구먼. 방에 가득 널린 술독을 보아하니 섭현에 도착하고부터 이러고 지냈을 듯한데?"

방통은 거만한 투로 대꾸했다.

"그깟 만여 병마를 다루는 군무야 마음 쓸 필요도 없는데, 날마다 술 마시는 즐거움이라도 없으면 어찌 견디겠소?"

"하하, 사원의 재주야 내 잘 알지. 암, 알고말고. 그런데 군말 없이 이를 묵인하고 사원을 절대적으로 신임하는 유반이 더 대단하이. 말해보게. 어떻게 유반을 구워삶았는지."

"구워삶은 것까진 아니고 작은 도움을 주었을 뿐이외다. 유반이 군사를 이끌고 출발할 때, 유표는 천천히 행군하다가 박망에 이르러 정세를 관망하라고 명했소. 그런데 이때 채모가 유기의 외원을 단절하기 위해 무슨 일이 있어도 서주군을 도발하라고 몰래 명했고, 또 유기는 강력한 원군을 보전하려고 절대 서주군과 충돌하지 말라는 밀령을 내렸지요. 이에 유반이 이러지도 저러지도 못하고 난처해하고 있을 때, 내 그를 위해 한 가지 방법을 알려주었소."

방통은 목이 탔는지 술잔을 단숨에 비우고 말을 이었다.

"당장 유표를 찾아가 유현덕에게는 먼저 북상해 원담을 구원하라는 명을 내리고, 자신은 요해지인 섭현을 지키며 사태를 조용히 지켜보다가 진퇴를 결정하겠노라고 말이오. 유표가 이 얘기를 듣고 유반을 크게 칭찬하며 그의 말대로 따르자 채모와 유기는 닭 쫓던 개 지붕 쳐다보는 격이 되었지요. 이후로 내가 무슨 짓을 저질러도 유반이 다 눈감아주게 되겠소."

서서는 빙그레 웃으며 말을 받았다.

"현덕공이 홀로 허도로 북상해 원담을 구하러 간 건 다 사원이 뒤에서 조종한 결과였구먼. 하지만 섭현을 지키자는 생각은 더욱 절묘한 한 수가 되었네. 상황에 따라 일을 처리할 수 있음은 물론 본의 아니게 우리의 요로를 틀어막아 내 주공이 부득불 유반에게 고개를 숙이게 만들었으니, 이야말로 진정한 수확이 아닌가."

"그건 의외의 소득이 아니라 다 계산에 넣어둔 바였소. 조맹덕이 필시 이 틈을 타 사례로 도망쳐 재기를 도모하리라는 사실을 내 일찌감치 짐작하고 있었소. 그래서 유반에게 조맹덕의 북상 요로인 섭현을 틀어막으라고 건의한 것이오. 그렇지 않았다면 원래 계획대로 박망에 주둔하며 대강대강 원담을 돕는 척했겠지요."

순간 모개의 낯빛이 돌변했고, 서서도 난감한 표정을 지으며 조심스럽게 물었다.

"사원, 설마 우리 주공을 적으로 삼겠다는 말인가?"

방통은 잠시 뜸을 들이다가 고개를 가로젓고 대답했다.

"그건 아니오. 내 솔직히 말하리다. 난 사태를 관망하다가 조맹덕을 놓아줄지 말지 결정할 참이었소. 공명이 만약 도웅을 막아낸다면 조맹덕의 퇴로를 차단해 형주의 적을 하나 줄일 생각이었소. 어쨌든 지금 난 유경승 휘하에서 녹을 먹고 있으니 그를 돕는 게 당연하지 않소?"

서서는 고개를 끄덕이고 다시 물었다.

"그럼 지금 어떤 결단을 내릴지 선택한 것인가?"

"사실 도웅이 보낸 사신 장간이 이미 섭현에 도착해 유반과 교섭을 벌이고 있는 중이오. 내 이 소식만 듣고 장간을 만나러 가보지 않았지만 필시 도웅은 관도를 공파하고 조맹덕의 퇴로를 막아달라고 부탁하러 왔을 것이오."

이 말에 서서와 모개는 대경실색해 입에서 헉 소리가 절로 터져 나왔다. 서서는 신음 소리를 내뱉고 잠시 생각에 잠긴 뒤 방통에게 물었다.

"유반의 손을 빌려 우리의 길을 막으려 한다고? 음, 허황된 생각 같지만 도웅이 돈을 아까워하지 않는다면 성공 가능성이 없는 것도 아니지. 어떤가, 사원? 도웅의 뜻대로 되지 않게 날 좀 도와줄 수 있겠나?"

방통은 엷게 미소를 짓고 대답했다.

"원직이 그리 말하니 내 어찌 거절할 수 있겠소? 그런데 한 가지만 물어봅시다. 이번에 내가 도움을 주면 이후로는 조맹덕 휘하에서 벗어날 기회가 없을 텐데요."

서서는 입술을 꾹 다물고 있다가 한참 뒤에야 입을 열었다.

"주공이 이 서를 박하게 대하지 않았네. 지난번 창읍 전투의 참패로 목이 잘릴 상황에서도 하후연의 구명에 서의 잘못을 불문에 붙였으이. 내 이런 후의를 입고도 보답하지 않는다면 세상 사람의 조롱을 면치 못할 걸세."

서서는 잠시 뜸을 들인 뒤 계속 말을 이었다.

"게다가 일이 이 지경까지 이른 상황에서 사례와 관중으로 가 재기하려는 주공을 힘써 돕지 않는다면 한의 만리 강산이 결국 도응 도적놈의 손에 떨어지고, 백성들이 그에게 고통을 당할 것 아닌가? 내 죽어도 이를 빤히 눈뜨고 지켜볼 수는 없네."

"한의 강산이 조조 손에 들어간다면 백성들이 고통을 당하지 않는답디까?"

방통이 쓴웃음을 지으며 반문하자 서서는 그만 말문이 막혀 아무 대꾸도 하지 못했다. 모개는 당장에라도 방통의 말을 반박하고 싶었지만 괜히 방통의 심기를 건드려 일을 그르칠까 염려해 막 떨어지려는 입을 닫아버렸다.

다행히 방통이 몸을 일으키며 말했다.

"좋소이다. 다른 사람도 아니고 원직의 부탁이니 내 힘닿는 데까지 돕겠소. 함께 유반을 찾아가 길을 열도록 권해 드리리다."

이 말에 모개는 크게 기뻐 방통에게 연신 공수하며 고맙다고 말했다. 서서도 천천히 일어나 방통에게 허리를 깊이 숙이고 사의를 표했다.


방통이 서서와 모개를 데리고 유반의 후당을 찾아갔을 때, 유반과 장간의 대화는 거의 끝나가고 있었다. 유반 앞에는 도응이 보낸 풍성한 선물이 놓여 있었고, 그 의도 또한 매우 명확했다. 길을 빌려 남하해 유표를 만나 양군이 접경한 후의 우호에 관한 일을 논의하는 한편, 유반에게는 전력으로 조조군의 길을 막고, 만일 조조군을 여남 경내에 가둬두는 데 성공한다면 곧이어 서주군이 전장에 이르러 후히 사례하겠다는 얘기였다.

이밖에도 장간은 서주군과 우호 관계를 맺고 이레 정도만 버텨준다면 서주군이 그때에 섭현 전장에 이르러 대신 조조군의 돌파를 막아 유반 군대의 손실을 최대한 줄여주겠다고 약속했다. 이와 동시에 서주군이 곧장 섭현에 도착하지 못하는 이유는 병력이 부족해서가 아니라 군대가 이르렀다가 괜한 분란이 일어나 양군의 우호에 해를 끼칠까 염려하기 때문이라고 설명한 후, 유반의 허락을 얻기 전에는 절대 서주군이 함부로 진격하지 않겠다고 약속했다.

이때 유반 뒤에서는 수염과 머리카락이 모두 하얀 노장 하나가 말없이 서서 유반을 수행하고 있었다. 유반은 군침을 흘리며 도응이 보내온 귀한 선물을 감상하는 한편 장간의 거듭된 권고를 열심히 듣는 척했다. 하지만 마음속으로는 어떻게 이 장간을 내보내고 방통에게 계책을 구할까 고민하고 있던 터라, 장간이 침이 마르고 목이 쉬어라 설득하는데도 유반은 쉬이 서주군의 요청을 받아들이지 않았다. 이 와중에 방통이 사람들을 이끌고 후당으로 들어오자 유반은 반갑게 방통을 맞이하며 말했다.

"사원 선생, 마침 잘 오셨소. 선생의 예측대로 서주의 도응이 정말 사신을 보냈구려."

"통도 이미 들었습니다."

방통은 웃으면서 대답한 후 장간에게 고개를 돌려 대놓고 말했다.

"쓸데없이 힘 낭비하지 마시고 돌아가 도응에게 차도살인은 어림도 없다고 전하시오. 그런 얄팍한 계략에 속을 우리가 아니외다."

이 말에 장간과 유반은 멍한 표정을 지었다. 장간은 다 된 밥에 재를 뿌리는 자의 출현에 정신을 바짝 차리고 유반에게 물었다.

"유 장군, 저분은 누구……."

"내가 누군지 무에 중요하단 말이오?"

방통은 유반이 입을 열 틈도 없이 대꾸하고 다시 장간에게 말했다.

"그대가 여기 온 이유는 물론 도응의 목적까지 내 똑똑히 알고 있소. 조조는 우리 형주의 적이어서 그의 북상 길을 힘써 막아야겠지만 설사 막지 않는다고 해서 누가 우리를 탓할 수 있겠소? 당연히 우리 주공도 이에 대해 전혀 따지지 않을 것이오."

순간 장간은 낯빛을 바꾸고 재빨리 유반에게 공수하고 말했다.

"유 장군, 이 선생은 누구길래 대뜸 후당 안으로 들어와서 우리 양군의 화해 담판을 방해하는 것입니까? 장군의 치병(治兵)은 전부터 매우 엄격하다고 들었는데, 이처럼 거칠고 무례한 행동을 어찌 좌시하는 것인지요?"

"그게……."

유반도 방통의 태도가 조금은 무례하다고 생각돼 입을 열려다가 사람들 앞에서 그를 질책할 수는 없었기에 이내 말을 얼버무렸다.

그러자 방통이 재빨리 말했다.

"장군의 의중은 잘 알고 있습니다. 하지만 한 가지만 묻겠습니다. 만약 장군이 멋대로 도응과 화해한 후 큰 희생을 감수하면

서까지 조조를 여남 경내에 가두고, 심지어 서주군이 아군 방어 구역으로 들어와 조조군의 북상을 막도록 허락한다면 이후 주공은 물론 채모, 황조 장군의 질책을 어찌 감당하시렵니까?"

"그건……."

방통의 다그침에 유반은 덜컥 겁이 나 서주군과 결탁한 후의 결과를 곰곰이 따져보기 시작했다. 지금 형주 군중에서 유기만이 서주군과 우호 관계를 맺자고 주장할 뿐, 유표는 서주군을 극히 경계하고 있고, 채모와 황조 등 실권자들은 아예 서주군을 증오하고 있지 않은가. 이런 때에 자신이 서주군을 도우면 작은 이익은 얻을 수 있겠지만 추후 유표와 채모, 황조 등이 추궁해 온다면 빠져나갈 길이 쉽사리 보이지 않았다.

유반이 주저하는 틈을 놓치지 않고 방통이 곧장 유반에게 다가가 귀엣말로 속삭였다.

"게다가 도응이 제시한 값이 아무리 높아도 궁지에 몰린 조조보다 높을 리 있겠습니까? 제가 데려온 서서와 모개는 조조 휘하의 중신입니다. 그들이 이미 저에게 원하는 조건은 모두 들어주겠다고 약속했으니, 장군은 조조를 놓아주는 조건으로 조조 수중의 재물 절반을 길세로 내놓으라고 요구하십시오."

탐욕스럽기 이를 데 없는 유반은 이루 말할 수 없이 기뻐 속으로 흐뭇한 미소를 지었다. 그는 고개를 끄덕인 뒤 장간에게 거드름을 피우며 말했다.

"자익 선생, 내 뜻은 이미 결정됐소. 우리 양군이 현재 교전 중은 아니라고 하나 주공께서 원담을 구원하라고 날 파견한 이상 귀군과는 적대 관계라고 봐도 무방하오. 따라서 조조군을 막아달라는 귀군의 요구를 수용할 수 없으니 선생은 당장 선물을 거두어 돌아가시오."

이 말에 장간은 그대로 몸이 얼어붙어 얼굴색이 점점 어두워졌다. 유반은 이에 개의치 않고 계속 말을 이었다.

"양국이 전쟁 중이라도 사신을 베지 않는 법이니 선생을 난처하게 만들지는 않겠소이다. 참, 선생은 우리 주공을 뵙는다고 하지 않았소? 일단 섭현 성중에 머물고 있다가 내 주공께 보고를 올린 후 허락을 받아낸다면 즉시 사람을 시켜 양양으로 안내하리다. 여봐라, 자익 선생을 역관으로 안내하고 후히 대접해라."

문 밖에 있던 호위병들이 일제히 예, 하고 대답하고 성큼성큼 장간 앞으로 걸어갔다. 하지만 장간은 그 자리에 곧추서서 얼굴 근육만 끊임없이 실룩거렸다. 호위병들이 재차 밖으로 나가자고 재촉하자, 장간은 그제야 고개를 설레설레 저으며 매우 안타깝다는 어조로 탄식했다.

"아, 중명 선생의 말대로구나. 정말 중명 선생의 말대로 되었어. 실패를 모르던 서주의 외교 교섭이 마침내 내 손에서 깨지고 마는구나!"

장간의 뚱딴지같은 말에 방통은 호기심이 들어 물었다.

"그게 무슨 뜻이오? 그리고 중명 선생은 또 누구요?"

서서가 대신 대답했다.

"서주 장사로 있는 양굉이란 자로 자가 중명이네. 사람됨이 탐욕스럽고 여색을 좋아하며 아부에 아주 능하다네. 현재 서주의 대외 사무를 책임지고 있는데, 서주 군중에서도 손에 꼽는 소인 배에다 무능한 쥐새끼지!"

"허허, 중명 선생이 무능한 쥐새끼라고요?"

장간은 실소를 터뜨린 뒤 곧장 엄숙한 어조로 서서의 말을 되받아쳤다.

"중명 선생이 무능한 쥐새끼라면 조조 군중에 있는 중신들은 어떤 무리랍니까? 전에 조조군 중신 만총은 중명 선생과 같은 때에 양양에 사신으로 갔는데, 왜 그대들의 만총 선생은 함거에 갇혀 허도로 압송되고, 중명 선생은 온전히 서주로 돌아왔는지요?"

"그야 운이 좋았을 뿐이지."

서서의 대답에 장간은 피식 웃고 다시 말을 이었다.

"한 번은 요행이라지만 두 번째요? 전에 조조가 관도에서 대승을 거둔 후 수만 대군을 이끌고 제양으로 쳐들어가 국의 장군에게 투항을 권유한 일이 있었소. 그때 중명 선생은 겨우 수종 두 명만 데리고 똑같이 국의 장군에게 투항을 권하러 갔는데, 결국 누가 국의 장군의 3만 대군을 데리고 갔지요? 중명 선생이 무능한 쥐새끼라면 그대들의 주공은 과연 뭐란 말이오?"

장간의 거침없는 구변에 서서는 그만 꿀 먹은 벙어리가 되었다. 이때 장간이 괴로운 표정으로 한숨을 내쉬었다.

"사실 이번에 내가 사신으로 올 때 중명 선생은 이번 임무를 절대 성공할 수 없다고 말했었소. 처음에는 콧방귀를 뀌었는데 이제 그 말을 믿을 수밖에 없게 되었구려. 중명 선생의 신기묘산과 선견지명은 과연 따를 자가 없구나!"

방통은 이제 막 출사해 양굉이란 이름을 들어본 적이 없었다. 이에 더욱 호기심이 발동해 장간에게 다급히 물었다.

"그 양 장사라는 분은 이번 사신 임무가 실패할지 어떻게 확신했답니까?"

장간이 태연한 얼굴로 대꾸했다.

"아주 간단합니다. 우리가 제시한 값이 아무리 높아도 절대 조조에 미칠 수 없기 때문이라고 말했지요. 조조가 전에 허도에서 쫓겨날 때 진귀한 보물을 몽땅 챙겨갔는데, 막다른 골목에 몰린 지금, 길을 열기 위해서라면 유반 장군에게 이를 모두 내주어도 아까워하지 않을 테니 당연히 이번 임무는 성공할 수 없다고 했습니다."

유반과 방통은 서로 얼굴을 바라보며 양굉의 귀신같은 예언에 놀라움을 감추지 못했다. 이어 방통이 고개를 갸웃거리며 다시 물었다.

"실패할 줄 빤히 알면서도 굳이 여기 온 이유가 뭐요?"

이때 갑자기 장간이 버럭 화를 내며 미친 듯이 소리쳤다.

"실패하는 건 오로지 나일 뿐이오! 내 비록 주공의 체면을 구겼지만 우리 서주군은 절대 지지 않소! 내 감히 단언하리다. 중명 선생이 만일 이 자리에 있었다면 조조가 유 장군에게 아무리 많은 금은보화를 내준다 해도 대세마저 뒤바꾸는 탁월한 능력으로 반드시 실패를 성공으로 돌려놓았을 것이오! 이번에 고작 보잘것없는 나 하나 이겼다고 우쭐댈 생각일랑 하지 마시오!"

장간의 울부짖음이야 임무에 실패한 사신의 넋두리쯤으로 치

부해 버릴 수 있었지만 양굉이 현장에 있었다면 필시 상황을 반전시켰으리라는 말에 방통은 흥미가 생기기 시작했다.

'양중명이란 자가 그리 대단하단 말인가?'

방통의 반응과 달리 서서와 모개는 냉소를 짓고 있었고, 유반도 따분하다는 표정을 지으며 말했다.

"자익 선생, 객쩍은 소리 끝났으면 얼른 역관으로 돌아가 쉬시오. 뭐, 역관으로 가기 싫다면 그냥 돌아가도 좋소. 섭현을 떠날 때까지 우리 군사가 호송해 주리다."

유반의 무사들이 다시 장간에게 나갈 것을 종용하자, 분노한 장간은 몸을 홱 돌리고 소매를 떨치며 말했다.

"감사합니다, 유 장군. 임무에 실패한 간이 무슨 면목으로 섭현에 머물겠습니까. 그럼 이만 가보겠습니다. 돌아가 주공께 죄를 청하고, 그 김에 장군의 가산이 몰수당하고 참형에 처해져 장사 지낼 땅도 없어졌다는 소식을 기다리지요."

말을 마친 장간은 성큼성큼 밖으로 걸음을 옮겼다. 그런데 유반이 이 말에 발연대로해 몸을 벌떡 일으키고 고래고래 소리쳤다.

"네 이놈, 당장 멈춰라! 금방 뭐라고 했느냐? 다시 한 번 말해 보아라!"

유반의 호통이 떨어지자마자 무사들은 즉각 장간을 무릎 꿇리고 칼을 뽑아 장간의 목을 겨누었다. 하지만 장간은 조금도 두려운 빛 없이 유반을 똑바로 노려보며 큰 소리로 외쳤다.

"다시 말씀드리지요. 내 장군의 가산이 몰수당하고 죽어도 장사 지낼 땅이 없는 결말을 기다리겠다고 했습니다!"

서서와 모개가 속으로 몰래 회심의 미소를 짓는 가운데, 유반은 얼굴이 철색으로 굳어 아예 장간 앞으로 뛰어가 그의 멱살을 잡고 이를 갈며 말했다.

"당장 네 목이 땅에 떨어질 테니까 그럴 기회는 없을 것이다. 사신 주제에 감히 본 장군을 욕보이다니. 사신을 베지 않는다는 도의를 저버렸다고 날 탓하지는 마라."

장간은 전혀 굴하지 않고 오히려 당당하게 외쳤다.

"목이 잘려도 상관없소. 내 구천에 가서 장군의 말로를 지켜보면 되오. 물론 중명 선생은 이를 모두 예상하고 있었소. 장군이 분명 조조에게 매수되리라고. 하지만 장군이 조조의 요구에 응하는 순간 죽음을 피할 수 없다고도 했소! 유 사군이 장군을 그냥 놔둘 리 없고, 채모나 황조는 물론 유기 공자까지 장군을 놓아줄 리 없으며, 우리 주공 도 사군은 더더욱 장군을 놓아주지 않을 것이오! 조조의 뇌물을 받아먹긴 쉬워도 뱉어내긴 어려우니 세상에 장군이 용신할 땅은 어디에도 없을 것이오!"

"네놈이 죽고 싶어 환장했구나!"

유반은 더 이상 참지 못하고 무사의 허리춤에서 칼을 뽑아 들어 장간의 목을 향해 힘껏 내려쳤다. 그런데 칼이 포물선을 그리며 날아가는 중에 팔 하나가 갑자기 나타나 유반의 손목을 움켜쥐었다. 장중의 사람들이 놀라 바라보니 그는 뜻밖에도 유반 뒤에서 시종 한마디도 하지 않고 서 있던 백발 노장이었다. 유반은 버럭 화를 내며 소리쳤다.

"한승, 이게 대체 뭐 하는 짓이오? 빨리 손을 놓으시오!"

"소장군, 잠시 화를 푸십시오. 자익 선생의 말이 일리가 있는 듯하니 끝까지 한번 들어보시길 청합니다."

그 형주 노장은 공손하게 대답한 뒤 장간에게 고개를 돌려 물었다.

"방금 전 세상 어디에도 소장군이 용신할 땅이 없다는 게 대체 무슨 뜻이오?"

장간은 고개를 뻣뻣이 들고 대꾸했다.

"내 말이 아니라 중명 선생의 견해이외다. 중명 선생은 내 이번 임무를 반드시 실패하겠지만 조조에게 매수된 유반 장군도 결코 좋은 결말을 맺지 못할 것이라 말했소. 왜냐하면 유 장군이 뇌물을 받고 조조를 사례로 놓아주어 조조가 재기에 성공하는 날에는 가장 먼저 형주가 위협을 받기 때문이라고 했소. 그때에 이르면 유 사군은 조조를 멋대로 놓아준 유반 장군을 증오해 필시 죄를 묻게 될 것이오."

장간은 자리에서 천천히 일어나 계속 말을 이었다.

"또한 채모, 장윤, 황조 같은 형주 권신들도 눈에 불을 켜고 유 장군이 조조에게서 얻은 진귀한 보물을 차지하러 달려들 것입니다. 그때가 되어 보물 일부를 나눠준다 해도 저들은 절대 만족하지 못하고 고혈을 짜내듯 끊임없이 장군에게 보물을 내놓으라고 요구하겠지요. 이때 저들 중 누구 하나가 수틀려 버린다면 장군은 재물을 보존하기는커녕 자신과 가솔의 목숨을 걱정해야 할 판이 됩니다. 이는 모두 중명 선생의 견해입니다."

순간 유반은 낯빛이 하얗게 질렸다. 장간의 이 말은 협박이 아

니라 사실임을 똑똑히 알았기 때문이다. 채모나 장윤, 황조라면
이런 짓을 저지르고도 남을 인간이었으니까.

장간은 유반의 얼굴을 살핀 뒤, 목소리를 더욱 높였다.

"중명 선생이 말하길, 유 장군의 위기는 여기가 끝이 아니라고
했습니다. 유기 공자는 조조를 놓아준 일에 크게 분개해 채모 등
이 장군을 괴롭히는 틈을 타 필시 저들의 손을 빌려 장군에게
분을 풀려 들 것입니다. 그리고 가장 비참한 결과는 뒤에 기다리
고 있습니다. 장군이 그렇게 한다면 우리 주공인 도 사군이 허도
를 점령한 뒤 유 장군이 바로 다음 목표가 됩니다. 우리 주공은
오늘의 원한을 갚으려고 전력으로 섭현을 공격해 장군의 군대를
몰살하고, 장군의 머리와 재물을 모두 빼앗을 것입니다!"

이 말에 유반은 모골이 송연해지고 이마에 땀방울이 송골송
골 맺혔다. 방통도 양굉이란 자가 여간내기가 아님을 직감했다.
자신들은 단지 전술과 전략적인 측면에서 일을 바라보는데, 그는
유반 개인의 결말 같은 사소한 부분까지 명확히 꿰뚫고 있지 않
은가.

장간이 냉소를 지으며 계속 말했다.

"유 장군, 이 김에 한 가지 더 말씀드리리다. 중명 선생이 이르
길, 그때가 되면 조조도 장군을 용서치 않을 것이라고 했습니다.
조조가 어떤 인물입니까? 지금이야 자신이 아쉬워 눈물을 뿌리
며 장군에게 감사하겠지만, 장군이 궁지에 몰렸을 때 조맹덕은
가장 심하게 장군을 몰아세울 것입니다. 장군이 목숨을 부지하
려 조조에게 몸을 의탁하는 순간, 조조는 장군을 천참만륙해 오

늘의 치욕을 씻으려 한다는 말씀입니다!"

후당 안에는 일순간 쥐 죽은 듯 정적이 흘렀다. 유반은 형주 노장에게 잡힌 손을 서서히 움츠렸고, 얼굴에는 점점 두려운 빛이 드러나기 시작했다. 모개는 일이 심상치 않게 돌아가는 것을 보고 다급히 앞으로 나와 말했다.

"유 장군, 저 장간 놈의 헛소리를 귀담아듣지 마십시오. 우리 주공은 하해와 같이 마음이 넓어 종래로 앙심을 품은 일이 없습니다. 그때가 돼 장군이 우리 주공에게 투신한다면 반드시 중임을 맡길 것입니다."

장간은 코웃음을 치며 대꾸했다.

"흥, 그 말을 믿으라고요? 그런 자가 전에 서주 20여 성을 도륙했답니까?"

유반이 매서운 눈빛으로 모개를 노려보고 있을 때, 장간이 목을 쑥 뽑으며 큰 소리로 말했다.

"제가 드릴 말씀은 다 드렸습니다. 자, 이제 손을 쓰시지요. 무능한 장간이 주공의 임무를 완수하지 못해 돌아가 주공을 뵐 면목이 없었는데, 마침 장군의 손을 빌려 주공의 지우지은(知遇之恩)에 보답하게 돼 정말 다행입니다."

방금 전까지만 해도 불같이 노해 펄쩍펄쩍 뛰었던 유반은 장간이 대신 전한 양굉의 분석을 듣고 사람을 죽일 마음이 사라졌을 뿐 아니라 곧 손에 들어올 금은보화에 흐려졌던 머리가 맑아지며 냉철하게 사태를 따져보기 시작했다. 곰곰이 생각해 볼수록 양굉의 말이 일리가 있었고, 그럴수록 두려움이 밀려오고 저절로 땀이 흘러내렸다.

지금 진귀한 보물을 얻긴 쉬워도 앞으로 닥칠 위기를 어찌 헤쳐 나간단 말인가. 금은보화가 아무리 아깝다지만 사람 목숨에 비할 바가 아니었다.

이때 그 형주 노장이 유반에게 낮은 목소리로 일렀다.

"소장군, 서주 사자의 말처럼 재물이 화를 부르는 법입니다. 장군이 어떤 결정을 내릴지 저에게 관여할 권리는 없지만 나중의 결과를 잘 생각해 보십시오. 눈앞의 이익 때문에 목숨을 그르치는 일이 없길 바랍니다."

유반은 한동안 침묵하다가 고개를 끄덕인 뒤, 칼을 버리고 다시 제자리로 돌아가 앉았다. 그 형주 노장은 유반과 여러 해 생사고락을 함께해 온지라, 유반의 마음이 동요하고 있음을 금세 깨닫고 장간에게 나지막이 말했다.

"자익 선생, 편안히 앉아서 기다리시지요. 이 일은 따로 좀 더 의논해 봐야겠소이다."

그런데 장간은 고개를 설레설레 저으며 안타깝다는 듯 탄식했다.

"뭘 더 논의한단 말입니까? 우리가 조조보다 더 높은 값을 부를 수 없는데, 설마 소장군이 마음을 바꾸기라도 한다는 것입니까?"

"그건 여기서 당장 얘기하기 곤란하구려."

그 형주 노장은 고개를 젓더니 대뜸 다시 물었다.

"참, 내 한 가지만 물어봅시다. 선생의 고견으로 봤을 때 우리 소장군이 어떤 결정을 내려야만 하겠소?"

"재주가 모자라고 학문이 얕은 제게 무슨 고견이 있겠습니까?"

장간은 쓴웃음을 짓고 겸손을 표하더니 돌연 무슨 생각이 났는지 재빨리 입을 열었다.

"아, 맞습니다! 중명 선생이……."

장간은 여기까지 말하고는 급히 입을 닫고 고개를 가로저으며 중얼거렸다.

"아니지, 아니야. 아무에게도 얘기하지 않겠다고 중명 선생과 약속해 놓고 이게 무슨 주책이람."

또 양괭과 관련 있다는 말에 유반 등은 호기심이 생겨 눈이 반짝거렸다. 이어 방통과 그 형주 노장이 이구동성으로 다그쳤다.

"중명 선생이란 자가 뭐라고 했는지 어서 사실대로 말해보시오."

장간은 손까지 내저으며 절대 말할 수 없다고 고집을 피웠다.

"중명 선생은 제 상관이지만 친한 벗이기도 합니다. 어찌 저에게 친우와의 약속을 저버리는 불의한 짓을 강요하십니까? 죄송합니다만 유반 장군이 위기에서 벗어날 계책을 여기서 말씀드릴 수가 없습니다."

위기에서 벗어날 계책이라는 말에 장중의 모든 사람은 귀를 쫑긋 세웠다. 지략이 뛰어난 방통, 서서마저 과연 무슨 계책인지 궁금해했다. 유반은 아예 자리에서 벌떡 일어나 큰 소리로 말했다.

"자익 선생, 중명 선생의 생각을 솔직히 말해준다면 내 조조의 퇴로를 막아달라는 도 사군의 요구를 심각하게 고려해 보리다!"

이 말에 모개가 화들짝 놀라 다급하게 외쳤다.

"우리를 놓아주겠다고 이미 약조하지 않았습니까? 장군이 살길만 열어준다면 어떤 조건이든 다 들어드리겠습니다!"

"시끄럽소! 내 언제 그대들에게 길을 열어주겠다고 약속했소?"

유반은 노골적으로 짜증을 내더니 이내 고개를 돌려 장간에게는 공손하게 말했다.

"얼른, 얼른 말해보시오. 도 사군의 요구를 신중히 고려하겠다고 내 확실히 보장하리다."

"그게……."

장간은 계속 뜸만 들이며 주저주저하다가 곧 정색하고 고개를 가로저었다.

"군자의 약속은 천금과 같습니다. 중명 선생이 날 깊이 믿고 들려준 이야기인데, 내 어찌 신용을 저버릴 수 있겠습니까?"

유반이 애가 탈 대로 타 말로써 장간을 으르려고 할 때, 뜻밖에 방통이 먼저 앞으로 나와 미소를 짓고 말했다.

"자익 선생, '충의' 두 글자 중 '충'이 앞서 나옵니다. 선생은 도 사군의 명을 받들어 아군에게 대신 조조의 퇴로를 막아달라고 권하러 왔고, 우리 소장군도 이미 이 일을 신중히 고려하겠다고 약속하고 중명 선생의 계책을 솔직히 말해 달라고 요청하는데, 그대는 오로지 신용을 잃을까 걱정하고 있습니다. 주군에게 충성을 다하는 것과 친우와의 의리를 지키는 것 중 무엇이 중하고 경한지는 천하의 명사인 선생이라면 능히 헤아릴 수 있으리라 사료됩니다."

"그렇긴 하지만……."

방통의 설득에 장간이 흔들리는 모습을 보이자, 시종 냉정을 유지하던 서서도 더는 참지 못하고 크게 소리쳤다.

"사원, 지금 제정신인가?"

방통은 감히 서서를 바로 쳐다보지 못하고 고개를 숙인 채 대꾸했다.

"원직, 용서하시오. 내 친구를 돕고 싶은 마음은 굴뚝같으나 솔직히 힘이 없구려. 양중명의 견해가 확실히 고명해, 소장군이 그대들에게 길을 양보한 후 닥칠 위험에 대해 내 전혀 반박할 수 없는 데다 소장군의 의중도 이미 결정된 것 같소. 게다가 나도 중명 선생의 신기묘산을 한 번 들어보고 싶은 마음이오."

이어 방통은 장간에게 고개를 돌려 재촉했다.

"자익 선생, 말해보시오. 중명 선생이 어떤 고견을 가졌는지 내 빨리 듣고 싶소이다."

그 형주 노장도 몸이 달아 쉰 목소리로 다그치듯 말했다.

"맞소. 중명 선생의 말이 일리가 있다면 내 온 힘을 다해 소장군에게 도 사군의 요구를 받아들이라고 권해주리다."

방통과 그 형주 노장의 종용에도 장간은 짐짓 한참 동안 뜸을 들이다가 마침내 결심을 굳힌 듯 고개를 크게 끄덕이고 입을 열었다.

"좋소이다. 중명 선생에겐 미안한 일이지만 주공의 대사를 위해 내 모든 걸 털어놓으리다."

장중의 모든 시선이 집중된 가운데, 장간은 기억을 더듬는 표정을 지으며 천천히 얘기를 꺼냈다.

"유 장군이 조조의 뇌물을 받으면 장사 지낼 땅조차 없어진다는 중명 선생의 얘기를 듣고 제가 호기심에 이렇게 물었습죠. 그럼 어떻게 해야 유 장군이 위기에서 벗어날 수 있겠느냐고요."

"중명 선생은 뭐라고 대답했소?"

유반이 참지 못하고 장간의 말을 끊자, 장간은 힐끔 유반을 쳐
다보고 말을 이었다.

"중명 선생은 슬며시 미소를 짓더군요. 그러더니 유 장군이 재
물을 취하면서도 목숨을 보전할 방법이 당연히 있다고 말했습니
다. 하지만 그렇게 되면 본인이 부자가 될 기회가 사라진다며 입
을 꾹 다물었습니다. 저 역시 궁금증을 참지 못해 그 방법이 무
엇이냐고 재삼 묻자 중명 선생은 마지못한 표정으로 이렇게 대
답했습니다. 소장군이 한몫 단단히 챙기면서도 위험에 빠지지 않
을 방법은 단 하나인데, 그것은 바로 서주군이 보낸 선물을 잠자
코 받아들인 연후 서주군과 연합해 조조를 여남 땅에 가두는 것
이라고 했습니다."

유반은 깜짝 놀라면서도 급하게 관심을 보이며 다그쳐 물었다.

"그럼 그 이유를 물어보았소?"

장간이 대답했다.

"물론입니다. 그랬더니 중명 선생은 이렇게 대답했습니다. 유
장군이 우리의 선물을 받고 서주군과 힘을 합쳐 조조의 퇴로를
봉쇄한다면, 일이 성사된 후 우리가 귀한 선물을 잔뜩 안길 테니
안심하고 주머니를 챙길 수 있을 뿐 아니라, 조조를 섬멸한 전리
품까지 얻을 수 있다고 말입니다. 또 형주로 돌아간 뒤에는 안정
을 추구하는 유 사군의 성격으로 봤을 때, 서주군과 형주가 이
미 경계를 마주한 상황에서 서주군의 우호 요청을 수용할 것이

틀림없으므로 소장군이 아군과 연합해 조조를 격퇴한 일로 어떤 처벌도 내리지 않고 도리어 상을 내릴 것이 분명하다고요. 그렇게 해서 한몫 더 챙길 수가 있는 것이지요."

장간은 잠시 숨을 고르고 말을 이었다.

"중명 선생은 또 이렇게 말했습니다. 소장군이 형주로 돌아간 후 채모나 황조 등에게 박해를 받을까 전혀 걱정할 필요가 없다고요. 그때가 되면 유기 공자가 적극적으로 장군 편에 서서 장군을 보호해 줄 뿐 아니라 유 사군에게 장군의 직급을 높여 달라고 청할 것입니다. 유기 공자는 본래 중명 선생의 제자이자 서주군과는 줄곧 친밀한 관계를 유지하고 있는 데다 후계자 문제로 채모 일가와 대립하고 있기 때문에 자연히 장군이 더 많은 권력을 쥐고 더 많은 군대와 지반을 보유해야 유리해집니다."

장간의 장광설에 눈알을 어지럽게 돌리던 유반은 얼굴에 희색을 드러내기 시작했다. 이를 눈치챈 장간은 내친 김에 한마디 더 덧붙였다.

"참, 중명 선생은 마지막으로 이렇게 말했습니다. 일이 순조롭게 진행된다면 장군은 적어도 직급이 두 계단 오를 수 있다고요. 유 사군이 채모 일가를 중용하고 있으나 마음속으로는 장자인 유기 공자를 몹시 아끼고 있습니다. 그래서 유기 공자가 강하에 이른 후 발탁한 자들 중에 유 사군의 재가를 받지 못한 경우는 한 번도 없었습니다. 그중 감녕이란 자는 일개 아문장에서 도위로 직급이 세 계단이나 올랐습니다. 그런데 유 사군이 유기 공자에 대해 지지를 표명한 장군을 홀대할 리 있겠습니까? 이에 중명

선생은 장군의 관직이 두 계단 상승해 중랑장에 오르거나 운이
좋으면 세 계단 상승해 비장군(裨將軍) 자리를 꿰찰 수 있다고 단
언했습니다."

유반은 너무 기쁜 나머지 쩍 벌어진 입을 다물지 못했다. 이때
그 형주 노장이 고개를 갸우뚱하며 물었다.

"중명 선생에게 이런 고견이 있는데 왜 소장군에게 알리길 꺼
려한 것이오?"

"그게……."

장간은 짐짓 주저하는 척하다가 조심스럽게 말문을 열었다.

"노장군이 들으면 화를 낼 이야기라서……. 솔직히 말씀드리
면 중명 선생이 소장군의 가산을 몰수하려 했기 때문입니다."

"뭐, 내 가산을 몰수한다고?"

유반은 깜짝 놀라 눈이 동그래졌다. 그 형주 노장과 방통, 서
서 등도 놀라기는 마찬가지였다.

장간은 진지하게 고개를 끄덕이고 대답했다.

"그렇습니다. 중명 선생은 소장군이 일찍이 강동 군현을 깡그
리 약탈해 무수한 금은보화를 쌓아두었다는 얘길 들었습니다.
이에 소장군이 조조의 뇌물을 받는 우를 범해 우리 주공이 섭현
으로 출병할 때를 기다렸다가 소장군의 가산을 몰수할 기회를
노렸던 것입니다."

이 말에 방통은 물론 서서, 모개까지 망치로 머리를 얻어맞은
듯 큰 충격을 받았다. 유반이 서주군의 요구를 받아들이도록 설
득할 방법이 있으면서 자신의 사리사욕 때문에 장간에게 이를 알

리지 말라고 당부하다니. 대체 이런 모사가 어디에 있단 말인가.

하지만 방통은 정신을 추스를 틈도 없이 퍼뜩 깨닫는 바가 있어 속으로 소스라치게 놀랐다.

'아, 이야말로 고명한 욕금고종의 계략 아닌가! 이 모든 일은 일찌감치 양굉이란 자의 계산속에 있었던 게 분명해. 그래서 일부러 장간에게 약세를 드러내 패배를 인정하게 한 연후 돌연 유반이 조조의 뇌물을 받게 되면 닥칠 위기를 지적해 유반을 위협한 다음 마지막으로 유반이 서주군의 요구를 받아들이면 각종 이익을 얻을 수 있다고 설파해 유반이 아예 다른 선택을 할 수 없도록 옭아맨 것이야!'

본래 자기 재주를 믿고 남을 깔보던 방통이었지만 이번만은 양굉이 소재한 동북 방향을 바라보며 감탄사를 연발했다.

'아, 이 얼마나 뛰어난 책략인가! 왜 서주군이 외교 교섭 방면에서 불패의 기록을 이어가고 있는지 이제야 알겠어. 양중명이란 자는 과연 대단하이!'

이때 유반은 이미 만족한 웃음을 짓고 손뼉을 치며 말했다.

"중명 선생이 천하의 기재란 소문은 오래전부터 들었소. 비록 그를 만난 적은 없지만 오늘 자익 선생이 전하는 얘기만 듣고도 과연 명불허전임을 알겠소. 하나 이번만큼은 중명 선생을 실망시켜야겠소이다."

이 말에 임무를 실패하고 실의에 빠져 있던 모개가 번쩍 고개를 들고 물었다.

"그럼 도응의 요구를 거절할 의향이 있으신 겁니까?"

그런데 유반은 코웃음을 치고 냉랭히 말했다.

"무슨 헛소리요? 내가 중명 선생을 실망시키겠다는 건 내 가산을 몰수할 기회를 주지 않겠다는 말이오. 돌아가 조조에게 자신 있으면 섭현을 돌파해 보라고 이르시오. 내 절대 길을 양보할 마음이 없으니까. 조조가 여러 차례 형주 영토를 침범해 우리의 무수한 장사와 백성을 죽였는데, 내 그에게 길을 열어준다면 무슨 면목으로 형주의 부로와 향친들을 보겠소? 내 뜻은 이미 결정됐으니 썩 꺼지시오!"

모개가 재차 권해볼 틈도 없이 유반은 큰 목소리로 명을 내렸다.

"여봐라, 조조의 사신을 당장 끌어내 몽둥이로 매우 치고 섭현에서 내쫓아라!"

호위병들은 우렁차게 예, 하고 대답한 후 맹수처럼 달려들어 서서와 모개를 밖으로 끌고 나갔다. 모개는 몸부림을 치며 울부짖었고, 서서는 애원하는 눈빛으로 방통을 바라보았다. 하지만 자신으로서도 일을 되돌릴 수 없었던 방통은 어쩔 수 없다는 듯 서서에게 공수하고 미안함을 표시했다. 한편 장간은 도옹과 가후가 일러준 대로 일이 척척 돌아가는 것을 보고 자기도 모르게 얼굴에 경이로운 표정이 드러났다.

\*　　　　\*　　　　\*

서서와 모개가 조조군 대영으로 돌아와 섭현에서 겪은 일의 경위를 눈물로 호소하자, 조조는 너무 격분한 나머지 당장 온건책을 버리고 무력으로 포위를 돌파하기로 결심했다. 그는 하후연과 장합에게 3천 군사를 이끌고 유반이 장악한 섭현 일대를 공격하라고 명했다.

조조의 침공 소식을 듣고 발끈한 유반 역시 즉각 그 형주 노장에게 군사를 거느리고 출전해 적을 맞아 싸우라고 명령했다. 양군이 섭현성 가까이에서 마주한 뒤 하후연은 칼을 꼬나들고 적진 앞으로 달려가 싸움을 걸었다. 형주 노장도 이에 질세라 칼을 뽑아 들고 진영을 나가 하후연과 일합을 겨루었는데, 그 결과…….

"묘재! 이게 어찌 된 일이란 말인가! 으악!!"

조조는 목이 잘린 하후연의 시체를 안고 미친 듯이 울부짖다가 그만 그 자리에서 혼절해 버렸다. 투구가 벗겨진 줄도 모르고 도망쳐 온 장합은 가까스로 깨어난 조조 앞에 무릎을 꿇고 앉아 호심경에 난 구멍을 가리키며 방성대곡했다.

"주공, 용서하십시오. 말장이 사력을 다해 싸웠으나 그 황충 놈의 궁술이 실로 대단해 하마터면 저도 돌아오지 못할 뻔했습니다."

조조가 장합이 풀어 헤친 상처를 유심히 살펴보니, 황충이 쏜 살촉은 장합의 호심경을 뚫고 들어가 뼈까지 부러뜨린 뒤 심장에서 반 치도 되지 않는 곳에 멈춰 있었다.

한편 도응은 궁지에 몰린 원담군 잔여 부대가 허도성을 버리도록 유도하기 위해 심리적으로 더욱 압박을 가하고 있었다.

이에 영채를 차림과 동시에 공성 무기 제조에 박차를 가하는 한편으로 진의에게 일군을 이끌고 가 허도성의 해자를 메우라고 명했다. 이밖에도 도응은 유엽의 건의에 따라 사신을 성안으로 보내 신평과 잠벽에게 투항을 권유했다.

하지만 신평은 도응의 편지를 읽자마자 북북 찢어버리고 욕을 퍼부은 뒤 사신을 당장 내쫓았다. 사신이 대영으로 돌아와 이를 사실대로 고하자, 도응은 미리 예상하고 있었다는 듯 전혀 화를 내지 않고 환한 어조로 가장 궁금한 사실을 물었다.

"성에 들어갔을 때 혹시 유비를 보지 못했느냐?"

그 사신은 사실대로 대답했다.

"소인이 성에 들어간 뒤 곧장 성루로 끌려가 신평과 잠벽을 만났는데, 성에서 나오기까지 유비의 얼굴을 전혀 보지 못했습니다."

이 대답에 미간을 찌푸린 도응은 사신에게 돌아가 쉬라고 명한 후 막사 안을 서성이며 중얼거렸다.

"유비가 정말 허도성 안으로 달아나지 않았단 말인가? 어부지리를 취할 이런 절호의 기회를 놓칠 유비가 아닌데 말이지. 아무래도 이상해······."

도응이 깊은 고민에 잠겨 있는 것을 본 진응은 대수롭지 않다는 투로 말했다.

"주공, 그깟 귀 큰 도적놈이 무에 두렵다고 그러십니까? 지금은 천자와 원공 같은 대사에 신경 쓸 때입니다."

하지만 도응은 고개를 가로저으며 대답했다.

"유비를 절대 얕봐서는 아니 되오. 유비는 아군에게 연전연패하면서도 금방 재기해 시도 때도 없이 우리를 괴롭혀 왔소. 유비가 허도에 없다면 악부의 얼굴을 핑계로 신평과 잠벽을 놓아주어도 상관없지만 만일 저 안에 숨어 있다면 어떤 대가를 치르더라도 반드시 저들을 추살해야 하오. 까딱하다간 신평과 잠벽의 대오가 유비 수중으로 떨어질 수 있기 때문이오."

"그건 지나친 걱정입니다. 신평과 잠벽이 바보가 아닌 이상 쉽게 병권을 유비에게 내줄 리 있겠습니까?"

진응은 도응이 너무 예민하게 군다고 여겼지만 유비의 행적을 잘 아는 도응으로서는 결코 이를 간과할 수 없었다. 도응은 유비가 허도성 안에 있는지 확인할 방법을 고민하다가 심지어 관우의 시체와 수급으로 유비와 장비를 격노케 해 스스로 모습을 드러내게 할까도 생각했다. 그러나 예절을 중시하는 이 시대에 이런 방법을 쓰게 되면 자신의 명성에 흠이 가는지라 하는 수 없이 이 생각을 접고 다른 방법을 강구했다.

서주군이 허도에 당도한 지 사흘째 되는 날 오후, 초두난액(焦頭爛額)하던 신평은 마침내 허도성을 버리고 포위를 돌파하기로 결정했다. 또한 서북쪽으로 달아났다간 서주군에게 길이 막혀 전군이 몰살당할 위험이 있다는 제갈량의 경고에 먼저 서남 방향인 형주 남양으로 갔다가 다시 하내로 철수하기로 계획을 세웠다.

그날 밤 이경이 되자 철군 준비를 모두 마친 원담군 1만 5천 군사는 서주군이 없는 서문을 나와 전속력으로 달아나기 시작했다. 대장 여위황(呂威璜)이 3천 군사를 이끌고 선봉에 서서 길을 열고, 잠벽은 5천 군사를 거느리고 후방을 책임졌으며, 신평은 중군에서 헌제와 원소를 호위했다. 행군 속도를 높이기 위해 신평 대오는 반달 치 양초만 휴대했고, 조정 백관의 수행까지 불허했다. 물론 유비 일행은 신평과 어깨를 나란히 하고 길을 재촉했다.

한편 허도성에서 철군하기 전 누군가 신평에게 황성과 식량 창고를 깡그리 불태워 서주군에게 기와 하나, 쌀 한 톨 남겨두지 말자고 건의했다. 그러나 신평은 냉정하게 판단한 뒤 일렀다.

"성을 불살랐다간 격분한 도웅이 전력을 다해 우리의 뒤를 추살할 것이므로 차라리 창고를 봉쇄하고 허도를 온전히 남겨놓는 편이 낫다. 허명을 좇는 도웅은 아군의 의로운 행동을 보고 필시 감격해 전력으로 뒤를 쫓지 않을 것이다. 이 틈을 타 우리는 대오를 온전히 보존해 허도를 빠져나간다."

이렇게 결정을 내린 신평은 황성과 창고를 모두 봉쇄한 뒤, 허도 현지 병사에게 이를 지키라고 명했다.

장래를 위해 원담군을 끝까지 추격할 의사가 없었던 도웅은 허도성에 무혈입성해 완벽하게 보존된 성을 보고 흡족한 미소를 지었다. 그는 고순에게 허도성에 진주하며 성 방어를 관할하게 한 뒤 명을 내렸다.

"쾌마로 신평에게 사신을 보내라. 신평을 만나 천자와 황후를 넘겨주기만 하면 절대 뒤를 쫓지 않을 테니, 영천을 떠나 어디든 마음대로 가라고 일러라."

이 명에 몇몇 서주 장수가 볼멘소리로 불만을 터뜨렸다.

"주공, 지금 적군을 대파할 절호의 기회인데 하찮은 부인지인(婦人之仁)에 감동해 호랑이를 산으로 돌려보낼 작정입니까?"

"내 뜻은 이미 결정됐으니 더는 아무 말 마시오."

도응은 굳은 얼굴로 엄숙하게 경고한 뒤 핑곗거리를 찾았다.

"아군이 저들의 뒤를 추살하다가 혼전 중에 실수로 이미 반신불수 상태인 원소가 죽기라도 한다면 세상 사람들에게 뭐라고 설명하겠소? 다행히 신평, 잠벽 무리는 대단한 능신, 맹장이 아니라서 놓아준들 아무 문제가 없소."

도응이 단호한 태도를 보이자 서주 장수들은 머리를 긁적이며 막사를 물러 나왔다. 도응은 사신에게 속히 신평의 대오를 쫓아가 교섭을 벌이라고 이른 연후 군사들에게는 날이 밝은 뒤 영채를 옮겨 허도성 안으로 들어가라고 명했다.


서주 사신이 빠른 속도로 신평의 대오를 따라잡고 도응의 의사를 전달하자, 도응의 호의에 반색한 신평은 헌제를 내주기로 마음먹었다. 헌제를 내놓기만 하면 서주군의 추격을 받을 걱정이 없으니, 군이 남양으로 철수하지 않고 여정과 시간을 절약해 곧장 하내로 들어가면 그만이었기 때문이다.

제갈량은 신평이 도응의 조건을 수락하려는 것을 보고 마음이 다급해져 팔로 급히 유비를 치고 나지막이 속삭였다.

"얼른 앞으로 나서서 반대하십시오. 그리고 도응의 사자 앞에서 주공의 신분을 밝혀 우리가 신평의 대오 가운데에 있음을 도응에게 알려야 합니다."

유비가 의아해하며 이유를 묻자 제갈량이 재차 재촉했다.

"설명할 시간이 없습니다. 어서요. 늦으면 일을 그르치고 맙니다."

몹시 조급해하는 제갈량을 보고 유비도 주저 없이 앞으로 나가 신평에게 큰 소리로 말했다.

"신 복야, 절대 적의 계략에 속아서는 아니 되오. 내 일전에 얘기한 관도의 상황을 벌써 잊으셨소? 도옹이 말로는 기후에게 하루 동안 생각할 여유를 준다고 하고선 그날 밤 암암리에 관도 대영을 기습했단 말입니다. 지금 도옹 놈은 예전 수법을 그대로 써서 복야에게 천자를 내주면 순순히 놓아주겠다고 한 뒤 방심한 틈을 타 복야의 군대를 몰살하고 복야를 죽일 계획이오!"

서주 사자가 대로해 물었다.

"그대는 누군데 감히 우리 주공을 비방한단 말이오?"

"나는 바로 한의 황숙인 유현덕이다!"

유비가 큰 소리로 자신의 신분을 밝히자, 서주군 사자는 흠칫 놀라는 표정을 지었다. 유비는 서주 사자를 전혀 아랑곳하지 않고 신평에게 권유했다.

"천하의 주인인 천자보다 세상에 무엇이 더 중요하단 말이오? 복야가 도옹에게 천자를 내주면 이후 기후에게는 또 뭐라고 설명하겠소? 게다가 졸렬하고 신용이 없는 도옹 놈이 천자를 넘겨받자마자 군대를 휘몰아 추격에 나설 텐데, 어찌 이를 조금도 꺼리지 않는 것이오?"

"맞습니다. 도옹을 함부로 믿어서는 안 됩니다."

제갈량도 다리를 절뚝거리며 앞으로 나와 좋은 말로 건의했다.

"복야의 입장이 난처하다면 제가 일러주는 대로 하십시오. 일단 이 서주 사자를 돌려보내 도응에게 아군이 영천 땅을 벗어날 때까지 출병하지 말아 달라고 요구한 뒤 천자께 거취를 스스로 결정하시게 하면 됩니다."

"오, 그거 정말 좋은 방법이구려!"

주저하던 신평은 무릎을 치고 동의를 표한 뒤 서주 사자에게 호통을 쳤다.

"돌아가 도응에게 전해라. 내 천자께 스스로 거취를 결정하도록 여쭙겠다. 그러나 영천 경내가 아니라 영천을 안전히 빠져나간 뒤에야 여쭈어볼 것이다!"

서주 사자는 다 된 밥에 재를 뿌린 유비를 한동안 매서운 눈초리로 노려보았다. 그러고는 신평에게 작별 인사를 고하고 원담군 군중을 총총히 떠났다.

모든 일이 마무리된 뒤, 유비는 제갈량과 단둘이 얘기할 기회가 생기자 일을 이렇게 처리한 이유에 대해 물었다. 제갈량은 식은땀을 닦으며 대답했다.

"휴, 십년감수했습니다. 방금 전 우리가 조금만 늦었더라면 주공의 동산재기의 대계는 부지하세월(不知何歲月)이 될 뻔했습니다."

유비가 깜짝 놀라며 그 이유를 묻자 제갈량이 목소리를 낮춰 대꾸했다.

"신평이 도응의 조건을 받아들이면 신평의 대오는 형주로 가지 않고 분명 양성 길을 취해 곧장 하내로 들어갈 것이기 때문입니다. 그래서 주공에게 급히 나서 반대하라고 했던 것이고요."

유비는 무슨 뜻인지 알고 고개를 끄덕인 뒤 다시 물었다.

"그럼 내 신분과 이름을 일부러 밝히라고 한 연유는 또 무엇이오?"

제갈량이 미소를 지으며 대답했다.

"도응은 주공을 병적으로 증오해 작은 것을 탐하다가 큰 것을 잃을지언정 끝까지 주공을 없애려고 달려든 적이 한두 번이 아니었습니다. 저는 이번에 이 점을 이용해 도응이 우리를 추살하도록 미끼를 던진 것입니다. 신평과 잠벽의 대오가 서주군에게 쫓겨 전황이 어지러워질수록 주공에게는 더욱 유리해지는 법이니까요."

유비는 비로소 얼굴이 활짝 펴지며 감탄사를 연발하고 말했다.

"공명의 신기묘산을 감히 누가 따라오겠소!"

제갈량과 유비가 난군 중에 이익을 취할 수 있길 바라고 있었지만 매우 복잡하고 거대한 혼란이 이들을 기다리고 있었으니…….

그 시각, 백여 리 떨어진 신평 대오의 목적지 섭현성 밖에서는 노기충천한 조조가 직접 군사를 이끌고 유반의 대오와 새로운 일전을 준비하고 있었다. 전날 맹장 하후연의 목을 베고 기세가 크게 오른 황충도 군사를 거느리고 성을 나와 들판에서 조조군과 조우했다. 한편 유반은 조조가 친히 나타났다는 소식에 방통 등에게 섭현성을 지키라고 명한 후 직접 군사를 휘몰아 황충을 지원하는 데 나섰다.

양군이 진용을 갖추고 대치한 뒤 조조는 말을 몰아 출진해 채찍으로 황충을 가리키며 오늘 꼭 하후연을 위해 복수하겠다고 길길이 날뛰었다. 황충이 크게 노해 진영 앞으로 달려 나가자 조조군 쪽에서는 전위가 출전해 황충과 교전을 벌였다. 두 장수가 20여 합을 겨루고도 승부가 나지 않았을 때, 전위가 돌연 말 머리를 돌려 달아나기 시작했다. 조조도 황급히 군사를 이끌고 퇴각하자 황충과 유반은 신바람이 나 적군의 뒤를 맹렬히 추격했다. 남쪽으로 10여 리 정도 추격해 들어갔을 즈음에 이들 앞에 길이 협소한 산림 지대가 나타났다.

용맹은 뛰어나지만 지모가 부족한 유반과 황충이 좁은 길로 들어섰을 때, 조조가 큰 소리로 명을 내리자 군사들이 영기(令旗)를 힘껏 휘둘렀다. 그러자 길 양쪽 숲 속에서 함성 소리가 천지를 진동하며 장료와 조인이 일군을 거느리고 튀어나왔다. 줄곧 꽁무니를 빼던 전위까지 방향을 돌려 공격 태세를 갖추고 세 길로 협공에 나섰다.

유반과 황충이 대경실색해 진용을 갖추고 방어하려 했지만 이미 때는 늦고 말았다. 당황한 유반의 군사들은 조조군의 반격을 당해내지 못하고 살길을 찾아 사방으로 도망치기 바빴다. 조조군이 적군의 뒤를 끝까지 추격해 닥치는 대로 베고 찔러 죽이니, 유반과 황충은 수많은 사상자를 낸 채 머리를 싸매고 섭현성 안으로 들어가 성문을 꽁꽁 닫아걸었다.

이 전투로 만여 명 정도였던 유반의 대오는 병력을 3천 명 넘게 잃고 군사들의 사기가 크게 꺾였다. 유인 작전에 성공한 조조는 안도의 한숨을 내쉬고 후군에게 양초와 가솔을 보호해 즉각 북상하라고 명했다.

이번 승리로 병력이나 기세에서 우위를 점하게 된 조조는 섭현성을 격파할 수 있으면 격파해 버리고, 만약 이틀이나 사흘 내에 돌파 강행이 불가능하다면 길을 돌아 곧장 사례로 들어갈 계획을 세웠다.

하지만 조조가 꿈에도 생각지 못한 일이 있었으니, 백여 리 밖에서는 신평과 잠벽의 군대가 부리나케 섭현 쪽으로 달려오고 있었다. 그리고 신평 등의 대오 뒤쪽으로는 도응이 친히 서주 정예병을 이끌고 이들을 맹렬히 쫓고 있었다. 이로써 섭현 전장에서는 네 부대가 각자의 이익을 놓고 다투는 혼전의 서막이 스멀스멀 피어오르고 있었다!

＊　　　　　＊　　　　　＊

조조가 후군에 전령을 보냈을 때는 오전 사시가 넘은 시각이었다. 그런데 이때, 까마귀 떼가 동북 방향에서 날아와 시끄럽게 울며 조조군 대영 위를 지나가고 있었다. 영채를 시찰하던 조조는 이를 유심히 지켜보다가 문득 이상한 느낌이 들어 곁에 있는 순욱에게 물었다.

"문약, 좀 이상하지 않소? 까마귀 떼가 어째서 동북쪽에서 서남쪽으로 날아가는지."

하지만 순욱은 별일 아니라는 듯 대수롭지 않게 대꾸했다.

"왜 이런 사소한 데에 관심을 두십니까? 지금은 가을이라 새들이 남쪽으로 날아가는 건 하등 기이한 일이 아닙니다."

"이것이 이상하지 않다고?"

조조는 잠시 멍한 표정을 짓더니 이내 이마를 치고 웃으며 말했다.

"참, 문약은 주로 후방을 지키며 전장에 참여한 적이 많지 않아 이런 세세한 부분에 대해 잘 모르는 것이 당연하오. 이 문제는 봉효나 공달, 중덕에게 물어봐야 옳지."

이 말에 자존심이 상하기도 하고 궁금증이 들기도 한 순욱이 그 이유를 알려 달라고 청하자 조조가 설명했다.

"까마귀는 썩은 고기를 좋아해 전투가 끝난 뒤 피범벅이 된 시체 주위로 죄 모여들게 돼 있소. 아군이 어제 유반의 대오와 격전을 치르고 시체들을 아직 묻지 않았으니, 이치대로라면 주변의 까마귀 떼가 이미 남쪽으로 날아갔어야 맞소. 그런데 이 까마귀 떼는 이제야 동북 방향에서 서남쪽으로 날아가고 있어서 그 점이 이상하다고 말하는 것이오."

순욱은 그제야 조조의 말뜻을 알아듣고 말했다.

"원래 그런 것이었군요. 하지만 그것이 꼭 이상하다고 말하기는 어렵습니다. 이곳은 어제 전투가 벌어진 전장과 30리 넘게 떨어져 있습니다. 따라서 이 까마귀 떼가 어제 전장을 발견하지 못하고 지금 날아가고 있는 건지도 모르지요."

"그런가?"

조조는 머리를 긁적이며 순욱의 설명도 일리가 있다고 여겼다.

하지만 여전히 불안감을 감출 수 없었던 조조는 신중을 기하기 위해 척후병 일단을 동북쪽으로 파견하고, 정탐 범위도 치수(淄水) 북쪽까지 확대하라고 명했다.

동북쪽에서 작은 실마리가 나타나기 했지만 조조의 관심은 당연히 섭현성에 집중돼 있었다. 조조가 섭현성을 노려보고 있는 가운데, 조조의 매복에 걸려 참패한 유반은 분을 참지 못하고 다시 성을 나가 조조군과 결전을 벌이려 했다. 그러자 방통이 다급히 만류하며 간했다.

"출전은 절대 불가합니다. 조조는 간사하기로 이름이 높고 휘하에 맹장이 많아 한승 장군 혼자서는 당해내기 어렵습니다. 게다가 조조의 대오는 필사의 각오로 포위를 뚫고 북상하려 해 상하가 일치단결한 데다 사기까지 크게 고양돼 함부로 출전했다간 필시 조조에게 패하고, 성안으로 후퇴할 기회가 없을지도 모릅니다."

유반은 난처한 표정을 지으며 대꾸했다.

"사원 선생의 말이 일리가 있으나 소극적으로 성을 지키고만 있다가 조조가 풍수(灃水)를 돌파해 버리면 어쩐단 말이오?"

'아직도 조조의 보물에 미련을 버리지 못하고 있구먼.'

방통은 쓴웃음을 짓고 속으로 이렇게 중얼거린 뒤 말했다.

"소장군이 조조군을 격퇴하고 싶다면 방법이 전혀 없는 건 아닙니다. 부장 양령(楊齡)을 시켜 적에게 거짓 항복하고 내응이 되겠다고 약속해, 조조에게 오늘 밤 삼경에 섭현성을 기습하라고 하면 적을 무찌를 수 있습니다."

유반은 방통의 계책을 듣고 처음에는 손뼉을 쳤지만 이내 고개를 갸우뚱하며 말했다.

"이 계책이 절묘하긴 하나 생각대로 될지 모르겠구려. 섭현성은 작은 성인 데다 사대문 밖에 옹성이 없어서 매복을 설치하기 극히 어렵소. 까딱 잘못했다간 이리를 성안으로 끌어들이는 꼴이 돼 조조군에게 성을 유린당하면 어찌하오?"

방통은 씩 웃음을 짓고 외려 유반에게 반문했다.

"소장군, 사항계 같은 이런 잔꾀로 영악한 조조를 속일 수 있다고 생각하십니까? 우리가 아무리 완벽한 계획을 세워도 조조는 금방 우리의 계책을 눈치챌 것입니다."

이 말에 유반과 황충은 얼떨떨한 표정을 지으며 물었다.

"사항계로 조조의 눈을 속일 수 없는데 왜 이런 계책을 쓰려는 것이오?"

방통은 자신의 계략을 전혀 알아차리지 못하는 유반을 답답한 눈으로 바라보며 설명했다.

"당연히 조조가 장계취계를 쓰도록 유도하려는 것이지요. 우리가 사람을 보내 거짓 항복하면 조조는 한눈에 이를 간파하고 장계취계로 섭현성을 취할 마음을 먹지 않겠습니까? 그리고 이를 위해서 필시 휘하의 정예 부대를 동원할 것이므로 그의 대영은 비어 있을 게 확실합니다. 우리가 이 틈을 타 적의 영채를 급습한다면 손쉽게 승리를 취할 수 있습니다. 또한 조조가 계략에 떨어진 걸 알고 급히 회군할 때, 성안에서 기병을 출동시켜 앞뒤로 조조군을 협공한다면 승리는 따 놓은 당상입니다."

방통의 자세한 설명에 유반은 그제야 무슨 말인지 알아듣고 크게 기뻐하며 성을 나가 교전하려던 계획을 버리고 군사들에게 야전에 대비해 최대한 휴식을 취하라고 명했다. 그런 다음, 부장 양령을 불러 심복 하나를 조조군 진영에 보내 다음과 같은 거짓 편지를 전하라고 했다.

내용인즉, 양령이 어제 전투에서 전력을 다하지 않았다는 이유로 유반에게 처벌을 받은 데 앙심을 품고 조조에게 섭현성을 바치려 하니, 오늘 밤 삼경 때 횃불을 드는 것을 신호로 자신이 지키는 동문이 열리면 즉각 안으로 쳐들어오라는 것이었다.

방통의 예상대로 양령의 항서를 본 조조는 단박에 이것이 거짓 항복임을 알아챘다. 아무리 대장에게 벌을 받았기로서니 기반이 안정된 유표를 버리고 집도 절도 없는 자신을 따라 생고생을 자초한다는 게 말이 된단 말인가!

하지만 조조는 이를 전혀 내색하지 않은 체 짐짓 크게 기뻐하며 사신에게 중상을 내리고, 삼경 때 자신이 직접 군사를 이끌고 섭현성을 기습하겠노라고 말했다. 양령의 심복은 속으로 쾌재를 부르고는 조조의 회신을 가지고 급히 섭현성으로 돌아갔다. 조조 역시 신이 나 대영을 떠나는 사신의 뒷모습을 바라보며 회심의 미소를 지었다.

양령의 사신을 떠나보내자마자 마침 조홍과 우금 등이 거느린 조조군 후군이 양초와 치중, 가솔들을 보호해 대영에 당도했다. 조조는 기쁜 마음에 친히 이들을 영접하고 처첩과 자식들을 만나보았다.

그런데 조조가 가족들과 한자리에 모여 두런두런 이야기를 나누는 와중에 동북쪽으로 보낸 척후병이 불길한 소식을 가지고 돌아왔다. 치수 가로 파견한 척후병들은 돌아와 전혀 이상한 조짐이 없다고 보고했는데, 치수를 건너 동북 방향 정탐에 나선 척후병들은 하나도 돌아오지 않았던 것이다. 저들이 단순히 도주한 것인지 아니면 의외의 변고를 당한 것인지 몰랐지만 군사 하나도 아쉬운 조조로서는 대단위로 병력을 파견하기 어려웠다. 이에 어쩔 수 없이 다시 척후병 몇 명을 보내 동북쪽 상황을 엄밀히 감시하다가 이상 징후가 발견되면 즉시 경고를 보내라고 명했다.

계절은 낮이 점점 짧아지는 가을인지라 초경임에도 벌써 하늘은 어둑어둑해지기 시작했다. 출정 시각이 가까워지자 조조는 대오를 꼼꼼히 점검한 뒤 자신이 직접 6천 군사를 거느리고 섭현성 기습에 나서기로 결정했다. 장료가 대장기를 걸고 선두에 서서 거짓으로 계략에 떨어진 척하고 섭현성 동문을 급습하면, 조조가 주력군을 이끌고 그 뒤를 따라가 유반군 복병을 오히려 기습한다는 계획을 세웠다.

모든 준비를 마치고 조조는 장료를 불러 신신당부했다.

"잘 들어라. 섭현성에는 옹성이 없는 관계로 적은 필시 성문 용도 끝자락에 설치한 철문을 떨어뜨려 성안으로 진입한 군사와 후군의 연락을 끊으려고 할 것이다. 따라서 성문이 열리더라도 함부로 성안으로 들어가지 말고 단지 성문만 부수고서 즉각 퇴각하라. 이때 유반이 성 밖에 배치한 복병이 나타나면 내 즉시 군사를 휘몰아 출격해 앞뒤로 유반군을 협공한 뒤 곧장 성안으로 쳐들어간다."

장료는 공수하고 명을 받은 뒤 즉각 물러나와 2천 군사를 거느리고 먼저 섭현성으로 출발했다. 조조는 잠시 영채에 머물며 순욱과 조홍, 우금 등에게 대영을 단단히 지키고 양초와 가솔들을 보호하라고 명했다. 곧이어 조조도 친히 4천 주력군을 이끌고 영채를 나와 장료의 대오와 5리 간격을 두고서 조심스럽게 20리 밖 섭현성 동문을 향해 나아갔다.

칠흑 같은 어둠을 더듬으며 한 시진가량 잠행해 조조군 전후 대오는 잇달아 약속한 전장에 당도했다. 삼경이 점점 가까워 오는 가운데, 장료의 대오는 섭현성 동문 밖에서 숨죽이며 신호를 기다리고 있었고, 조조는 결전에 대비해 군사들에게 휴식을 취하라고 명했다. 그런데 이때 정욱이 수종 몇 명을 데리고 후방에서 급히 조조를 찾아왔다. 조조는 직감적으로 심상치 않은 일이 일어났음을 깨닫고 급히 정욱을 불러 물었다.

"무슨 일이 벌어진 것이오?"

하지만 정욱은 좌우를 둘러볼 뿐 아무런 대꾸도 하지 않았다. 조조는 두근거리는 가슴을 진정시키고 주변의 장사들을 물리친 뒤 정욱을 가까이 불렀다. 그제야 정욱은 조조의 귀에 대고 목소리를 낮춰 속삭였다.

"주공, 안 좋은 소식입니다. 치수 북쪽으로 보낸 척후병이 마침내 돌아왔는데, 여수(汝水) 가에서 허도를 버리고 도망치는 원담군을 발견했다고 합니다. 지금 섭현을 향해 전속력으로 달려오는 중이며, 저녁때 이미 치수에 이르러 도하를 준비 중이었다고 합니다."

조조는 저도 모르게 입에서 헉 소리가 나며 눈앞이 캄캄해졌다. 그러더니 대뜸 정욱에게 물었다.

"혹시 도응이 뒤를 쫓고 있는지 확인했소?"

정욱이 낙담한 어조로 대답했다.

"아직 확인되지 않았습니다. 원담군 선봉대를 발견한 아군 척후병들이 부주의하다가 그만 저들에게 발각돼 다섯 명 중 둘은 살해당하고 둘은 도망쳤으며 한 명은 생포됐습니다. 그래서 뒤쪽 상황을 살펴보지 못했다고 합니다."

조조는 숨을 깊이 들이마시며 억지로 노기를 억누른 뒤 말했다.

"귀찮게 됐구려. 도응의 추격 여부를 알 수 없는 데다 우리의 정체까지 발각되게 생겼소."

그러자 정욱이 침착한 어조로 간했다.

"주공, 문약이나 저나 지금은 비상사태라는 데 인식을 같이했습니다. 상호 맹약을 맺은 원담과 유표는 힘을 합쳐 도응과 결전을 벌일 용기는 없어도 이미 궁지에 몰린 아군 공격에는 적극적으로 나설 가능성이 높습니다. 이에 문약이 저를 보내 이 사실을 주공께 고하고, 이번 복격전을 포기해 우선 아군 대오를 온전히 보전한 다음 달리 출로를 찾는 건 어떨지 심각하게 고려해 보도록 청했습니다."

짧게 신음을 내뱉은 조조가 굳은 얼굴로 물었다.

"음, 지금 시각이 어찌 됐소?"

정욱은 고개를 들어 명멸하는 새벽달을 바라보고 어림짐작으로 대답했다.

"삼경까지 대략 반각 정도 남은 듯합니다."

"겨우 반각이라고?"

결정적인 순간에 생각할 여유가 별로 없음을 한탄한 조조는 눈을 감고 고민에 잠겨 있다가 이를 악물고 말했다.

"복격전을 여기서 포기할 순 없소. 승리를 취하면 돌파의 희망이 생기는 이 절호의 기회를 놓치기 아까우니 어찌 됐든 모험을 걸어 봐야만 하오."

정욱도 조조가 이런 결정을 내릴지 미리 짐작하고 있던 터라 반대를 표명하지 않고 단지 공수하고 말했다.

"주공의 의중이 그러하다면 굳이 반대하지 않겠습니다. 다만, 전황이 어찌 전개되든 날이 밝기 전에는 꼭 대영으로 돌아오십시오. 지금 대영의 수비가 너무 취약해 작은 공격에도 오래 버티기 어렵습니다."

조조는 묵묵히 고개를 끄덕였다. 그리고 마음속으로 하늘이 보우하사 도응의 추격병이 제발 섭현 전장에 최대한 늦게 도착하게 해달라고 기도했다.

　가을바람이 소슬한 한밤중에 조조군은 성문이 열리기만 숨죽인 채 기다리고 있었다. 그러나 성문이 열리기는커녕 성 위에서는 약속한 불길이 일어날 기미도 보이지 않았다. 끊임없이 고개를 들어 달의 위치를 통해 삼경이 됐는지 확인하던 조조는 마음속이 타들어가는 것만 같았다.

　조조가 시각을 판단하는 자신의 경험에 착오가 있는 건 아닌지 의구심을 가질 때, 앞쪽의 장료가 병사를 보내왔다. 이미 성 안에서는 삼경 딱따기 소리가 울린 듯한데 약속한 신호가 나타나지 않으니, 일을 어찌 처리하면 좋을지 명령을 내려 달라고 청했다.

　삼경 딱따기가 이미 울렸다는 말에 조조가 대경실색하고 있는

데, 갑자기 뒤쪽에서 조조군 병사들의 연이은 고함 소리가 들렸다.

"주공, 얼른 남쪽을 보십시오. 우리 영지에서 불이 일어나고 있습니다!"

"뭐라고?"

깜짝 놀라 자리에서 벌떡 일어난 조조는 자신의 영지 쪽을 바라보고 그만 다리가 휘청거려 그대로 쓰러질 뻔했다. 조조군 영채가 있는 곳에서 정말 맹렬한 속도로 불길이 타오르고 있는 것이 아닌가!

"계략에 떨어졌다! 적의 조호이산(調虎離山) 계략에 걸렸어!"

화광이 충천한 곳에는 조조군이 사례로 탈출하는 데 필요한 양초가 있었고, 더욱이 조조와 수많은 장사들의 가솔이 있었다. 기습을 당한 상황에서 닭 잡을 힘조차 없는 노약자와 부녀자들이 적군에게 도살되는 것 외에 다른 결말을 기대할 수가 있겠는가.

"철수하라! 속히 대영을 구하러 철수한다!"

마음이 다급해진 조조가 철군 명령을 내리자, 마찬가지로 애가 타는 조조군도 앞다퉈 미친 듯이 왔던 길로 되돌아갔다. 대오가 갑자기 혼란에 빠진 가운데, 섭현성 동문 밖에 매복해 있던 장료군도 누가 먼저랄 것도 없이 황급히 뒤를 따랐다.

방통은 성 위에서 고함 소리와 발자국 소리가 어지럽게 나는 것을 듣고 조조군이 자중지란에 빠졌음을 알아챘다. 이에 그는 여유로운 표정으로 유반에게 말했다.

"소장군, 이제 마음 놓고 출전하십시오. 이 통이 이번 전투의 승리를 미리 축하드립니다."

"하하, 사원 선생의 묘책은 귀신도 헤아릴 수 없을 것이오!"

크게 웃음을 터뜨린 유반은 즉시 전고를 울리고 성문을 열라고 명한 뒤, 4천 군사를 이끌고 달아나는 적을 시살해 들어갔다. 장료가 후위에서 적의 추격을 막아섰지만 조조를 비롯한 모든 군사는 영중의 가솔이 걱정돼 이미 싸울 마음을 잃고 근근이 적의 공격을 막아내며 남쪽으로 후퇴하기 바빴다.

승기를 잡은 유반군이 바짝 뒤를 쫓는 가운데 조조의 대오가 가까스로 20여 리 떨어진 자신들의 영지에 도착했을 때, 대영은 이미 불바다로 변해 있었다. 거의 모든 막사와 치중 수레가 불에 탔고, 보물과 양초를 실은 수레는 맹화(猛火)에 잿더미로 변했으며, 겁에 질린 노약자와 부녀자들은 울면서 불길 속을 마구 뛰어다녔다.

양군 장사들이 화광 속에서 일대 접전을 벌였지만 만반의 준비를 갖춘 형주군 앞에 마음이 조급한 조조군은 상대가 되지 못했다. 이들은 점점 형주군에게 뒤로 밀리며 적군의 살인과 방화를 빤히 눈뜨고 지켜봐야만 했다.

이를 본 조조는 눈이 뒤집혀 즉각 군사를 휘몰아 전장에 뛰어들었다. 그러나 조조 주력군의 구원은 이미 때가 늦어 영중에 난입한 형주군을 몰아내고, 살아남은 가솔을 보호하는 정도에 그쳤다. 몇몇 조조군 장사는 구사일생으로 목숨을 건진 가족과 상봉해 서로 부둥켜안고 재회의 기쁨을 나눴지만 대부분은 사방에 널린 시체 속에서 찾아낸 가족을 안고 통곡하거나 잃어버린 처자식의 이름을 부르며 이리저리 헤매고 다녔다.

조조 역시 처첩과 자식들의 행방을 몰라 발을 동동 구르고 있을 때, 유반의 대오가 조조군 영지까지 추격해 들어와 영채를 급습하는 데 성공한 황충의 대오와 앞뒤로 협공을 가했다. 이에 혼란에 빠진 조조군은 더욱 정신을 차리지 못하고 여지없이 수세에 몰렸다. 그런데 이때 다행히 조조가 재빨리 냉정을 되찾고서 대장기를 높이 들고 주변에 흩어진 군사들을 자기 쪽으로 모으기 시작했다.

조조군은 워낙 훈련이 잘된 군사들인지라 극도의 혼란 속에서도 명령에 따라 속속 조조의 대장기 앞으로 모여들었다. 조조 곁에 순식간에 2, 3천 군사가 합류하고, 이어 조조가 친히 반격을 지휘하면서 조조군은 두 차례나 조조의 대장기를 빼앗으려는 유반군을 물리치고 점점 안정을 되찾아갔다.

그 사이에 조홍과 우금이 부상당한 몸을 이끌고 조조에게 와 무릎을 꿇고 죄를 청했다. 이들이 울면서 손쓸 새도 없이 적군에게 기습을 당한 경과를 설명하자, 조조는 굳은 얼굴로 말했다.

"이는 너희들의 잘못이 아니다. 다 내가 적을 얕봤다가 자초한 결과다. 그러니 당장 대오를 정비해 결사전에 나서서 우리 가솔들의 원한을 갚도록 하자!"

조홍과 우금은 감격의 눈물을 뿌리고 명에 따라 즉각 군대를 재정비했다.

갈수록 많은 군사가 조조의 주위로 모이면서 조조군의 반격도 점차 거세지기 시작했다. 급하게 조직했지만 엄밀하기 짝이 없는 방원진을 이루고 적진을 뚫고 나가자, 전투력이 조조군에 훨씬 미치지 못하는 형주군은 대형을 흐트러뜨리기는커녕 조조군의 반격에 오히려 대오가 하나씩 돌파를 당했다. 이로 인해 앞서 기습 성공으로 확립했던 심리적 우세는 점차 역전되기에 이르렀다.

그런데 이때 동북 방향에서 함성 소리가 천지를 진동하며 횃불을 든 일지 군마가 전장을 향해 전속력으로 달려오고 있는 것이 아닌가. 이에 깜짝 놀란 유반과 조조는 저들이 과연 아군인지 적군인지 몰라 동시에 비명을 질렀다.

잠시 후 기병의 정체가 드러나면서 조조는 절망의 늪에 빠지고 말았다. 그들은 다름 아닌 조조의 숙적 원담의 대오였기 때문이다. 그리고 거기에는 또 다른 조조의 앙숙인 유비와 장비까지 가세했다.

원담군이 이 전투에 가담하게 된 연유는 이러했다. 앞서 동북쪽으로 정탐을 나갔다가 원담군에게 생포된 조조군 척후병은 원담군 선봉대장 여위황의 심문에 모든 사실을 실토했다. 이에 조조군이 벌써 섭현성 아래까지 당도했음을 알게 된 여위황은 화들짝 놀라 급히 이 사실을 중군의 신평에게 알렸다.

후군이 곧 서주군에게 따라잡힐 판인데 조조군까지 먼저 섭현성에 이르렀다는 보고를 받고 신평은 대경실색해 하늘이 아군을 망하게 한다고 울부짖었다. 물론 이 소식에 기쁨을 감추지 못하는 자들도 있었다. 유비는 제갈량의 지시에 따라 급히 신평 앞으로 나가 자신이 여위황을 도와 조조군을 물리치고 유반과 연락을 취해 구원을 청하겠다고 진언했다. 마음이 산란한 신평은 두 말없이 이를 수락하고 유비에게 1천 군사를 내주었다. 그리하여 여위황 대오에 이른 유비는 조조가 미처 준비할 새도 없이 섭현으로 쳐들어가자고 건의했다. 미적거리다간 선봉대가 풍수 북쪽에서 길이 막힐까 염려한 여위황도 유비의 의견에 동의하고 밤새 길을 재촉해 마침 결정적인 순간에 섭현에 당도한 것이다.

처음에 이들은 당연히 조조군의 우세를 예상하고 고전을 각오하고 있었다. 그런데 뜻밖에 탐마가 돌아와 형주군이 조조군 영채를 급습하는 데 성공했다고 알렸다. 여위황과 유비는 쾌재를 부르고 사람을 유반에게 보내 연락을 취하는 한편 군사를 이끌고 곧장 전장으로 뛰어들었다.

이들의 출현으로 조조군에게 기울던 전세에 변화가 생기기 시작했다. 원군의 지원을 등에 업은 유반군은 다시 사기가 크게 진작된 반면, 의외의 복병을 만난 조조군은 갑자기 사기가 크게 떨어져 안정을 찾아가던 진용이 다시 혼란에 빠졌다. 유반과 원담 연합군이 이 틈을 타 맹렬히 진격하며 조조군 방진의 빈틈을 돌파해 버리자, 군심이 붕괴한 조조군은 감히 이를 막아서지 못하고 사방으로 흩어져 달아났다.

장비와 황충, 두 맹장이 몸소 선두에 서서 적진을 종횡무진 휘젓고 다니니, 그 앞을 가로막는 자들은 추풍낙엽처럼 목이 떨어졌다. 나머지 대오도 뒤를 따르며 여기저기 흩어진 조조군 장사를 닥치는 대로 베고 찔렀다. 미처 전장을 빠져나가지 못한 노약자와 부녀자의 피해는 더욱 참혹해 난군 중에 참살당한 자가 부지기수였다.

대세가 이미 기운 것을 본 조조는 장탄식을 내뱉은 후 주위 군사들에게 영지와 가솔을 버리고 서북쪽 포위를 돌파하라고 명했다. 그리고 호위병을 사방에 보내 각 장수들에게 가능한 한 북쪽으로 도망쳐 섭현 서북쪽의 주현(犨縣)에서 회합하자고 알렸다. 이어 조조는 전위, 장료, 조홍 등의 호위 아래 필사적으로 혈로를 뚫고 서북쪽으로 달아났다.

이는 피와 눈물로 범벅된 도주나 다름없었다. 무수한 장사의 가솔들이 살려 달라고 아우성을 쳤지만 이들을 구할 힘이 없었던 장사들은 주먹으로 눈물을 훔치며 앞만 보고 내달릴 뿐이었다.

형주군과 원담군이 조조를 사로잡을 절호의 기회를 놓치지 않으려고 뒤를 바짝 추격했지만 다행히 조조 곁의 맹장들이 사력을 다해 길을 연 덕에 조조는 요행히 겹겹이 싸인 포위를 빠져나와 수림이 우거진 곳으로 도망칠 수 있었다.

혼전 중에 미처 달아나지 못한 조조군 모사 순유는 원담군에게 붙잡혀 교살되었고, 조조가 가장 아끼는 아들 조충(趙沖)은 난군 중에 적군에게 난도질을 당했다. 조조의 일곱 번째 부인 방부인(房夫人) 및 대장군 하진(何進)의 며느리 윤씨(尹氏)와 하진의 외손 하안(何晏)은 포위를 피해 남쪽으로 도망치다가 강물에 길이 막히고 말았다. 이들은 적에게 치욕을 당하지 않기 위해 함께 물속으로 몸을 던졌다. 이밖에도 적군의 손에 피살된 조조군 가솔과 관원은 이루 다 셀 수 없었다.

조조의 대오가 풍수를 건넜을 때 날은 이미 환하게 밝아 있었다. 그는 겨우 천여 명밖에 남지 않은 군대를 이끌고 전란으로 폐허가 된 주현성을 향해 황급히 길을 재촉했다. 이때 신평이 거느린 원담군이 풍수 가에 당도했지만 서주군이 이미 후군을 따라잡았다는 보고를 받고 감히 조조군을 추격하지 못한 채 속히 강을 건너 섭현성의 형주군과 회합하라고 명했다. 이로써 조조군은 다행히 적의 추살을 면할 수 있었다.

조조는 가까스로 패잔병을 이끌고 주현성 안으로 들어갔다. 양초와 치중을 모두 잃은 조조는 하는 수 없이 장료에게 부근 마을로 내려가 식량을 약탈해 오라고 명했다. 장료가 떠난 뒤 남쪽에서 수백 군사가 나타났는데, 알고 보니 우금이 난군 중에 순욱과 곽가 등을 구해 조조와 회합하러 달려오는 중이었다. 조조는 크게 기뻐 이들을 반갑게 맞이했다.

잠시 후 멀리서 사람 몇 명이 또 달려오자 조조는 눈여겨 이들을 살펴보았다. 그런데 뜻밖에도 그 안에는 장자 조앙과 차자 조비(曹丕)도 있었다. 조조는 기뻐 어쩔 줄 몰라 급히 앞으로 달려가 두 아들을 껴안고 해후의 정을 나눈 뒤 물었다.

"너희 모친과 형제, 자매는 어디 있느냐?"

조앙과 조비는 바닥에 엎드려 대성통곡하며 어제의 일을 대략적으로 설명했다. 어젯밤 황충이 갑자기 영채를 습격해 울타리가 없는 후군 영지가 가장 먼저 공격을 당하자, 조조의 정처 정부인(丁夫人)과 조앙이 가솔들을 보호해 황급히 조홍의 대오 쪽으로 달려갔다. 이때 측면에서 돌연 적군이 돌격해 들어와 조앙무리를 공격하는 바람에 조조의 셋째 아들 조창(曹彰)이 그 자리에서 살해당했다. 조앙과 조비 형제만이 흩어지지 않고 겨우 조홍의 대오로 도망쳐 나머지 가족의 생사는 전혀 알 길이 없었다.

얘기를 마친 조앙은 조조 앞에 꿇어 엎드려 바닥에 머리를 찧고 가솔을 지키지 못한 죄를 물어 참형에 처해 달라고 간청했다. 조조는 굵은 눈물을 뚝뚝 흘리며 울부짖었다.

"네 잘못이 아니다. 이 아비가 못나 적의 계략에 떨어져 너희들을 해치고, 또 너희 모친과 형제들을 해쳤구나!"

그러더니 조조는 가슴을 치고 통곡하며 통한의 눈물을 쏟아냈다. 무리들도 조조를 부둥켜안고 엉엉 소리 내 울었다.

조조의 울음이 겨우 그치자 순욱이 그제야 쭈뼛쭈뼛하며 간했다.

"주공, 주현성은 섭현과 그리 멀리 떨어지지 않아 적군이 언제든지 쳐들어올 수 있습니다. 따라서 잠시 슬픔을 참고 되도록 빨리 북쪽으로 달아나야 합니다."

우금도 이 말에 동조했다.

"맞습니다. 말장이 포위를 돌파하던 중 원담군 하나를 사로잡아 심문해 보니, 원담군 세 부대 중 선봉과 중군은 이미 섭현에 당도했고, 후군은 지금 서주군과 교전 중이라고 했습니다. 우리가 이리로 달아난 걸 알면 도응 놈은 절대 우리를 놓아주지 않고 끝까지 추격해 올 것입니다."

조조는 눈물을 훔치고 고개를 끄덕인 뒤 수하들의 말에 따라 장료가 돌아오는 대로 철수하자고 명했다.

한편, 유비가 신평 대오 안에 있다는 사실을 듣게 된 도응은 제갈량의 예상대로 즉각 원담군을 놓아주려던 생각을 바꾸었다. 그는 4만 대군을 출동시켜 적을 끝까지 추격하기로 결정하는 한편, 각 군에서 정예병 1만을 차출해 친히 이들을 이끌고 먼저 신평 대오를 추살하는 데 나섰다.

도응이 이토록 서두르는 데에는 이유가 있었다. 유비의 작전에 말려 헌제와 원소가 형주 경내로 들어가는 날에는 정치적 밑천을 얻은 유비가 이를 사칭해 이익을 취할 것이 빤했기 때문에 도응으로서는 무조건 이를 막아야만 했다.

도응이 원담군을 추격하기로 결정했을 때, 원담군은 전부 선수를 건너 산림이 우거지고 지형이 복잡한 지대로 이미 들어선 뒤였다. 이에 추격에 어려움을 겪은 서주군은 꼬박 하루가 걸려 여수 동쪽에 이르러서야 원담군 후군을 따라잡았다.

잠벽이 거느린 원담군 후군은 협소한 도로에 의지해 완강하게 저항하며 서주군의 진로를 막았다. 그러나 사기가 이미 크게 꺾인 원담군은 기세나 군사력 면에서 서주군의 상대가 되지 않았다. 시간이 지날수록 원담군은 뒤로 점점 밀리며 결국에는 무기를 버리고 패주해 버렸다.

하지만 이로 인해 시간을 지체한 탓에 서주군은 풍수 북쪽에서 신평의 중군을 막아설 기회를 놓치고 말았다. 도응이 이끄는 선봉대가 풍수 북쪽 기슭에 당도했을 때, 신평의 대오는 이미 풍수를 건너 유반군과 회합해 섭현 나루를 봉쇄하고 있었다.

이때 마침 섭현성에 사신으로 갔던 장간이 돌아왔다. 장간의 입을 통해 유반군이 조조군을 물리쳤다는 소식을 듣게 된 도응은 의외라는 듯 깜짝 놀랐다. 아무리 조조가 서산낙일(西山落日)의 궁지에 몰렸다 하나 병력이 대등한 상황에서 어찌 이토록 참패를 당할 수 있단 말인가.

이어 장간이 전투의 경과를 상세히 서술하고서야 도응은 황연히 깨닫고 미소를 지으며 말했다.

"어쩐지. 유반 군중에 그런 능력자가 있었구려."

"맞습니다. 그 방통이란 자는 실로 대단했습니다."

장간은 도응에게 맞장구를 친 뒤 말을 이었다.

"참, 유반이 약속을 지켜 조조를 막았으니 아군도 약속을 이행해 달라고 요구했습니다."

"그것도 방통의 생각이오?"

도응이 코웃음을 치며 묻자 장간이 솔직하게 대답했다.

"그건 모르겠습니다. 제가 유반을 만날 때 방통뿐 아니라 유비와 신평 등도 함께 있었으니까요. 그리고 또 한 가지는, 조조가 이미 섭현 서북쪽으로 달아났으니 주공께서 그를 쫓고자 한다면 길을 막지 않겠다고 했습니다."

고개를 들어 서북쪽의 숭산 준령을 바라보던 도응은 과감히 조조를 추격하겠다는 생각을 접었다. 지금으로서는 조조를 멸할 가능성이 희박한 데다 무엇보다 유비를 처리하는 것이 급선무였기 때문이다. 도웅은 곰곰이 생각에 잠겨 있다가 장간에게 분부했다.

"자익이 다시 한 번 섭현성에 가주어야겠소. 가서 유반에게 아군과 원담군의 일에 끼어들지 않는다면 지난번 선물의 두 배를 주겠지만, 만일 신평 대오를 받아들이고 아군의 길을 막을 경우 뒷일은 책임지지 못한다고 확실히 이르시오."

장간이 깜짝 놀라며 약속을 지킨 유반에게 도의를 저버리는 것 아니냐고 얼버무리자, 유비를 잡는 데 혈안이 된 도웅은 목소리를 한층 더 높였다.

"가서 그대로 전하시오. 해가 떨어지기 전까지 답을 주지 않으면 아군은 당장 풍수를 건너 섭현성을 공격하겠다고 말이오!"

장간이 어쩔 수 없이 이에 응하고 밖으로 나가려는데, 도웅이 갑자기 그를 불러 세웠다.

"잠깐만! 시각은 해가 떨어지기 전이 아니라 내일 오시로 바꿔 얘기하시오. 그리고 절대 해가 떨어지기 전이란 말을 입 밖에 내지 마시오. 꼭 명심해야 하오!"

장간이 다시 명을 받고 나가자마자 도웅 곁에 있던 허저와 마충은 고개를 갸우뚱하며 물었다.

"서공명이 사람을 보내 후군 주력군이 해가 떨어지기 전에는 반드시 섭현 전장에 도착한다고 알려왔습니다. 그런데 어째서 기한을 내일 정오로 잡은 것입니까?"

도웅이 설명했다.

"해가 떨어지기 전까지 유반에게 생각할 시간을 주겠다고 말하면 제갈량과 방통은 이를 통해 우리 후군이 그때 전장에 당도하리란 걸 바로 눈치챌 것이오. 그리 되면 신평은 당장 천자와 원소를 호위해 남양 내지로 들어갈 가능성이 높소. 그때에 이르러 아군이 추격에 나섰다간 앞뒤로 적의 공격을 받게 돼 추격이 쉽지 않을뿐더러 예기치 못한 변고를 당할 수도 있소."

도응은 숨을 고르고 계속 말을 이었다.

"이 점을 고려해 일부러 시각을 내일 정오로 정한 것이오. 그리고 저들은 이틀여 동안 2백 리 넘는 길을 강행군해 상하가 모두 몹시 지쳐 휴식을 취할 시간이 반드시 필요하오. 이런 와중에 우리 후군의 도착 시간이 늦어진다는 걸 듣게 되면 저들은 필시 최대한 휴식을 취하고 밤이 돼서야 남양으로 철수할 것이오. 하지만 그때가 되면 우리 후군은 이미 전장에 도착해 수월하게 적을 추격할 수 있게 되오."

허저와 마충은 도응의 말을 듣고 무릎을 치며 도응의 묘책에 탄사를 연발했다.

하지만 도응은 고개를 가로저으며 시무룩한 표정으로 말했다.

"이 계책은 다른 사람은 다 속일 수 있어도 제갈량과 방통만은 속이기 어렵다는 것이 문제요. 저들이 아군의 지연책을 간파하고 신평과 유비에게 당장 남하하라고 권하는 날엔 모든 계획이 물거품으로 돌아가 버릴 테니까."

이에 성격이 우악스러운 허저가 가슴을 두드리며 말했다.

"그럼 아예 풍수를 돌파해 버립시다요. 아군이 풍수를 건너 남쪽 기슭에 자리를 잡은 연후 신평이 만약 남양으로 철수하면 곧장 뒤를 추격하고, 감히 두 부대가 연합해 아군에게 맞선다면 일

당십의 정예병으로 그깟 신평이나 유반 놈이 무에 두렵겠습니까?"

하지만 도응은 마찬가지로 피곤에 지친 군사들의 얼굴과 남쪽 기슭에 겹겹이 설치한 적의 방어 시설을 보고 웃으며 대답했다.

"급히 서두를 것 없소. 우리 대오도 몹시 지쳐 빨리 휴식을 취해야 하오. 참, 풍수 상, 하류에 사람을 보내 도하하기 적당한 곳이 있는지 살펴보도록 하시오."

이리하여 풍수를 사이에 두고 지척 거리에 있는 양군 간에는 잠시 평화가 찾아왔다.

약 한 시진쯤 후, 도응은 밖에서 나는 시끄러운 소리에 단잠을 깨고 말았다. 게슴츠레하게 눈을 떠보니 장간이 자기 앞에 서 있었고, 유반군 사신 한 명을 데리고 왔다. 장간은 만면에 희색을 띠고 도응에게 아뢰었다.

"축하드립니다, 주공. 유반 장군이 심사숙고 끝에 아군이 그의 요구 한 가지만 받아들이면 우리와 원담군 간의 일에 절대 간여하지 않겠다고 대답했습니다."

도응은 놀랍기도 하고 기쁘기도 해 무슨 조건이냐고 묻자 장간이 대답했다.

"따로 말은 없었고 사신을 보내 알리겠다고 했습니다."

이어 장간은 유반의 심복이라며 뒤쪽의 사신을 도응에게 소개했다. 유반의 사신은 공손하게 예를 행한 후 말했다.

"도 사군, 소장군은 작은 요청 하나만 들어준다면 절대 양군의 일에 간섭하지 않겠다고 했습니다. 또 필요할 경우 친히 작전에 협력해 원담군을 몰살하고 어가와 옛 기후를 구하는 데 힘을 보태겠다고 했습니다."

도응은 크게 기뻐 다그치듯 말했다.

"어떤 요군지 얼른 말해보시오. 이치에 합당하다면 내 반드시 들어주리라."

유반의 사신이 목소리를 낮춰 대답했다.

"사군을 난처하게 만들 요구는 아니니 염려 놓으십시오. 음, 소장군은 사군이 자신을 받아주고 고향인 산양으로 돌려보내 재산을 꼭 안전하게 지켜 달라고 간청했습니다."

도응은 예상 밖의 요구에 어리둥절한 표정을 지으며 물었다.

"유반 장군이 연주 산양군 사람이라고? 그런데 유 사군에게 중용된 그가 왜 하필 내게 몸을 의탁하려는 것이오?"

"우리 소장군은 산양군 고평현(高平縣) 사람이고, 저는 그와 동향입니다. 솔직히 말씀드리면, 소장군은 어제 요행히 조조를 격파하고 진귀한 보물들을 많이 노획했습니다. 하지만 형주로 돌아가면 탐심이 끝이 없는 채모나 장윤, 황조 등이 절대 그를 가만둘 리 없어, 재물이 화를 부를까 몹시 걱정하다가 사군에게 투신하려는 마음을 먹게 된 것입니다. 소장군은 관직도, 상도 필요 없고, 오로지 재물만 지키길 바랄 뿐이니 아량을 베풀어주십시오."

이런 경우는 처음인지라 도응은 삼각 눈을 어지럽게 굴리며 고심하더니 다시 물었다.

"그래, 형주에서는 재물이 화를 부를까 염려하면서 서주에서는 이를 전혀 걱정하지 않는단 말이오?"

"그렇습니다. 소장군도 여러 경로를 통해 사군의 치적을 익히 들었습니다. 법치가 확립돼 공이 있는 자는 상을 내리고 과오가 있는 자는 벌을 주며, 능력이 있는 자는 윗자리에 서고 용렬한 자는 아래에 위치할 뿐 아니라 가렴주구(苛斂誅求)와 관리의 재물 강탈을 절대 용납하지 않는다고 말입니다. 이에 소장군은 사군을 도와 어가를 구하는 대공을 세우면 반드시 재물을 지켜주리라 믿고 있습니다."

유반의 요구가 이치에 합당하다고 하나 이를 곧이곧대로 믿을 도응이 아니었다. 잠시 침묵하던 도응은 불시에 유반의 사신에게 물었다.

"그대가 성을 나올 때 방통이 뭐라고 했소?"

"방통이오?"

유반의 사신은 멍한 표정을 짓더니 망연하게 대꾸했다.

"혹시 방 참군에게 뭘 물어보셨습니까? 그가 무슨 말을 했는지 전혀 모르겠는데요."

도응은 유반의 사신을 똑바로 응시했다. 그의 망연한 표정에서 추호의 흔들림도 보이지 않자 도응은 그제야 미소를 짓고 말했다.

"내 말이 헛나왔소이다. 유반 장군이 다른 말은 없었는지 물어보려던 참이었소."

"아! 소장군은 사군이 언제 강을 건너 손을 쓰고, 또 아군이 도와줄 일은 없는지 여쭈었습니다. 그리고 신평 무리가 오늘 밤 삼경에 남양으로 철수하기로 결정해 소장군은 후방을 책임지며 사군이 남하하는 요로를 막게 되었다는 말을 전하라고 했습니다."

'완병지계가 성공했구나.'

도응은 속으로 몰래 기뻐했지만 함부로 경거망동할 수 없어 이렇게 말했다.

"이 일은 좀 더 고민해 봐야겠소. 잠시 쉬고 있으면 내 적을 깨뜨릴 계책을 마련해 그대를 통해 유반 장군에게 회신을 보내리다."

유반의 사신은 공수하고 대답한 후 호위병을 따라 먼저 막사를 나갔다. 이어 도응은 장간을 가까이 불러 유반과 만나 이야기를 나눈 과정에 대해 소상하게 물었다.


그 시각, 섭현성 성루에서는 방통과 서서, 제갈량 셋이 어깨를 나란히 하고 풍수 북쪽 기슭의 서주군 진영을 조망하고 있었다. 이들은 하나같이 자신감에 찬 미소를 짓고 있었다. 이때 방통이 침묵을 깨고 제갈량과 서서에게 물었다.

"공명, 원직, 도응이 계략에 떨어진 후 어떻게 적을 격파하면 좋겠소?"

제갈량이 잠시 뜸을 들이더니 대답했다.

"솔직히 모르겠소. 천하에 오직 세 사람의 마음만 읽기가 어렵구려. 하나는 방사원이요, 또 하나는 서원직이며, 다른 하나는 바로 도응이오. 하여 이번에 도응이 어떤 행동을 취할지 전혀 예측이 되지 않소."

서서도 슬쩍 웃음을 보이고 동의를 표했다.

"나 역시 마찬가지라네. 하지만 다행히 사원의 묘계로 도웅이 어떤 반응을 보이든 계략에 걸려들게 돼 있으니 굳이 힘들게 추측할 필요가 있겠나?"

방통은 거드름을 피우며 자신만만하게 말했다.

"도웅의 지략이 뛰어나 출사한 이후 단 한 차례도 패한 일이 없다는 허무맹랑한 얘기를 내 절대 믿지 않소! 우리 셋이 합심해 설치한 묘계를 그깟 놈이 어찌 간파하겠소?"

*　　　　　*　　　　　*

장간은 호위병의 감시 아래 섭현성 관아 후당에서 유반과 단독으로 교섭을 벌였다. 장간이 유반에게 서주군의 요구를 전달하자, 유반은 그 자리에서 가타부타 말이 없이 생각할 시간을 달라며 잠시 자리를 피해 달라고 요구했다. 대략 일각 정도 후 유반은 다시 장간을 불러 서주군의 요구를 받아들이겠다고 밝히고, 자신의 친병 대장을 도웅에게 사신으로 보냈던 것이다.

이 얘기를 모두 들은 도웅은 교섭 과정이 이상하리만치 간단하다는 데 의심을 품었다. 특히 장간이 자리를 비운 일각 사이에 유반이 다른 꿍꿍이를 꾸민 것은 아닌지 의심이 들었다. 물론 이는 모두 방통이나 제갈량의 계략이겠지만 말이다.

하지만 의심은 의심일 뿐 확실한 증거가 없는 데다 가후와 유엽 등 모사들을 대동하지 않은 관계로 유반의 거짓 항복을 확인할 길이 없었다. 이에 도응은 신중한 판단 끝에 유반의 사신을 면전으로 불러 큰 상을 내리고 유반이 조조군 영지에서 노획한 재물을 온전히 지켜주겠다고 약속했다. 그러고는 유반에게 편지를 써서 신평 대오가 철수할 때 풍수 남쪽에서 불을 놓아 신호를 보내면 자신이 즉각 군대를 이끌고 도하해 함께 신평 대오를 공격하겠다고 말했다.

도응의 편지와 함께 상까지 받은 유반의 사신은 기뻐 어쩔 줄 몰라 하며 섭현성으로 돌아갔다. 이어 도응은 장간을 시켜 후군의 서황, 위연, 가후 등에게 치수를 건넌 후 곧장 이리로 달려오지 말고 풍수 북쪽 10리 지점에서 휴식을 취하고 있다가 풍수 남쪽에서 불이 일어나면 즉각 남하해 증원이 되라는 편지를 쓰라고 명했다.

그러자 편지를 받아 적던 장간이 의문 가득한 얼굴로 물었다.

"주공, 후군 주력 부대가 곧 전장에 당도할 텐데 왜 후방에서 기다리라고 명하십니까? 이러다가 전기를 놓칠까 우려됩니다."

도응은 무표정한 얼굴로 대꾸했다.

"유반의 항복이 진심인지, 거짓인지 판단하기 어려운 상황에서 이런 대비책을 마련해 놓지 않았다가 만일에 적이 거짓 항복해 우리를 유인하는 것이라면 어찌한단 말이오?"

"그건 지나친 걱정입니다. 유반은 절대 거짓 항복하는 것이 아니니 의심을 거두셔도 무방합니다."

도응은 낙관적인 장간의 태도에 미소를 짓고 말했다.

"열 길 물속은 알아도 한 길 사람 속은 모르는 법. 자익이 어떻게 거짓 항복이 아님을 확신한단 말이오?"

그러자 장간은 확신에 찬 목소리로 대답했다.

"유반이 아군에게 귀순할 마음이 있음을 바로 알아차렸기 때문입니다. 사실 이번에 이런 무리한 요구 조건을 가지고 유반에게 갔다가 한바탕 욕만 먹고 쫓겨나는 건 아닌지 걱정이 앞섰습니다. 그런데 의외로 유반은 우리의 요구를 듣고 전혀 화를 내지 않더군요. 마치 예상하고 있었던 듯 말입니다. 그래서 유반이 일찌감치 아군에게 마음이 기울었다고 여긴 것이죠."

"그런 걸로 유반이 거짓으로 항복하지 않았다고 확신하다니, 자익은 참으로 순진하구려… 앗!"

장간의 말에 쓴웃음을 짓던 도옹은 갑자기 머리를 스쳐 지나가는 생각에 펄쩍 뛰며 소리쳤다.

"방금 뭐라고 했소? 유반이 우리의 무리한 요구를 듣고도 전혀 화를 내지 않았다고?"

장간은 얼떨떨한 표정으로 당시 상황을 자세히 설명했다.

"그렇습니다. 저 역시 유반이 그렇게 유하게 나올지 전혀 예상치 못했습니다. 제가 요구 조건을 전달했을 때 유반은 얼굴에 노기를 하나도 띠지 않았고, 말투도 온화하기 그지없었습니다. 이런 자가 거짓으로 항복할 리 있겠습니까?"

'과연 예상대로였어.'

도옹은 속으로 이렇게 중얼거린 뒤 일개 무부(武夫)인 유반이 이토록 태연하게 아군을 대할 수 있었던 건 뒤에서 그를 조종하는 자가 없이는 불가능하고 여겼다. 잠시 후 도웅은 회심의 미소를 짓고 고개를 끄덕이더니 장간에게 재촉했다.

"빨리 편지를 쓰지 않고 뭐 하고 있는 것이오? 내게 다 생각이 있소이다."

장간이 재빨리 정신을 차리고 도웅이 불러주는 대로 편지를 완성하자, 도웅은 심복 무사를 시켜 편지를 서황 군중에 전하라고 명했다.

전령을 보낸 지 얼마 지나지 않아 아까 전에 풍수 상, 하류를 정탐하라고 보낸 척후병들이 잇달아 도웅에게 달려와 보고했다.

"부근 강가에서 도하가 가능한 곳 세 군데를 발견했습니다. 첫째는 풍수 상류 10여 리 지점에 물이 얕은 곳이 있습니다. 둘째는 섭현성 북문 밖에 교량이 있어서 도하가 가능합니다. 하지만 다리 위에 궁수들이 배치돼 있는 관계로 억지로 건너거나 몰래 건너기에 부적합합니다. 마지막으로 풍수 하류 7, 8리쯤에 너른 교량이 남북으로 이어져 있는 데다 수류가 완만하고 수심이 보통 사람의 배 높이 정도라 건너기 어렵지 않습니다."

조잡한 지도에서 각 도하 지점의 위치를 확인한 도웅은 잠시 생각에 잠겼다가 허저를 불러 명했다.

"지금 즉시 뒤쪽 영지로 가 3천 보병을 조직해 깃발을 들지 말고 은밀히 풍수 하류로 내려가시오. 숲 속에 매복해 있다가 이경 때쯤 풍수를 몰래 건넌 다음 삼경에 상류에서 불이 일어나는 대로 길을 돌아 적의 남쪽 귀로를 차단하시오."

허저가 명을 받고 출발하자 도응은 나머지 7천 군사를 세 부대로 나누었다. 윤례에게 2천 군사를 맡기고, 국종에게는 2천 기병을 통솔하게 했으며, 자신이 직접 3천 군사를 거느렸다. 군대 배치를 마친 도응은 각 군에 야전에 꼭 필요한 횃불을 미리 준비하고, 날이 어두워진 후 다시 작전 계획을 일러주겠다고 알렸다.

모든 준비를 마친 뒤에야 이틀 동안 겨우 두 시진밖에 자지 못한 도응은 잠시 짬을 내 눈을 붙일 수 있었다. 마침 이때는 신시를 절반쯤 넘긴 시각이라 해가 지기까지는 어느 정도 여유가 있었다. 피곤하기 짝이 없었던 도응은 돌아가며 적의 동정을 감시하라고 명한 뒤 평평한 땅을 찾아 자리를 깔고 누워 잠을 청했다.

서주군 역시 이틀간 2백여 리를 강행군한 터라 지치기는 마찬가지였다. 교대로 적정을 감시하는 대오 외에 나머지 장사 대부분은 앉거나 자리에 누워 휴식을 취했다. 울타리도 없는 임시 영지 사방으로 코 고는 소리가 시끄럽게 울려 퍼졌다.

기주와 형주 연합군은 사실 서주군보다 더 지쳐 있었다. 기주군은 적의 추격에 신경이 곤두선 채 2백 리 넘는 길을 급행군했고, 형주군도 어젯밤 조조군과 격전을 치른 뒤 잠시 쉴 틈도 없이 풍수 남쪽 기슭으로 달려가 서주군의 도하를 저지했다. 이렇다 보니 다들 몸이 녹초가 되고, 저절로 눈꺼풀이 계속 아래로 내려왔다. 여기에 서주군이 강을 건너 쳐들어올 기미가 보이지 않자 마음이 풀어져 하나하나 그 자리에서 잠이 들어버렸다.

이로써 양군 장사들은 강물을 사이에 두고 코 고는 소리가 여기저기서 일어나는 기이한 광경을 연출했다.

그런데 양군을 비교하면 서주군의 군기가 확실히 더 뛰어났다. 똑같이 피곤에 지친 상황에서 교대로 적정을 감시하는 서주군은 설사 서서 잠이 드는 한이 있어도 끝까지 임무를 완수했고, 서주군 장수들도 수시로 영지를 순찰하며 잠이 든 군사들을 깨워 마주한 적이 기습할 기회를 전혀 주지 않았다. 반면 맞은편의 형주와 기주 연합군은 적의 동정 감시를 책임진 군사는 물론 장수들까지 여기저기 쓰러져 코를 골며 잠에 빠졌다.

이때 만약 도웅이 일부 군사를 차출해 풍수 방어선 돌파에 나섰다면 적에게 큰 타격을 입힐 가능성이 높았다. 하지만 안타깝게도 도웅 이하 일반 사병에 이르기까지 모두 체력이 바닥난지라 감히 공격에 나설 엄두를 내지 못했다.

그러나 도웅은 이에 전혀 개의치 않았다. 야간 삼경에 자기 군사들이 도하하도록 유인한 다음 기습을 가하려는 적의 계획을 미리 간파하고 완벽한 장계취계를 마련해 두었기 때문이다. 이때 도웅이 꿈에도 생각지 못한 일이 기다리고 있었으니……

그 시각 풍수 북쪽 기슭과 교량으로 곧장 연결된 섭현성 북문 안에서는 비장한 얼굴의 천여 형주군이 집결해 있었다. 이들은 어젯밤 조조군 기습에 참여하지 않은 쌩쌩한 군사로 돌격 임무를 책임진 주장은 황충이요, 부장은 장비였다. 충분히 휴식을 취한 이들은 술과 고기로 배를 채우고 맑은 정신을 유지해 전투력이 상대적으로 매우 높았다.

형주와 기주의 고위 관원들은 기적을 창조할 이 부대를 전별하기 위해 모두 한자리에 모였다. 이름만 천자인 헌제도 신평과 유반, 유비의 깍듯한 '요청'으로 자리에 참석해 이 부대를 배웅했다. 이어 헌제는 또 유비의 '간청'으로 유비가 나열한 도웅의 기군망상, 황친 살해, 불충불효, 백성 박해 등 13가지 멸문 대죄와 21가지 죽을죄를 떨리는 목소리로 낭독했다. 그리고 마지막으로 도웅의 수급을 베는 자는 서주목과 팽성후에 봉해 서주의 주인으로 삼겠다고 선포했다.

이때 진귀한 보물이 가득 담긴 광주리 두 개가 이 부대 앞에 놓여졌다. 도웅의 목을 베어오는 자에게는 한 광주리를 모두 하사하고, 나머지 한 광주리는 부대가 균등히 나눠가지며, 전사하는 사졸의 가족에게는 풍족한 상을 내리겠다고 선언했다.

사실 이는 모두 어제 유반이 조조군 영지에서 얻은 전리품이었다. 재물을 목숨처럼 아끼는 유반은 이를 상으로 내놓고 싶지 않았지만 제갈량이 뛰어난 언변으로 설득에 나섰다.

"소장군, 어제 얻은 보물을 지키려면 두 가지 방법밖에 없습니다. 하나는 유현(攸縣)에 있는 가솔을 버리고 도웅에게 투항해 재물을 온전히 보전하는 것입니다. 다른 하나는 불세출의 공을 세우고 고관현작(高官顯爵)에 올라 형주 중신들이 감히 장군의 재물을 넘보지 못하도록 하는 것입니다. 이 외의 다른 선택으로는 보물을 지킬 수 없을 뿐 아니라 목숨을 보존하기도 어렵습니다."

유반이 주저하며 결정을 내리지 못하고 있을 때, 황충과 양령

등 형주 장령들은 서주군에게 투항할 의사가 없음을 분명히 밝혔다. 게다가 헌제가 책봉한 언릉후 겸 연주목에, 가솔이 모두 유표 수중에 있었던지라 유반은 결국 제갈량의 권유를 받아들여 서주군과 끝까지 싸우고 보물을 현상금으로 내놓기로 결정했다. 형주군은 눈앞에 가득 진열된 보물을 보고 군침을 흘리며 눈에서 광채를 발했다.

태양이 곧 서산으로 기울려 할 때, 굳게 닫혀 있던 섭현성 북문이 갑자기 열리며 황충과 장비 양대 맹장이 말을 나란히 하고 선두에 서서 성문을 뚫고 쏜살같이 교량을 통과했다. 천여 형주군도 눈에 불을 켜고 이들의 뒤를 바짝 따르며 다리를 건너기 시작했다.

황충과 장비는 위풍당당하게 칼을 번쩍 들고 큰 소리로 고함을 질렀다.

"목표는 도응의 수급이다! 돌격하라!!!"

섭현성 북문에서 돌연 천지를 진동하는 고각(鼓角)이 일제히 울리고 하늘을 무너뜨릴 기세로 형주군이 맹렬히 진격하자, 예상치 못한 공격에 놀란 서주군 진영은 큰 혼란에 빠지고 말았다. 멀리 섭현성 성루에서 이를 바라보는 기주와 형주 관원들을 비롯해 유비 및 수경 선생의 문하 세 사람의 얼굴에는 모두 환한 웃음이 드러났다.

이어 서서가 방통에게 공수하며 말했다.

"적의 경계심을 늦춘 사원의 계책에 감사할 따름이네. 내 드디어 모친의 원한을 갚게 되었어!"

"도 애경……."

신평과 유비의 '요청'으로 성루에 올라 전투를 구경하던 헌제
만 홀로 수심 가득한 얼굴을 하고 있었다. 형주군이 도웅의 대장
기를 향해 곧장 돌격하는 것을 보고 헌제는 마음속으로 간절히
기도했다.

'한의 조종(祖宗)이시여, 제발 도 애경이 무사하도록 보우하소
서…….'

방통과 제갈량, 서서가 합심해 선택한 기습 시간은 실로 절묘
했다. 이는 서주군의 심리적 급소를 공략해 도웅과 서주군이 옴
짝달싹하지 못하도록 옭아매는 작전이었다.

일반적으로 기습은 야간에 감행하는 것이 정석이지만 반면에
야간에는 경비가 배로 더 강화되기 때문에 그 틈을 타기란 말처
럼 쉽지 않다. 게다가 다른 사람도 아닌 도웅이 이끄는 서주군에
게서 허점을 찾아내기란 불가능에 가까웠다.

그래서 방통 등은 고심 끝에 해가 막 서산으로 지려는 시점을
노렸다. 이때는 날이 아직 환하게 밝아 이치대로라면 기습을 감
행하기 부적합했다. 그러나 피곤에 지친 서주군이 마침 단잠에 빠
져 있을 때였고, 또 풍수를 사이에 둔 기주와 형주 연합군 병사들
의 코 고는 소리가 묘하게도 적군의 심리를 느슨하게 해 기습에
대한 반응 속도가 평소보다 느릴 확률이 아주 높다고 여겼다.

무엇보다도 자신들이 머리를 맞대고 치밀하게 설계한 사항계
가 적의 심리를 늦추려는 계략인지 모른 채, 도웅은 형주군의 작

전 시간을 틀림없이 야간 삼경으로 오판하고 있으리라 확신했다. 그리고 이들의 예상은 그대로 적중했다. 도응이 이틀 만에 2백 리 길을 달려온 군사들이 저녁까지 체력을 보충하도록 휴식을 묵인한 결과, 적의 계략에 떨어지고 말았다.

천지를 진동하는 함성 소리와 함께 천여 형주군은 맹렬한 기세로 4리 밖 서주군 영지를 향해 돌격해 들어갔다. 특히 황충과 장비는 전혀 두려워하거나 주저하는 빛 없이 최전방에 서서 군사들을 이끌고 전속력으로 앞으로 나아갔다.

사실 이들은 이번 계획에서 도응의 수급을 취할 시간이 극히 짧다는 사실을 잘 알고 있었다. 고작 일각도 되지 않는 시간 동안, 즉 서주군이 당황해 미처 응집력을 발휘하지 못하는 시간 안에 목적을 이루지 못한다면 도응의 목을 벨 기회는커녕 자칫 천여 군사가 서주 정예병에게 몰살될지도 몰랐다.

섭현성 북문에서 도응의 대장기가 걸린 토산까지의 거리는 대략 5리 정도였다. 아무리 전속력으로 달린다 해도 중간에 만날 저항이나 지형적 영향을 고려한다면 일각은 솔직히 빠듯한 시간이었다. 이에 황충과 장비는 적의 저지를 돌아볼 틈도 없이 달리는 말에 더욱 채찍질을 가하고, 두 눈은 오로지 도응의 대장기만 응시하며 우두머리를 잡을 기회에 모든 것을 걸었다.

갑자기 적진에서 전고 소리가 울려 퍼지자 깜짝 놀라 잠에서 깬 서주군은 무기를 들고 조건반사적으로 풍수 기슭 쪽으로 달려가 맞은편 적의 기습을 방비했다. 도응마저도 자리에서 벌떡 일어나 풍수 건너편 적이 기습해 오는 줄로 알고 시선을 계속 남쪽에 두었다.

하지만 예상과 달리 형주군은 풍수 상류 쪽에서 내려오고 있었고, 서주군이 이를 알아챘을 때 이미 황충과 장비는 서주군 영지 언저리까지 돌격해 들어왔다. 두 맹장은 당황해 앞을 가로막는 적을 마치 두부 썰 듯 베고 영지 중앙 도응의 대장기 방향으로 곧장 내달렸다.

황충과 장비가 군사를 휘몰아 순식간에 도응의 대장기까지 120보 앞으로 다가왔는데, 누구도 감히 그 기세를 막아내지 못했다.

"저들의 목표는 주공이다!"

그제야 서주 장수들은 미친 듯이 달리는 두 적장의 의도를 깨닫고 혼비백산이 돼 병사들에게 필사적으로 저들을 저지하라고 명했다. 많은 병사는 무기조차 제대로 챙기지 못하고 무작정 황충과 장비에게 몸을 던져 도응이 반응할 시간을 벌어주었다.

하지만 이미 도응과 백 보 안으로 거리를 좁히고 전속력으로 돌진하는 황충과 장비 앞에 혼란에 빠진 서주군의 인해전술은 통하지 않았다. 이들이 달려드는 적을 닥치는 대로 베고, 찌르며 나아가는 사이에 도응과의 거리는 80보 안으로 좁혀졌다.

쉭!

이때 화살 한 발이 허공을 가르며 눈 깜짝할 새에 장비의 얼굴을 향해 날아갔다. 흠칫 놀란 장비는 재빨리 고개를 숙여 화살을 피했다. 장비가 눈을 부릅뜨고 머리를 들었을 때, 앞에는 도응의 친병 대장 마충이 위풍당당하게 서 있었다.

도응과의 거리가 이제 60보밖에 남지 않은 상황에서 마충은 다시 활을 당겨 화살을 날렸다. 그러자 장비는 서주 사병 하나를 번쩍 들어 마충이 쏜 화살을 막더니, 다시 그를 앞으로 던져 자신에게 달려드는 적병 여러 명을 한꺼번에 쓰러뜨렸다.

마충의 세 번째 화살은 마침내 장비를 맞혔지만 애석하게도 살촉은 장비의 머리가 아니라 투구 술에 적중하고 말았다. 이에 마음이 다급해진 마충이 네 번째 화살을 쏘려고 준비할 때, 다른 한쪽에서 포효 소리가 울리며 황충이 이미 30보 안으로 접근해 들어왔다. 그 기세가 어찌나 사나웠는지 마충은 화들짝 놀라 활을 버리고 창을 들고서 황충을 맞이하며 큰 소리로 외쳤다.

"주공, 위험합니다. 얼른 피하십시오!"

자신이 먼저 도망치면 군심에 영향을 미칠까 우려하던 도응도 자칫하다간 목숨이 달아날 상황인지라 황급히 자리를 비우고 달아났다. 장비는 이미 30보 안까지 짓쳐들어와 관우의 복수를 하겠다고 고래고래 소리를 지르며 도응의 뒤를 맹렬히 추격했다.

목숨이 경각에 달린 상황에서 도응의 호위병들이 필사적으로 장비 앞을 가로막았지만 이는 그저 시간을 조금 버는 데에 불과했다. 수하들이 장비의 장팔사모에 여지없이 나가떨어지는 것을 본 도응은 몸이 벌벌 떨려 좌익의 국종 대오로 도망치려던 생각을 까맣게 잊고 말았다. 그는 방향 감각을 상실한 채 오로지 앞만 보고 무작정 내달렸다.

해가 지고 석양의 잔조(殘照)가 희미하게 빛나는 가운데, 숲에

서는 서주군과 형주군 간에 일대 혼전이 벌어졌고, 산 아래에서
는 마치 사냥개가 토끼를 몰 듯 장비가 도응의 뒤를 맹렬히 뒤쫓
고 있었으며, 일부 서주군 장사가 다시 그 뒤를 필사적으로 쫓아
갔다. 이와 동시에 풍수 남쪽의 형주와 기주 연합군도 이 절호의
기회를 놓치지 않기 위해 즉각 공격을 발동했고, 섭현성 안에 주
둔한 유반과 여위황까지 각기 병마를 모두 차출해 상류에서 증
원에 나섰다.

전황이 순식간에 확대돼 혼란이 더욱 가중된 상황에서 도응
은 굶주린 맹호처럼 뒤를 바짝 쫓는 장비를 힐끔힐끔 뒤돌아보
고 제발 자기 군사들이 빨리 달려와 장비의 길을 막아주길 간절
히 바랐다. 물론 측면과 후방에서 군사들이 장비의 뒤를 쫓고,
또 간간이 병사들이 나타나 장비를 막아섰지만 어디에도 무리를
이룬 대오는 보이지 않았다. 긴장되고 답답한 마음에 입이 바짝
바짝 타들어가던 도응은 서주 장사들의 외침을 듣고 전방을 바
라보고서야 자신이 지금 자기 군대가 전혀 없는 쪽인 영지 동남
방향의 개활지로 달아나고 있다는 사실을 깨달았다.

도응이 정신을 차리고 전마의 방향을 돌리려 하자, 장비도 도
응을 놓칠세라 서서히 속도를 늦추고 도응을 향해 화살을 발사
했다. 쉥, 하고 날아간 화살은 다행히 도응의 등을 맞히지 못하
고 도응이 탄 전마의 둔부에 적중했다. 고통을 이기지 못한 전마
는 앞발을 들고 울부짖더니 미쳐 날뛰며 전속력으로 앞을 향해
달려갔다. 이로 인해 장비와의 거리를 벌릴 수는 있었지만 이미
통제력을 잃은 전마는 물살이 거센 풍수 쪽으로 거침없이 내달

렸다.

도응은 전방에 도도히 흐르는 강물을 보고 절망의 외마디 비명을 질렀다. 하지만 아무리 소리를 질러도 부질없는 짓이었다. 부상당한 전마는 더 이상 통제가 불가능한 데다 뒤쪽에서는 장비가 바짝 추격해 왔고, 풍수 맞은편에서는 기주와 형주 병사들이 속속 달려와 화살을 쏠 준비를 하고 있었다.

풍덩, 하는 소리와 함께 전마는 결국 풍수 물속으로 뛰어들었다. 순식간에 수심이 깊은 곳까지 이르자 말은 수면 위로 머리만 내밀었고, 도응의 가슴으로는 갑자기 차가운 강물이 엄습해 왔다. 이와 동시에 풍수 맞은편에서는 적군의 화살이 쉴 새 없이 도응을 향해 날아왔다. 설상가상으로 뒤쪽의 장비까지 벽력같은 고함을 지르며 쇄도해 들어오자 대경실색한 도응은 급히 물속으로 몸을 감추었다. 그러나 비 오듯 쏟아지는 화살에 도응은 그만 어깨에 화살 두 방을 맞고 말았다.

서주 추격군이 이곳까지 이르려면 아직 30~40보가 남은 상황인지라 지체할 시간이 없었던 도응은 도박을 걸어보기로 마음먹었다. 아예 말고삐를 손에서 놓고 물속으로 들어가 일단 장비의 공격을 피한 다음 뭍으로 오를 방법을 찾기로 한 것이다. 그러나 물살은 도응의 예상보다 훨씬 거셌다. 말고삐를 손에서 떼자마자 도응은 중심을 잡지 못하고 발버둥을 치다가 그대로 파도에 휩쓸려 하류로 떠내려갔다. 맞은편의 형주 사병들도 도응을 사로잡을 절호의 기회를 놓치지 않기 위해 누가 먼저랄 것도 없이 잇달아 강물로 뛰어들었다.

숨을 제대로 쉬기조차 어려웠던 도응은 몇 번이나 물 위로 머리를 내밀다가 강 복판까지 휩쓸려 갔다. 이어 여러 차례 파도에 세차게 부딪히더니 그대로 강물 속으로 가라앉으며 땅거미가 깔린 어둠속 깊은 곳으로 사라져 버렸다…….

도응이 물에 빠져 실종됐다는 소식이 전해지자, 점점 안정을 찾아가던 서주군 대오는 다시 큰 혼란에 빠지고 말았다. 우두머리를 잃은 국종과 윤례 등 서주 장수들은 급히 군사를 이끌고 하류 쪽으로 내려가 도응을 찾아 나섰다. 기주와 형주 연합군은 이미 싸울 마음을 잃은 서주군에게 맹공을 퍼부어 도응의 대장기를 잘라 버린 뒤 달아나는 서주군을 연이어 추살하고, 또 군사를 나눠 도응의 행방을 추적했다.

이때 마침 급보를 들은 허저가 군사를 이끌고 상류 쪽 영지로 급히 구원하러 달려왔고, 풍수 북쪽 10리 지점에 진주하던 서주 후군도 도응의 대오가 위험에 처했다는 전갈을 받았다. 물론 이들은 아직 도응이 실종됐다는 얘기를 듣지 못했다.

후군을 통솔하는 가후는 즉각 결단을 내려 서황에게 5천 군사를 이끌고 위위구조(圍魏救趙:적의 후방 근거지를 포위 공격해서 공격해 온 적이 스스로 물러가게 하는 전술) 책략으로 섭현성을 공격하고, 위연에게는 1만 군사를 거느리고 선봉대를 구원하라고 명했다. 그리고 자신은 후군 영지에 남아 접응할 준비를 하는 동시에 혹시 모를 적의 기습에 대비했다.

서주 후군이 전장에 가세함에 따라 군사력이 열세인 기주와 형주 연합군은 서주군의 반격을 당해내지 못하고 대패해 쫓겨나듯 풍수 남쪽으로 물러났다. 또한 서황의 대오가 갑자기 나타나 섭현성 공격에 나서자, 풍수 남쪽 기슭의 기주와 형주 연합군은 근거지를 잃을까 염려해 서둘러 섭현성을 구원하러 달려갔다. 이로써 대대적으로 도응을 찾아 나서려던 계획은 자연히 취소되었다.

원군이 제때 도착한 덕에 서주군은 반격에 성공했지만 승리의 기쁨을 나눌 겨를이 없었다. 즉각 구조대를 조직해 장수 이하 일반 사병에 이르기까지 횃불을 손에 들고 풍수 하류 쪽으로 내려가며 도응을 찾아 온 산과 벌판을 샅샅이 뒤지기 시작했다.

한편 섭현성 안에서는 방통과 제갈량, 유비 등이 도응을 제거할 천금 같은 기회를 놓친 데 대해 아쉬운 마음을 금치 못했다. 이들은 하늘을 향해 탄식하며 제발 도응이 물에 빠져 죽었다는 소식이 들려오길 간절히 기도했다.

\*　　　　　\*　　　　　\*

"윽… 아악……."

지끈거리는 머리를 감싸고 도응은 힘겹게 신음을 토해냈다. 몇 번 물을 게우고서야 가까스로 의식을 되찾은 도응은 주위를 연신 둘러보았다. 하지만 칠흑 같은 어둠속에서 아무것도 보이지 않았고, 또 여기가 어딘지 도무지 알 수가 없었다. 내가 정녕 황천길로 들어섰단 말인가!

이런 생각을 하는 사이 눈이 점점 어둠에 익숙해지고, 옆쪽으로 물 흐르는 소리가 들려왔다. 도응은 가만히 물소리에 귀를 기울였다. 주변이 축축하고 물소리가 큰 것으로 보아 이곳은 물가가 틀림없었다. 또 수류의 방향으로 판단해 보건대, 강물은 자신의 오른편에서 흐르고 있었고, 풍수가 서쪽에서 동쪽으로 흐르는 물이었으므로 이곳은 적진이 있는 풍수 남쪽이 아니라 비교적 안전한 풍수 북쪽임을 말해주고 있었다.

그제야 안도의 한숨을 내쉰 도응이 칼을 땅에 받치고 몸을 일으키려는 순간, 뒤쪽에서 벽력같은 고함 소리가 울려 퍼졌다.

"주변을 샅샅이 뒤져라! 물살에 떠내려간 도응 놈이 운 좋게 살아났다면 이곳 하류 어딘가에 있을지도 모른다. 시체라도 찾아내는 자에게는 큰 상을 내리겠다!"

목소리의 주인은 다름 아닌 장비였다. 아깝게 도응을 놓친 장비는 분한 마음에 당장 군사를 소집하고 파도에 휩쓸려 내려간 도응 추적에 나서 이곳까지 이르게 되었다. 형주군이 서서히 거리를 좁혀오고 있었지만 이미 만신창이가 된 도응은 걸음을 옮길 힘조차 없어 그 자리에서 최대한 몸을 움츠리고 적군이 그냥 지나가기만 간절히 바랐다.

그러나 그의 기도가 하늘에 닿지 않았는지, 도응은 횃불을 들고 갈대 속을 뒤지던 형주 병사 하나에게 발각되고 말았다. 그 형주 병사는 흥분된 목소리로 장비 쪽을 향해 크게 외쳤다.

"장군, 여기 도응으로 보이는 자가 있습니다! 빨리 이리 와 보십시오! 어서요!"

병사의 외침에 귀가 번쩍 뜨인 장비는 재빨리 군사들을 이끌고 소리가 나는 쪽으로 달려갔다. 도응은 그제야 한껏 긴장해 딱딱하게 굳어 있던 몸이 스르르 풀리기 시작했다. 모든 것을 체념한 듯 입에서는 헛웃음이 새어 나왔고, 짧지만 파란만장했던 그간의 삶이 주마등처럼 뇌리를 스쳐 지나갔다. 형주 병사가 창을 겨누고 있는 가운데, 도응은 칼에 의지해 겨우 몸을 일으키고 하늘을 우러러 길게 탄식했다.

"아, 모사재인 성사재천(謀事在人 成事在天)이란 말인가! 이곳이 곧 나의 무덤이 되는구나!"

도응은 자포자기 상태로 탄식을 내쉬고, 장비는 빠른 속도로 말을 짓쳐 달려오고 있을 때였다.

이때 갑자기 북쪽에서도 한 무리의 군사가 나타나 도응 쪽을 향해 미친 듯이 질주해 들어왔다. 이들은 바로 불빛을 보고 달려온 마충의 부대였다.

황충을 막는 사이에 도응이 온데간데없이 사라지자, 마음이 다급해진 마충은 싸울 마음을 잃었다. 이에 황충을 자기 군사들에게 맡긴 채 말 머리를 돌려 도응을 찾아 나섰다. 처음에는 도응이 풀숲으로 도망갔으리라 여겨 이곳을 샅샅이 수색했다. 그러나 어디에서도 도응의 모습이 보이지 않자 마충은 발을 동동 구르며 동남쪽으로 무작정 내달렸다. 중간에 허저의 대오와 조우했지만 허저 역시 도응의 행방을 몰라 다급한 전장을 구하러 가고, 마충은 계속 도응을 찾아 나서기로 했다. 그리하여 마충은 사방을 헤맨 끝에 드디어 도응을 발견하게 된 것이다.

풍수 북쪽에서 울리는 함성 소리에 장비는 멈칫하고 시선을 그리로 돌렸다. 장비와 도옹과의 거리가 채 30보도 남지 않은 상황에서 마충은 사력을 다해 말을 달리며 먼저 도옹을 위협하는 형주 병사를 쏘아 맞히고 목이 터져라 고함을 질렀다.

"나, 마충이 여기 있다! 적장은 당장 머리를 내놓아라!"

화가 치민 장비는 도옹을 내버려 둔 채 고리눈을 부릅뜨고 장팔사모를 비켜들고서 당장 마충에게 달려들었다. 두 맹장의 대결은 한 치의 양보 없이 팽팽하게 전개됐지만 수백 명의 서주군은 수십 명밖에 되지 않는 형주군을 병력 면에서 압도한 데다 주군을 구하겠다는 일념으로 뭉친 덕에 군사들 간의 싸움은 승부가 극명하게 갈렸다.

눈앞에서 자기 군사들이 하나둘씩 나가떨어지자 장비는 도옹을 잡을 기회를 놓친 안타까운 마음을 뒤로하고 황급히 몸을 내뺐다. 마충도 달아나는 적군의 뒤를 쫓지 않고 곧바로 도옹에게 달려갔다. 이때 도옹은 체력이 다하고 긴장이 풀린 탓인지 그 자리에서 그대로 혼절해 버렸다.

*　　　　　*　　　　　*

장비가 섭현성으로 돌아와 도옹이 구조됐다는 소식을 알리자, 유비를 비롯한 제갈량, 유반 등은 모두 사색이 돼 말을 잇지 못했다. 방통은 코웃음을 치며 중얼거렸다.

"흥, 간적 놈이 명 하나는 참 길군. 수십 리를 떠내려가고도 멀쩡하게 살아나다니."

이때 신평이 떨리는 목소리로 물었다.

"도응을 제거하는 데 실패했으니 이제 어찌하면 좋단 말이오?
도응의 주력 부대까지 이미 전장에 도착해 섭현성의 병력으로는
그들을 당해내기 어려워졌소. 도응이 눈에 불을 켜고 보복에 나
설 테니 차라리 성을 버리고 철군하는 것이 어떻겠소?"

"철병은 안 됩니다!"

제갈량은 우선을 흔들고 단호하게 말했다.

"후퇴하지 않아야 우리 대오와 현재의 전과를 온전히 보전할
수 있습니다. 만약 지금 철군한다면 모든 것이 물거품으로 돌아
가고 맙니다!"

신평이 그 이유를 묻자 제갈량이 굳은 얼굴로 대답했다.

"아주 간단합니다. 야전에서 우리는 도응 대오의 상대가 되지
않기 때문이죠. 섭현성을 버린다면 150리를 행군해야 수군의 지
원을 받을 수 있는 박망에 겨우 당도할 수 있습니다. 하지만 그
길 중 절반은 지세가 너른 지대를 지나야 해서 기병이 많은 서주
군에게 금세 따라잡힐 테니까요."

"맞습니다. 아직 싸울 힘이 남았는데 철군이라니요?"

방통도 섭현을 버리는 데 반대하고 신평에게 물었다.

"신 복야, 지금 기주군은 얼마나 남았습니까?"

신평은 괴로운 표정을 지으며 대꾸했다.

"7천 2백이오. 허도를 나올 때 1만 5천이 넘었는데 이제 절반
도 남지 않았구려."

"그 정도면 충분합니다. 우리 형주군도 6천 정도가 있으니, 1만 3천 병력이면 기적을 창조하기에 부족하지 않습니다."

방통의 자신 있는 대답에 제갈량이 얼버무리며 물었다.

"사원은 여전히 선제공격을 염두에 두고 있는 것이오?"

방통이 웃음을 짓고 고개를 끄덕이자 제갈량이 흠칫 놀라며 다급히 말했다.

"사원을 얕보는 것은 아니나 제발 그 생각은 접었으면 하오. 어젯밤 전투처럼 도응이 똑같은 실수를 반복하길 바라는 건 불가능에 가깝소. 굳게 지키는 것만이 상책이외다!"

"도응이 다시 계략에 떨어질 리 없다고? 홍, 과연 그럴까?"

방통은 자신만만한 투로 냉소를 지은 뒤 말했다.

"물론 현재 서주군은 도응을 구하는 데 성공해 사기가 크게 오른 상태라 당장 행동에 나서지는 않을 것이오. 먼저 성을 굳게 지키며 예봉을 피한 뒤 적을 깨뜨릴 방법을 찾아야지요."

이때 유반이 은근히 물었다.

"사원 선생도 지금 철병해서는 안 된다고 여기는 것이오?"

"물론입니다. 소장군이 조조에게서 빼앗은 보물을 지키고 싶다면 지금 절대 섭현성을 버려서는 안 됩니다. 야전에서 열세인 우리가 철군하는 건 스스로 죽음을 택하는 것과 같고, 또 서주군은 소장군 수중의 보물을 탐내 필시 목숨을 걸고 우리 뒤를 추살할 테니까요."

자신의 의중을 꿰뚫은 방통의 대답에 유반은 고개를 끄덕거리고 조심스럽게 말을 이었다.

"좋소. 내 성을 굳게 지키자는 데 반대하지 않으리다. 다만 한 가지, 지금 양초가 충분치 않다는 사실을 알아두시오."

이 말에 유비와 제갈량은 깜짝 놀라며 이구동성으로 물었다.

"소장군, 성중에는 양초가 얼마나 남았습니까?"

그러자 방통이 이마를 치고 괴로운 신음을 내뱉었다.

"윽, 적을 격파하는 데 몰두하느라 이 점을 깜빡하고 있었군. 양양에서 섭현까지 수로가 연결돼 있지 않아서 양초를 대부분 박망에 쌓아두고 스무 날에 한 번씩 운송하고 있소. 지난번 양초를 공급받은 지 벌써 열여섯 날이 지났으니 얼마 남지 않았을 것이오."

"그럼 겨우 닷새 치 식량밖에 남지 않았단 말이오?"

유비의 말에 서서가 끼어들어 말을 보탰다.

"닷새 치는 원래 형주군 만 명이 먹을 양인데, 지금 섭현성에는 군사가 1만 3천이나 있소이다."

그러자 신평이 다급히 입을 열었다.

"우리 대오에도 대략 이틀 치 건량은 있으니, 대엿새 정도 버티는 데 문제는 없어 보입니다."

"닷새, 닷새 안에 반드시 적을 격퇴하거나 양초를 섭현성까지 운반할 방법을 찾아야 할 텐데……."

제갈량은 혼잣말로 중얼거린 뒤 고개를 번쩍 들고 외쳤다.

"그렇지 않으면 어쩔 수 없이 성을 버려야만 합니다!"

방통이 풀이 죽은 목소리로 말했다.

"그럼 이렇게 하는 건 어떻겠습니까? 성지를 굳게 지키고 양초를 아껴 사용하는 한편으로 일지 군마를 박망에 보내 양초를 운반해 오는 겁니다."

물론 방통의 말은 건의일 뿐이고, 모든 결정권은 유반 수중에 있었다. 한참 동안 주저하던 유반은 전리품을 보존하고픈 마음이 강했던지라 결국 방통의 의견에 동의를 표했다. 이어 유반이 누구를 보내는 것이 좋겠느냐고 묻자, 황충이 자진해서 3천 군사를 이끌고 가겠다고 청했다. 이에 유반이 고개를 끄덕이고 황충을 보내려는데, 제갈량이 불쑥 앞으로 나와 공수하고 말했다.

"소장군, 이 일은 기주군이 맡는 게 맞다고 사료됩니다. 대적을 앞에 둔 상황에서 식량 수송처럼 위험천만한 임무를 수행하다가 형주군이 막대한 손실을 입기라도 하면 유 사군에게 뭐라고 설명하겠습니까?"

유반은 그 말도 옳다고 여겨 시선을 바로 신평에게 돌렸다. 신평 역시 흔쾌히 이에 응했다.

"공명 선생의 말이 맞습니다. 우리 기주군이 전적으로 형주의 식량에 의존하는데 이 정도는 당연히 도와야지요. 우리가 3천 군사를 보내 식량을 운반하겠습니다."

그러자 제갈량이 급히 끼어들어 말했다.

"식량 운송은 중대한 임무라 반드시 맹장이 맡아야 합니다. 따라서 이 일은 익덕 장군에게 맡기는 것이 좋겠습니다."

신평은 주저 없이 이에 응낙하고 일지 군마를 유비에게 내주는 데 동의했다. 제갈량과 유비가 속으로 몰래 쾌재를 부를 때, 장비가 큰 소리로 외쳤다.

"상황이 급박하니 소장군은 얼른 공문을 준비해 주십시오. 신복야가 대오를 나눠주는 대로 바로 출발하겠습니다!"

얼굴 가득 미소를 띤 제갈량은 손을 휘저으며 장비를 저지한 뒤 말했다.

"너무 서두를 필요 없습니다. 먼저 휴식을 취했다가 삼경 때쯤 출발해도 늦지 않으니까요. 그리고 출발할 때 절대 장군의 깃발을 내걸어서는 안 됩니다."

장비가 어리둥절한 표정으로 이유를 묻자 제갈량이 차분하게 설명했다.

"도응은 아주 영악합니다. 장군이 군사를 이끌고 남하하는 걸 도응이 발견하게 되면 양초를 운송하러 가는 것이 아닐까 의심하게 되고, 나아가 아군의 양초가 빠듯하다고 미루어 짐작할 수 있습니다. 그리 되면 그는 분명 섭현성을 급박하게 공격하지 않고 인내심 있게 기다리면서, 한편으로 우리의 양도를 끊으려 들 것입니다."

이어 제갈량은 장비를 응시하며 말을 이었다.

"따라서 사전에 최대한 조심하는 것이 상책입니다. 장군의 깃발을 걸지 않으면 도응은 장군이 남하하더라도 기껏해야 우리가 여러 무리로 나눠 철군하는 것이 아닐까 의심할 뿐, 양초를 가지러 간다고 상상하기 어렵습니다."

이에 장비는 크게 웃음을 터뜨리며 훌륭한 생각이라고 연신 칭찬을 아끼지 않았다. 유반은 즉각 공문을 써서 장비에게 주고, 형주 관원 몇 명도 장비와 함께 남하하라고 명했다. 신평 역시 군사 3천 명을 차출해 잠시 장비에게 빌려주었다.

그날 밤 삼경이 되자 장비는 섭현성 서문을 나간 뒤 야색을 틈타 뒤도 돌아보지 않고 박망으로 내달렸다. 섭현성의 동문 10리 밖에 주둔한 서주군은 지리가 익숙지 않은 탓에 형주군의 이동을 전혀 알아채지 못했다.

그리고 장비가 군사를 이끌고 출발하기 전에 제갈량은 장비와 단둘이 대면할 기회를 마련한 뒤 금낭을 건네며 당부했다.

"장군이 이번에 남하할 때는 별다른 위험이 없을 것입니다. 하지만 식량을 운송해 성으로 되돌아올 때, 서주군에게 저지당할 가능성을 배재할 수 없습니다. 만일에 정말 서주군이 길을 가로막는다면 삼장군은 즉시 금낭을 열어본 후 거기에 적힌 대로 행하십시오. 누구에게도 이 금낭의 존재를 발설해서는 안 됩니다. 꼭 기억하십시오!"

*         *         *

군사들의 삼엄한 보호 아래, 도웅이 서주 대영으로 돌아오자, 내내 조마조마해하던 서주 장사들은 일제히 환호성을 질렀다. 삼군은 앞다퉈 도웅 앞으로 달려가 안부를 물었다. 이에 도웅은 태연자약하게 웃으며 군사들에게 말했다.

"나는 이렇게 건강하니 너무 걱정들 마시오. 그리고 그대들과 함께 역적을 제거하고 천하를 평정하기 전까지는 함부로 죽을 수 없는 몸이외다."

구사일생으로 목숨을 건진 와중에도 농담을 던지는 도응의 여유에 서주 장사들은 비로소 마음을 놓고 떠들썩하게 웃음을 터뜨렸다. 도응은 손을 휘저어 이들을 진정시키고 말했다.

"자, 이제 각 장사들은 자기 자리로 돌아가시오. 승패는 병가지상사일 뿐, 어제의 원한을 갚을 날이 반드시 올 것이오. 지금 가장 시급한 건 빨리 체력을 회복하고 영채를 안정시키는 것이니, 그런 다음 어떻게 복수에 나설지 생각해 봅시다."

서주 장사들은 일제히 예, 하고 대답한 뒤 신바람이 나 일사불란하게 영지로 돌아갔다. 이어 도응이 중군 막사로 들어서자마자 마충, 허저, 국종, 윤례 등이 무릎을 꿇고 엎드려 주공을 지키지 못한 죄를 청했다. 하지만 도응은 이들을 일일이 일으켜 세운 후, 이는 자신이 적의 출격 시간을 오판해 부지불식간에 기습을 당한 것이므로 장수들에게는 책임이 없다고 따뜻한 말로 위로했다.

장수들이 감읍해 눈물을 뿌리며 거듭 죄를 청하자, 도응은 공을 세워 속죄하면 될 뿐이라며 대수롭지 않게 답했다. 이어 자신을 구한 마충에게 큰 상을 내리고 이번 전투에서 자신을 위해 목숨을 바친 사병의 가솔들을 무휼(撫恤)하라 명하니, 감격해 눈물을 흘리지 않는 장사가 없었다.

겨우 상황이 진정되었을 때, 날은 이미 어두컴컴해졌다. 도응은 부상을 입은 데다 피로하기 짝이 없고 배까지 고팠지만 곧장 자신의 막사로 돌아가 쉬지 않고 가후와 시의 두 모사와 대영 막사에서 함께 식사하며 전황에 대해 논의했다. 이때에 이르러

서야 도응은 이를 바득바득 갈고 치를 떨며 분노의 일갈을 내뱉었다.

"서주와 형주 간에 전쟁이 일어나는 한이 있어도 내 섭현을 꼭 응징해 어제의 치욕을 씻고 말 것이오!"

그러자 시의가 간곡한 어조로 권했다.

"주공, 몸도 편찮으신데 잠시 화를 가라앉히고 제 얘기를 들어주십시오. 지금 겨우 연주가 안정되고, 북방에는 원담과 원상, 두 강적이 버티고 있습니다. 이런 때에 형주와 대대적인 전쟁을 벌이게 되면 힘이 분산될까 걱정입니다."

평소와 달리 도응은 시의의 건의를 귓등으로도 듣지 않고 우격다짐으로 밀어붙였다.

"내 세상에 나온 이후로 어제 같은 참패는 처음이었소. 그런데도 이 원한을 갚지 않고 외려 유표에게 고분고분 화친을 청한다면 내가 유표를 두려워한다는 소문이 세상에 널리 퍼질 것 아니오? 게다가 유표도 우리 서주를 만만히 보고 거리낌 없이 원담과 결탁하고 유비의 못된 짓을 방임하여 더 큰 골칫거리가 생긴단 말이외다!"

"주공의 말씀이 심히 옳습니다. 자우, 이번만큼은 그대의 말에 찬동하기 어렵소."

가후는 도응의 말에 맞장구를 치고 시의에게 고개를 돌려 말했다.

"합종연횡으로 보자면 그대의 견해는 더할 나위 없이 정확하오. 하지만 적의 심리 면에서 봤을 때 그대의 의견은 오히려 역

효과를 불러올 가능성이 높소."

시의가 호기심이 들어 그 이유를 묻자 가후가 대답했다.

"유표는 약한 자에게는 강하고 강한 자에게는 약하기로 이름
난 자요. 우리 서주군과 비교했을 때 장제와 유비는 그야말로 보
잘것없는 존재에 불과하오. 그런데 유표는 왜 이들을 받아들인
것도 모자라 식량과 군사는 물론 근거지까지 내주었으면서, 우리
서주군에게는 강한 적의를 보였을까요? 심지어 전에는 원술과 결
탁해 어부지리를 취하려 들었고, 지금은 원담과 결맹해 군대까지
파견하지 않았소? 물론 이는 순망치한의 이치를 고려한 처사였다
고 볼 수 있지만 그게 전부가 아니란 말을 하는 것이오."

"그게 전부가 아니라고요?"

시의도 결코 투미한 자가 아니었다. 잠시 생각에 빠져 있던 그
는 문득 깨닫는 바가 있었다.

"설마 유표가 장제와 유비에게 지레 겁을 먹었기 때문이라고
말하려던 참이었소? 장제는 당시 일지 군마를 이끌고 남양으로
쳐들어와 형주를 휩쓸고 다녔고, 유비도 처음에는 조조와 결탁해
유표와 일전을 불사하려 했소. 그래서 유표는 두려운 마음이 들
어 이들에게 돈이며 식량이며 군사를 내주고 귀순하도록 유도한
반면, 우리 서주군은 형주군과 단지 작은 충돌이 있었을 뿐 이후
형주 수군의 힘을 빌려 시상 요지를 차지했기 때문에 유표가 내
심 아군을 경시하고 그다지 무서워하지 않는다는 것이구려."

가후는 크게 고개를 끄덕이고 대꾸했다.

"맞소이다. 바로 그 얘기를 하는 것이었소. 따라서 우리는 이

번에 반드시 유표에게 겁을 줄 필요가 있소. 유반의 대오를 몰살한다면 효과가 더욱 크겠지요. 그리되면 유표는 비로소 우리의 무서움을 깨닫고 자발적으로 아군과 우호 관계를 맺으려 하지, 감히 북상은 꿈도 꾸지 못하게 될 것이오."

가후는 한마디 더 덧붙였다.

"유표를 겁박하려는 데는 또 한 가지 중요한 이유가 있소. 단기로 형주에 들어온 유표는 형주 대족의 전폭적인 지원에 힘입어 형주목이란 보좌를 확고히 한 관계로 지방에 대한 통제력이 약할 수밖에 없소. 이런 상황에서 형주군에게 따끔한 교훈을 준다면 실권을 쥔 문벌 귀족과 지방 호족들은 두려운 마음에 아군과의 적대 관계를 극렬히 반대할 것이오. 아군을 가장 적대시하는 채모 일가도 자신들의 이익이 걸려 있는 관계로 앞장서서 유표에게 아군과의 전면 개전을 종용할 리 만무하오."

시의는 적의 심리를 정확히 읽은 가후의 분석에 연신 탄사를 보내고 동의를 표했다. 도응도 한 치의 망설임 없이 책상을 내려치며 말했다.

"문화 선생의 말이 옳소. 이번에 반드시 유표에게 우리의 무서움을 알리고, 유반 놈의 대오를 몰살해야만 하오! 어떻게 적을 격파해야 할지 좋은 계책이 있으면 말해보시오."

그러자 가후가 미소를 짓고 대답했다.

"주공, 적을 격파할 계책은 내일 다시 논의하시지요. 주공이 부상을 입고 많이 피곤한 상태라 오늘은 일찍 쉬는 게 좋겠습니다. 참, 적을 격파할 계책은 미리 다 세워두었으니 아무 걱정 마시고 편히 쉬십시오."

이 말에 도응은 얼굴에 화색을 띠고 냉큼 물었다.

"문화 선생, 뜸 들이지 말고 얼른 말해주시오. 지금 당장 듣지 못하면 내 더는 편히 쉬지 못할 듯하오."

"성미도 참 급하십니다그려."

가후는 탄식을 내쉬고 도응의 조급한 성격에 두 손, 두 발 다 들었다는 표정을 지었다. 이어 차분하게 말을 이었다.

"오늘 제가 잠깐 짬을 내 섭현성을 휙 둘러보고 왔습니다. 그 결과 이 성이 전략적 요지는 틀림없으나 성지 규모가 극히 작다는 사실을 발견했습니다. 팽성이나 허도 같은 큰 성과는 비교조차 되지 않고, 4천 명이 상주하기 어려운 소패성보다도 훨씬 더 작더군요. 그럼 잘 한번 생각해 보십시오. 형주군과 기주군이 모두 이 작은 성안으로 들어갔는데, 과연 그곳에 양초를 쌓아둔 창고가 얼마나 있을까요?"

"그 말인즉, 적의 양초가 충분치 않다는 것이오?"

"물론입니다. 기주군은 허도에서 철수할 때 신속한 행군을 위해 양초를 가져가지 않았습니다. 그래서 섭현성에 들어간 후 필연적으로 형주군에게 양초를 의지할 수밖에 없어 유반의 부담이 급격하게 늘어났는데, 성안의 양식으로 과연 며칠이나 더 버틸 수 있을까요?"

도응의 물음에 가후는 미소를 띠고 반문한 뒤 계속 말을 이었다.

"한 가지가 더 있습니다. 섭현성과 양양 사이에는 수로가 통하지 않아 양초를 운반하기 매우 불편합니다. 따라서 아군과의 전면전에 별다른 대비가 없었던 형주군이 이 작은 성에 양초를 가득 쌓아두었을 리도 만무합니다."

가후의 조리 있는 설명에 도응은 피곤함도 잊고 박장대소하며 기뻐 춤을 추었다. 그러고는 도응의 몸이 상할까 염려한 가후와 시의의 재촉으로 막사로 돌아가 휴식을 취했다.

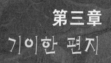

第三章
기이한 편지

 이튿날 동틀 무렵, 영채를 나가 순찰을 돌던 서주 척후병이 섭
현성 아래를 지날 때, 성안에서 돌연 우전 하나가 날아왔다. 그
우전에 서신이 묶여 있는 것을 보고 이상한 생각이 든 척후병은
얼른 이를 주워 대영으로 돌아와 가후에게 건넸다. 그런데 이를
펼쳐 본 가후의 눈이 동그랗게 커지고 편지를 쥔 손은 덜덜 떨
고 있었다.

 가후의 눈을 휘둥그렇게 만든 그 편지에는 어젯밤 삼경에 장
비가 양초를 운반하러 3천 군사를 이끌고 박망으로 남하했으며
섭현성 안에는 닷새 치 양초밖에 남지 않았다는 글씨가 삐뚤삐
뚤하게 쓰여 있었다.

 이제 막 침상에서 일어난 도응 역시 이 편지를 보고 눈이 번

쩍 떠지며 잠이 냉큼 달아났다. 도응은 한참 동안 멍한 표정을 짓고 있다가 툭 말을 던졌다.

"적의 계략이 아닐까? 그렇지 않다면 누가 이토록 중요한 정보를 서명 하나 없이 우리에게 누설한단 말이오? 밑도 끝도 없이 이를 믿을 순 없는 노릇이오."

가후도 이맛살을 찌푸리며 대꾸했다.

"저도 처음에는 적의 간계가 아닐까 의심했지만 곰곰이 생각해 보니 꼭 그렇지만도 않습니다. 그 이유는 이 편지 배후에서 계략을 꾸밀 만한 공간이 크지 않기 때문이죠. 기껏해야 아군이 장비 대오를 추격하도록 유인하거나 닷새 간 공성을 늦추는 정도가 다이니까요."

이어 가후는 턱에 손을 괴고 생각에 잠기더니 계속 말을 이었다.

"하지만 그것도 별 효과를 보기 어렵습니다. 우리는 적의 바람대로 장비를 추격하는 것이 아니라 서남쪽 길을 꼭 틀어막고서 장비가 식량을 운반해 북상하길 기다렸다가 기습을 가하는 편이 적을 격파하기 훨씬 수월합니다. 완병계는 더 의미가 없습니다. 아군이 강공을 퍼부으려면 먼저 해자를 메우고 공성 무기를 준비하거나 아니면 후방에서 무기를 공수해야 합니다. 그러기 위해서는 네댓 날로는 시간이 부족한데, 적이 이를 계책이라고 썼을 리 만무합니다. 따라서 이는 모두 부질없는 짓이라는 것이지요."

도응은 머리를 긁적거리며 도통 알 수 없다는 표정을 지었다.

"그럼 적은 대체 무슨 꿍꿍이란 말이오? 설마 우리를 안심시키고 허점을 노출하게 한 뒤 그 틈을 노리겠다? 아니지, 그럴 리는 없어. 우리를 바보로 여기지 않는 이상 똑같은 계책을 두 번이나 쓸 리 없다고."

그러자 시의가 또 다른 가능성을 제기했다.

"혹시 조호이산 계책이 아닐까요? 우리가 섭현성 서남쪽으로 분병하도록 유도한 다음 기병(奇兵)을 출격시켜 각개격파 작전을 펼치려는 것이죠."

하지만 가후는 고개를 가로젓고 설명했다.

"그럴 가능성은 크지 않소. 아군의 군사력이 적을 압도해 설사 군대를 둘로 나눈다 해도 여전히 우위를 점하고 있소. 게다가 우리는 허도에 4만 후군이 있어서 언제든지 수만 군사를 차출할 수 있는데, 이를 빤히 아는 저들이 그런 모험을 감행할 리 만무하오."

적이 쓸 만한 계책을 거의 모두 검토해 봤지만 무엇 하나 제대로 된 결론이 나지 않자, 도옹은 가슴이 더욱 답답해지고 머릿속만 혼란해졌다.

"완병지계도 아니고 유인책도 아니며 조호이산 계책도 아니라면 적은 도대체 무엇을 노리고 있는 것이지? 설마 편지를 보내 누설한 이 두 가지 중요한 정보가 모두 사실이란 것일까? 아군에게 귀순할 의사가 있거나 아군에게 마음이 기운 자가 보낸 것이라면……."

"저 또한 이 편지에서 누설한 정보가 모두 사실이 아닐까 의심하고 있습니다. 그래서 주공을 만나러 오기 전에 이미 믿을 만한 척후병을 섭현성 서남쪽에 파견해 상황을 정탐하라고 명했습니다. 적이 만약 어젯밤 정말로 군대를 남하시켰다면 길에 자그마한 단서라도 분명히 남겼을 터이니, 조금만 기다리면 보고가 들어올 겁니다."

도응은 가후의 주도면밀한 대응을 칭찬한 뒤, 분부했다.

"적이 군대를 보냈는지 여부와 상관없이 섭현성 서남쪽에 대한 정찰을 강화하시오. 평소보다 정찰 인원을 배로 늘리고, 또 야간에는 인원수를 세 배로 늘려 섭현성을 엄밀히 감시하시오. 그리고 군자군이 부재한 상황인지라 국종에게 경기병을 다수 파견해 적의 척후병을 소탕하고 아군 척후병의 정찰 공간을 최대한 늘리라고 하시오."

가후와 시의가 명을 받고 나가자 도응은 누가 이런 정보를 누설했을까 가슴 가득 의문을 가진 채 옷을 차려입고 영채 건설 주변으로 순시에 나섰다. 세심히 현장을 감독하는 사이에 시간은 어느덧 정오가 가까워 왔다. 이때 가후가 파견한 척후병들이 돌아와 놀랄 만한 소식을 전했다. 어젯밤 확실히 일지 군마가 섭현성을 나와 서남쪽 남양 내지로 들어갔다는 것이다. 이 보고에 깜짝 놀란 도응이 득달같이 물었다.

"확실한 것이냐? 혹시 너희들이 잘못 본 것은 아니고?"

척후병 우두머리인 오장(伍長)이 공수하고 공손히 대답했다.

"물론입습죠. 소인들이 섭현성 서남쪽 관도에서 서남쪽으로 나 있는 다수의 발자국을 발견했습니다. 게다가 길에는 싼 지 얼마 안 된 말똥이 있었고, 길옆 풀밭과 논밭에도 발자국이 어지럽게 나 있었습니다요. 이는 모두 군대가 지나갔다는 확실한 증거입니다."

이어 나이 많고 노련해 보이는 척후병이 보충 설명했다.

"섭현성에서 서남쪽으로 20리 떨어진 지점에서도 적이 임시로 머문 흔적을 발견했습니다. 그 부근에 인분과 오줌이 쌓여 이루어진 얕은 웅덩이가 있었고, 분변(糞便)의 상태로 보아 오늘 동틀 무렵에 이 일대에서 휴식을 취한 것으로 판단됩니다."

야간에는 행군 속도가 낮보다 느려 삼경에 출발한 부대가 여명 때쯤에 20리 지점에서 휴식을 취한 것은 시간상으로 전혀 이상하지 않았다. 이에 도응은 잠시 생각에 잠겼다가 척후병들에게 돌아가 쉬라고 명한 뒤 지체 없이 서황을 불렀다. 그러고는 경기병으로 소대를 조직해 당장 남하한 적의 대오를 쫓아가 적정을 상세히 정찰하라고 명령했다.

이와 동시에 국종의 서주 기병은 일찌감치 섭현성 수비군에 대한 척후전을 전개해 50명이 한 조를 이뤄 사방으로 출격했다. 이들이 섭현성 척후병을 끝까지 쫓아가 살해하고, 여러 차례 섭현성 아래로 들이닥쳐 순찰을 나가는 병사를 죽이니, 섭현성의 정찰력은 크게 약화되었다. 하지만 아쉽게도 이 일대 지형이 복잡한 지대로 숨은 적군 척후병까지는 모두 제거하기 못했다. 섭현성 척후병은 수풀에 의지해 서주 대영을 정탐한 후 성안으로 돌아와 적군의 상황을 보고했다.

　　　　　*　　　　　*　　　　　*

　기주와 형주 고관들이 성루에 모여 대책을 논의하는 가운데, 유반이 짜증 섞인 목소리로 무리에게 물었다.

　"도응이 군사를 전혀 움직이지 않고 영채 방어를 강화하며 아군 척후병을 척살하는 데 열을 올리는 이유가 대체 무엇이오?"

　제갈량이 공수하고 대답했다.

　"아주 간단합니다. 공성 무기를 준비할 시간이 필요하기 때문이죠. 허도에서 섭현까지 2백 리나 되는 길을 서주군은 단 사흘 만에 주파했습니다. 이는 도응의 대오가 치중을 많이 휴대하지 않았음을 설명합니다. 따라서 도응이 성을 공격하려 한다면 먼저 공성 무기를 제조하고 해자를 메워야 하므로 네댓 날 안에는 함부로 공성에 나설 리 없습니다."

　유반이 황연히 깨닫고 제갈량의 견해에 동의를 표하자 곁에 있는 방통이 말했다.

　"공명, 원직, 그 사이에 우리가 도응의 공성을 이끌어 낼 수만 있다면 전황은 우리에게 유리하게 돌아갈 것이오. 그래서 말인데 도응을 격분하게 만들 묘책이 없겠소?"

　서서가 맥 빠진 목소리로 대꾸했다.

　"그런 생각은 진즉에 접는 것이 좋네. 내가 조조 대오에 있으면서 여러 번 도응과 싸움을 벌였지만 이 간적 놈이 어찌나 음험한지 격장지계에 한 번도 동요한 적이 없었다네."

　제갈량도 서서의 말에 동감하고 권했다.

"지금 아군의 가장 중요한 문제는 바로 양초요. 장 장군이 섭현성까지 양초를 운송하지 못한다면 아무리 절묘한 계책이라 한들 어찌 펼칠 수 있겠소? 그러니 어떻게 적을 격파할까 골치 썩이지 말고 먼저 양초가 도착한 다음 계획을 논의해 봅시다."

도웅과 일전을 겨뤄 자신의 능력을 증명하고 싶었던 방통은 어쩔 수 없다는 듯 한숨을 내쉬었다.

"휴, 그렇지. 양초가 없으면 다 무용지물이니 그때 가서 다시 얘기하기로 합시다. 그나마 도웅이 아직 우리의 양초 상황을 눈치채지 못한 건 다행이니까."

·    *          *          *

다음 날 이른 아침, 적군 추적에 나섰던 서황의 척후병이 대영으로 돌아와 새로운 소식을 전했다. 기주 보병이 분명 박망 쪽으로 화급히 남하하고 있고, 숫자는 대략 3천 정도인데 장비의 깃발은 보이지 않는다는 것이었다.

이 보고에 도웅은 눈을 동그랗게 뜨고 소식을 가져온 병사에게 의심스러운 어조로 물었다.

"장비의 깃발이 확실히 없었느냐?"

전령은 주저주저하며 대답했다.

"장비의 깃발이 없는 건 확실하지만… 장비가 대오 안에 있는지 여부까지는 확인하지 못했습니다."

도웅은 알았다고 답한 뒤, 문득 무슨 생각이 났는지 다시 물었다.

"혹시 수레는 없었느냐? 화물을 실었든, 사람을 실었든 상관없다."

"없었습니다. 소인들이 높은 곳에 올라가 살펴본 바로는 한 대도 보이지 않았습니다요."

"없었다면 다행이다."

도응은 만족한 미소를 띠고 전령에게 돌아가 쉬라고 명한 뒤 가후와 시의를 향해 말했다.

"천자와 원소가 아직 섭현성 안에 있구려. 천자는 말을 타고 움직일 수 있지만 원소는 수레 없이는 이동이 불가능하오. 적의 대오 안에 수레가 없다는 건 원소가 아직 성을 떠나지 않았음을 가리키고, 이는 천자도 여전히 성안에 있다는 말이 되오."

가후가 침중한 어조로 뇌까렸다.

"천자와 원소는 성에 그대로 있고, 일부 기주군만 남하했다… 왜 기주군이 박망으로 남하했을까요? 정말 박망의 양초를 운반하러 간 것일까요?"

"그런 건 중요치 않소. 사람을 시켜 잘 감시하면 되니까. 지금 우리는 세 가지 준비만 잘하면 어떤 변화에도 능히 대처할 수 있소. 첫째, 공성 무기를 서둘러 제조하고, 둘째, 적이 군사를 나눠 전장에서 철수하는 데 방비하며, 셋째, 그 기주군을 주시하다가 식량을 운반해 북상하는 것이 확인되면 즉각 길목을 차단하는 것이오."

가후와 시의는 고개를 끄덕이고 도응의 견해에 동의를 표했다. 이어 이들에게 각기 임무를 맡긴 뒤 막사에 홀로 남은 도응은 여전히 의구심을 지우지 못했다.

"왜 장비의 깃발을 내걸지 않은 걸까? 적이 편지를 보내 계책을 쓸 요량이었다면 아군에게 믿음을 주기 위해서 일부러라도 장비의 깃발을 걸어 눈에 띄게 하는 게 정상일 텐데……."

이런 의문을 간직한 채 기주와 형주 연합군과 아무 일 없이 대치한 지 이틀여가 흘렀을 때였다. 영채를 단단히 세운 서주군이 막 해자를 메워 길을 열려고 할 즈음에 남쪽에서 잠복하던 세작이 쾌마로 서주 영중으로 달려와 보고했다. 전에 남하했던 그 기주군이 식량을 실은 수레 천여 대와 대량의 인부를 이끌고 다시 북상 중이라는 것이었다.

이 소식을 들은 도응은 기뻐서 어쩔 줄 몰라 적군이 어디까지 행군했는지 자세히 물은 연후 즉각 군대를 정비하고 식량 약탈에 나설 준비를 하라고 명했다.

누가 보냈는지 모르겠지만 그 편지에 적힌 내용이 모두 사실로 확인되자, 도응은 가후, 시의와 논의를 거친 뒤 비로소 이를 믿기로 마음먹었다. 이에 서황과 국종의 5천 기병은 선봉에 서서 적의 양초를 습격하고, 허저는 5천 보병을 이끌고 뒤를 따라 후원이 되라고 명했다. 또한 위연과 윤례에게도 각기 5천 정예병을 거느리고 영문 앞쪽에 진을 치고 있다가 언제든지 출격할 수 있도록 대기하라고 일렀다. 도응은 나머지 장수들과 영채에 남아 적의 기습에 대비하는 한편, 척후병을 다수 파견해 섭현성 안 군사들의 움직임을 면밀히 주시하라라고 명했다. 도웅으로서는 제갈량, 방통과 대치하고 있는지라 아무리 조심해도 지나치지 않았다.

이미 척후병을 보내 지형을 확인한 관계로, 서황과 국종은 섭현성에서 서남쪽으로 35리 떨어진 너른 개활지에서 작전을 펼치기로 결정했다. 이에 지름길로 섭현성을 돌아 평탄한 관도에 오르자마자 달리는 말에 채찍질을 가해 미리 예정한 장소로 급히 달려갔다. 오후 신시 전후에 예정된 전장에 당도해 휴식을 취하고 있던 이들은 마침 전방 정탐에 나선 기주군 척후병 둘을 붙잡았다. 이들을 심문한 끝에 적의 운송 부대가 여기서 10리도 채 되지 않는 곳까지 이르렀고, 또 대장이 장비라는 사실까지 확인했다. 이에 서황과 국종은 어떻게 식량을 습격할지 의논에 들어갔다.

먼저 서황이 국종에게 말했다.

"장비는 만인지적의 맹장이라 우리 둘이 함께 공격한다 해도 승리를 장담하기 어렵네. 그러니 각기 기병을 절반씩 거느린 다음 내가 앞장서서 장비를 대적하는 사이에 그대가 길을 돌아 측면에서 식량을 실은 수레를 급습하게나. 적의 양초와 치중이 불타면 장비도 필시 마음이 심란해져 싸울 마음을 잃을 테니, 그틈을 노려 적을 섬멸하도록 하세."

국종은 좋은 계책이라며 손뼉을 쳤다. 이어 이들은 군사를 둘로 나눈 뒤 서황이 선두에 서서 나아가고, 국종이 4, 5리쯤 처져 뒤를 따랐다. 서황의 선봉대가 7, 8리 정도 남하했을 때, 과연 방대한 수레 부대가 북쪽을 향해 행군하고 있었다. 서황은 주저 없이 전군에 고함을 지르며 곧장 돌격하라고 명했다.

"적의 기습이다! 빨리 대열을 정비하라!"

전방에서 함성 소리와 말발굽 소리가 천지를 진동하며 서주 기병이 물밀 듯 밀려들자, 기주군은 크게 당황해 서둘러 진용을 정비하고 전투태세를 갖추었다. 장비는 섭현성을 나올 때 제갈량이 했던 당부가 떠올라 속히 금낭을 열었다. 금낭 안에 있는 편지를 자세히 읽어 내려가던 장비는 얼굴에 의아한 표정이 드러나고, 고리눈은 더 이상 커질 수 없을 만큼 동그래졌다.


한편 국종은 전방에서 난 서황 대오의 고함 소리를 듣자마자 군사를 이끌고 좌측으로 우회했다. 작은 토산의 엄호 아래 적의 측면으로 몰래 돌아가 전장에 당도한 국종의 대오는 누구랄 것도 없이 모두 놀란 표정을 지었다.

이곳에는 시체 몇 구가 보이지 않았고, 저항할 힘이 없는 인부들만 바닥에 무릎을 꿇고 있었다. 식량을 운반하던 기주군은 천여 대의 귀중한 식량 수레를 그 자리에 놓아둔 채 남쪽으로 그대로 꽁무니를 뺀 것이 아닌가.

서주군이 환호작약하며 노획한 전리품에 군침을 흘리고 있을 때, 멍하니 서 있던 국종이 정신을 차리고 서황 앞으로 달려가 물었다.

"공명 장군, 대체 어찌 된 일입니까? 이렇게 빨리 승리를 취하다니요?"

서황도 넋이 나간 표정으로 대꾸했다.

"장비가 출전해 나와 겨우 4합만 겨룬 뒤 양초를 버리고 군사만 이끌고서 달아나 버렸네. 혹시 복병이 있을까 염려해 감히 뒤를 추격하지는 못했네."

국종은 다시 한 번 눈이 휘둥그레져 급히 좌우를 살피더니 깜짝 놀라 외쳤다.

"이 일대에 정말 적의 복병이 있을지도 모릅니다!"

믿기 어려울 정도로 순조롭게 식량을 약탈한지라 서황과 국종은 혹시 적의 계략이 숨어 있지 않을까 하는 강한 의심이 들었다. 이에 즉각 척후병을 시켜 높은 곳에 올라가 적의 복병이 있는지 살펴보라고 명했다.

하지만 어디에도 복병은 없었고, 달아난 기주군도 다시 돌아올 기미를 보이지 않았다. 재삼 이를 확인한 서주군은 드디어 마음을 놓고 투항한 형주 인부들을 조직해 양초를 가지고 대영으로 향했다. 서황은 여전히 적이 추격해 올까 걱정돼 직접 후군을 통솔했다.

북쪽으로 10여 리쯤 행군했을 때 후원이 된 허저의 5천 정예병이 나타나자 서황도 그제야 긴장을 풀었다. 허저는 서황과 국종으로부터 그 사이 벌어진 사건의 자초지종을 듣고 한편으로는 기쁘면서도 한편으로는 의아한 표정을 지었다. 적군이, 그것도 장비가 양초를 버리고 도망갔다는 것이 말이 되는가.

서주의 세 장수는 머릿속 가득 이해하기 어려운 의혹을 가진 채 서둘러 서주 대영으로 길을 재촉했다. 계속해서 서황이 후군을 맡아 혹시 모를 적의 공격에 대비하고, 국종은 선봉에 서서 길을 열었으며, 허저는 양초를 운반하는 책임을 맡아 수레를 감독했다. 동시에 이들은 쾌마를 먼저 대영으로 보내 도응에게 기쁜 소식을 알리고, 또 섭현성 군사들이 식량을 빼앗으러 출격할지 모르니 군대를 보내 접응해 달라고 청했다.

서황 등의 보고를 받은 도응도 의혹에 휩싸이기는 마찬가지였다. 혹시 속임수가 있지 않을까 의심했지만 당장은 이를 생각할 겨를이 없어 위연과 윤례에게 즉각 군사를 이끌고 섭현성으로 가 성안의 움직임을 예의 주시하라고 명했다. 그리고 자신은 적의 돌발 행동에 대비코자 태사자, 마충 등과 대영을 굳게 지켰다.

물론 이는 모두 도응의 기우에 불과했다. 섭현성 안에서는 서주군이 양도를 끊으러 갔는지조차 모르고 있었고, 무슨 음모는 커녕 위연과 윤례가 캄캄한 밤중에 섭현성 서남쪽 관도로 출동하자 서주군이 공성에 나서는 줄 알고 다들 화들짝 놀라 방어를 강화하기에 바빴다. 유반과 신평, 유비 등은 급히 성루로 뛰어 올라가 적정을 자세히 살폈다.

"서주군이 정말 공격을 가하려는 것일까? 그런데 왜 공성 무기가 보이지 않지?"

유반이 어리둥절한 표정으로 중얼거리자 제갈량이 잘라 말했다.

"저건 공성에 나서려는 것이 아닙니다. 잘 보십시오. 서주군이 방원진을 펼치고 있잖습니까? 방원진은 방어에 특화된 진법으로 공격력과 기동력이 떨어집니다. 따라서 서주군은 공격을 준비하는 것이 아니라 우리의 기습에 대비하고 있는 것이지요."

유반의 머릿속은 더욱 뒤죽박죽이 되었다.

"뭐라고? 우리가 미쳤다고 오밤중에 단단한 적진을 기습한단 말이오?"

유반과 신평 등은 도대체 어찌 된 영문인지 알 길이 없어 수성을 한층 더 강화하고 서주군의 다음 행보를 가만히 기다리기로 했다.

서주군의 이상 행동에 대한 해답을 찾기까지는 그리 오랜 시간이 걸리지 않았다. 이경이 절반 정도 지났을 때, 섭현성 서남쪽에서 돌연 손에 횃불을 든 방대한 대오가 나타났다. 사병들이 황급히 이 상황을 보고하자 유반 등은 낯빛이 변해 놀라 소리쳤다.

"설마 우리 운량 대오가? 적이 이를 알아채고 길을 막으러 출격했단 말인가?"

방통이 자리에서 벌떡 일어나 심각한 얼굴로 말했다.

"아닙니다. 적이 이를 알았다면 도중에 기습을 가하지 빤히 드러내 놓고 길을 끊겠습니까? 지금 적이 방어의 모양새를 취하고 있는 건 한 가지로밖에 해석할 수 없습니다. 우리의 양초가 이미 적의 수중에 들어간 것이죠. 서주군은 양초를 탈취해 영채로 돌아가다가 우리가 공격에 나설까 염려해 길을 막고 있는 중입니다."

그러자 유비가 펄쩍 뛰며 고래고래 소리를 질렀다.

"그럴 리 없소! 양초를 호송하는 자는 바로 내 아우 장비란 말이오. 만부부당의 용맹을 가진 그가 그리 쉽게 양초를 빼앗길 리 없단 말이오!"

서서가 유비를 진정시키며 말했다.

"황숙, 화를 참으시오. 장 장군이 용맹한 건 사실이나 서주군 진영에도 맹장이 수두룩하고, 병사들은 우리보다 더 정예롭소. 따라서 장 장군이 불의의 일격을 당한다 해도 전혀 이상하지 않소. 지금 아군은 만반의 준비를 갖추고 있다가 상황에 따라 일을 기민하게 처리하는 것이 최선이오."

유반과 신평 등은 옳다고 손뼉을 친 뒤, 황충과 여위황에게 각기 2천 군사를 거느리고 섭현성 서문과 남문에서 명을 기다리라고 일렀다. 이어 유반 등은 성루로 돌아가 초조하게 적정을 살폈다. 그런데 얼마 지나지 않아 형주 깃발을 단 수레 부대가 나타나고, 불빛 속에서 서주군이 섭현성 쪽으로 북상하는 모습이 보였다. 이를 목격한 유반 등은 얼굴이 사색이 되고 정신이 혼미해져 일제히 비명을 내질렀다.

눈이 뒤집힌 유반은 길길이 날뛰며 당장 성을 나가 양초를 빼앗아오라고 소리쳤다. 사람들이 간곡히 만류했지만 이미 이성을 잃은 유반의 귀에는 어떤 말도 들어오지 않았다.

명령이 떨어지자 조교가 내려가고 성문이 활짝 열렸다. 황충은 서문에서 곧장 양초를 겁탈하러 출격하고, 여위황은 황충에게 시간을 벌어주려고 남문을 나와 위연을 견제했다. 하지만 위연이 대갈일성을 지르고 달려 나가 단칼에 여위황을 말에서 쓰러뜨리자, 혼비백산이 된 기주군은 앞다퉈 성안으로 달아났다. 성문 아래까지 적을 쫓아간 위연은 성 위에서 비 오듯 쏟아지는 화살에 그제야 부대를 이끌고 퇴각했다.

황충 쪽도 상황이 여의치 않았다. 황충이 군사를 이끌고 선봉인 국종에게 달려가 양군이 혼전을 벌이는 사이에 뒤쪽에서 윤례의 부대가 시살해 들어와 황충 대오를 협공했다. 황충이야 국종, 윤례보다 무력이 뛰어났지만 병사들은 정예로운 서주군을 당해내지 못하고 대패하고 말았다. 이에 황충은 젖 먹던 힘을 다해 겹겹의 포위망을 뚫고 서문으로 도망쳤는데, 이때 황충과 함께 섭현성으로 살아 돌아온 군사는 절반도 되지 않았다.

막대한 대가를 치르고서야 적의 힘이 얼마나 막강한지 확인한 기주와 형주 연합군은 천 대가 넘는 양초 수레가 성 아래로 유유히 지나가는 광경을 빤히 눈뜬 채 지켜볼 수밖에 없었다. 이로 인해 성안의 사기는 크게 떨어져 누구 하나 고개를 바로 들지 못했다.

사태가 이 지경에 이르러 겨우 이틀 치 양초밖에 남지 않게 되자, 승벽(勝癖)이 강한 방통마저도 고개를 절레절레 흔들며 탄식했다.

"아, 방법이 없구나. 성을 버리고 포위를 뚫는 수밖에."

서서 역시 무기력하게 대꾸했다.

"강적을 앞에 두고 퇴각하다가 돌이킬 수 없는 참패를 당할까 걱정이라네."

"그건 나도 알고 있소. 하지만 방법이 없소이다. 더는 식량을 구할 길이 없는데 이대로 성을 지키다간 전군이 몰살을 면치 못하게 되오. 유일한 방법은 결사대가 후위에서 목숨을 걸고 적의 추격을 막는 사이, 가능한 한 군대를 보전해 박망으로 철수하는 것이오."

방통이 어쩔 수 없어 내뱉은 말에 제갈량도 고개를 끄덕이고 유반과 신평에게 침중한 어조로 말했다.

"지금은 철군이 불가피한 상황인지라 속히 결단을 내리고 박망으로 후퇴해야 합니다. 박망파 일대는 산이 높고 길이 협소하며 수풀이 많아 소수의 군대로도 지키기 용이하니, 일단 박망파까지 후퇴한다면 안전을 보장할 수 있습니다."

유반과 신평은 낙담한 얼굴로 한동안 말이 없었다. 한참 뒤 유반이 한숨을 내쉬고 말했다.

"휴, 철수합시다. 그런데 언제 철수하고, 또 후위는 누가 맡는단 말이오?"

신평도 묵묵히 철수하는 데 동의하자 방통이 건의했다.

"적은 수가 많고 기병까지 다수 포진해 있어서 낮에 포위를 돌파하기는 무리입니다. 따라서 우리는 낮에 휴식을 취해 체력을 보충하고 철군 준비를 완벽히 마친 다음 박망에서 회합하기로 약속하고 내일 밤 초경에 성을 나가는 게 좋겠습니다."

이어 서서도 한마디 덧붙였다.

"현재 관건은 천자와 황후, 그리고 옛 기후를 모시고 가느냐는 것과 후위의 결사대를 누가 맡느냐는 것입니다."

이 말이 떨어지기 무섭게 유비가 돌연 앞으로 나와 비장한 어조로 말했다.

"소장군, 신 복야, 이 비가 후위를 맡겠소이다. 후위에서 목숨을 걸고 싸워 적군의 추격을 막을 테니, 두 분은 천자 등을 안전히 모시고 박망으로 철수하십시오."

유반 등은 어안이 벙벙해져 유비를 뚫어져라 바라보았다. 기세가 한껏 오른 정예병 4만 군사를 홀로 당하겠다니? 이는 스스로 섶을 지고 불구덩이에 뛰어드는 꼴 아닌가. 하지만 유반 등은 유비가 제 스스로 화살받이가 되겠다는데, 굳이 이를 반대할 이유가 없었다. 이에 속으로는 흐뭇한 미소를 지으면서도 겉으로는 짐짓 만류하는 척했다. 그럼에도 유비가 계속 단호한 태도를 보이자 유반은 어쩔 수 없다는 표정을 지으며 유비의 요청을 들어주었다.

그런데 이렇게 되자 새로운 문제가 발생했다. 유비가 이번에 신야에서 이끌고 온 4천여 병사 중 남은 자라곤 고작 열 명 남짓에 불과해 후위 방어의 중임을 맡기 불가능했기 때문이다. 이에 유반과 신평은 논의 끝에 하는 수 없이 유비에게 군사를 떼어주기로 결정했다. 신평은 기주군 1천 5백 명, 유반은 형주군 천 명, 도합 2천 5백 명을 유비에게 분병한 뒤 이번 임무를 잘 수행해 달라고 당부했다.

이어 이들은 곧바로 철군 논의에 들어가 형주군 대장 양령과 기주군 대장 곽자유(郭子瑜)에게 각각 1천 군사를 주고 선봉에 서서 길을 열도록 명하고, 자신들은 나머지 군사를 이끌고 중군

에 위치해 헌제와 복황후, 원소를 호위하며 남하하기로 결정했
다. 또한 빠른 속도로 육수를 따라 박망으로 철수하기 위해 군
사들에게 필요 없는 치중은 모두 버리라고 명했다. 계획이 확정
되자 무리는 즉각 자기 자리로 돌아가 일사불란하게 철군 준비
에 들어갔다.

한편 서주 군중에서는 여기저기서 환호성이 터져 나오며 즐거
운 밤을 보내고 있었다. 서황 대오가 양초 10만 휘를 노획해 영
채로 돌아오자, 마침 운량 문제 때문에 골머리를 앓던 도응은 입
이 함지박만 하게 벌어졌다. 그는 당장 공로가 있는 장사들에게
큰 상을 내리라고 명한 데 이어 뭇 장수들을 중군 대영으로 불
러 연회를 베풀고 노고를 치하했다. 도응이 삼군을 크게 호궤한
덕에 떠들썩한 분위기는 날이 밝을 때까지 이어졌다. 물론 도응
은 술 때문에 일을 그르칠까 염려해 전군에 과음하지 말라고 당
부해 둔 터였다.

술을 몇 잔 걸친 도응이 바람을 쐬러 막사 밖으로 나가려는
데, 호위병 하나가 부리나케 안으로 달려 들어왔다. 그는 흰 비
단이 매달린 우전을 도응에게 바치며 큰 소리로 말했다.

"주공, 순찰을 나간 우리 척후병이 동틀 무렵에 섭현성 아래를
지나는데 성에서 갑자기 화살이 날아왔다고 합니다. 척후병은
화살에 서신이 달려 있는 것을 보고 분명 중대한 일이라고 여겨
즉각 대영으로 이를 보내왔습니다."

"또 전서(箭書)가 날아왔다고?"

도웅과 가후, 시의 등은 얼떨떨한 표정으로 서로의 얼굴을 번갈아 바라보았다. 이어 도웅이 앉은 자리에서 당장 서신을 펼치자 내용이 궁금했던 가후와 시의도 편지 쪽으로 머리를 빼꼼히 내밀었다. 편지를 쭉 읽어가던 이들의 얼굴에 시나브로 환한 미소가 번지기 시작했다.

전과 마찬가지로 왼손으로 쓴 것처럼 보이는 편지에는 이렇게 적혀 있었다.

오늘 밤 초경에 형주와 기주 연합군이 성을 버리고 박망으로 철수할 것이오. 유비가 2천 군사를 이끌고 길을 열고, 유반과 신평은 양군 주력 부대를 거느리고 중군이 되며, 양령과 곽자유가 후군을 맡기로 했소. 천자와 황후 그리고 옛 주공은 중군에 자리할 것이오.

도웅은 입꼬리가 살짝 올라가며 중얼거렸다.
"옛 주공이라… 알고 보니 첩자가 기주군 내부에 있었군."

*　　　　*　　　　*

시간은 살같이 흘러 금방 낮이 지나고 어느덧 초경이 가까워졌다. 철수 준비를 모두 마친 기주와 형주 연합군은 군사를 세 부대로 나누고 섭현성 성문 앞에 집결해 명령을 기다리고 있었다. 신속한 행군을 위해 이들은 불필요한 치중을 아낌없이 버리고 수중에는 소량의 건량만 휴대했다.

한편 서서는 유비가 조조군 포로 가운데서 꺼내왔기 때문에 형주군과 기주군 어디에도 속하지 않아 이번에는 유비를 따라 후군에 머물렀다. 그리고 철수 준비로 분주한 와중에 제갈량은 기회를 엿봐 홀로 방통을 찾아가 말했다.

"사원, 꼭 몸조심하시오. 유반을 따라 중군에서 철수한다고 안전을 보장할 수 없소. 도응은 영악한 자라 중군에 아군의 주요 인물이 대부분 모여 있음을 알고 필시 추살을 늦추지 않을 것이오. 그러니 위험한 순간이 닥치면 절대 충동적으로 행동하지 말고 몸을 최대한 아끼시오. 그래야 나중에 명군을 보좌하고 한의 강산을 중흥할 것 아니오?"

방통은 고개를 끄덕거리고 침중한 목소리로 대꾸했다.

"충고 고맙소. 공명도 몸조심하시게. 다리가 불편한 데다 도응과 원한까지 깊으니 미리 몸을 뺄 대책을 마련해 두는 게 좋을 것이오."

둘 사이에 한동안 침묵이 이어지다가 방통이 먼저 공수하고 말없이 자리를 떴다. 제갈량은 방통의 뒷모습을 물끄러미 바라보며 살짝 탄식하고 속으로 중얼거렸다.

'날 원망하지 말게나. 이 방법을 쓰지 않으면 우리 주공은 끝장나게 된다네. 군사를 모두 잃은 상태로 형주로 돌아갔다간 우리 주공은 이용 가치가 없어져 유표에게 가차 없이 버림을 받을걸세. 그래서 어쩔 수 없이 자네에게는 정말 미안한 일을 벌이게 되었네.'

부대 점검을 마친 각 장수들이 원래 위치로 돌아가고 초경을 알리는 딱따기 소리가 울리자, 기주와 형주 연합군의 대대적인 철수가 시작되었다. 양령과 곽자유가 선봉에 서서 먼저 서남쪽 관도로 달려갔고, 유반과 신평이 거느린 중군 주력 부대가 그 뒤를 따랐으며, 마지막으로 유비가 성을 나와 후위를 맡았다.

이때 유비는 사실 걱정이 매우 앞섰다. 도응이 이미 자신들의 퇴각 시간을 알고 있는지라 성문 근처에 군사를 매복시켜 놓았다가 기습을 가하면 큰일이었기 때문이다. 그러자 제갈량이 미소를 머금으며 얘기했다.

"염려 마십시오. 도응은 정면공격보다는 교묘한 수단으로 이익 취하길 좋아하는 자입니다. 그래서 절대 섭현성 부근에는 군사를 매복시켰을 리 없습니다. 그랬다가 만약 우리 대오가 다시 성안으로 들어가 버리면 시간과 병력을 많이 소모해 강공을 퍼부어야 하는 상황에 직면하게 됩니다."

제갈량의 예상대로 기주와 형주 연합군이 성을 나왔을 때, 이들의 앞을 가로막는 서주군은 정말 한 명도 보이지 않았다. 유비는 그제야 마음을 놓았고, 유반과 신평 등도 안도의 한숨을 내쉬고 행군에 박차를 가했다.

그리하여 이들이 탈 없이 20리 가까이 달아났을 때, 동북쪽에서 마침내 추격군의 불빛이 보이기 시작했다. 뒤쪽 하늘이 온통 붉은 것으로 보아, 적군은 이미 후군 대오의 10리 안까지 따라붙은 게 틀림없었다. 유비는 제갈량의 건의에 따라 쾌마를 전방에 보내 이 사실을 알렸다. 전방의 두 부대는 이 소식을 듣고 화들짝 놀라 군사들에게 속도를 더욱 높이라고 명했다.

이경을 지나 양령과 곽자유의 선봉대가 남쪽으로 35리쯤 행군했을 때, 칠흑 같은 전방에서 갑자기 횃불이 환하게 비치더니 무수한 서주군 깃발이 바람에 펄럭거렸다.

양령과 곽자유는 깜짝 놀라 동시에 비명을 질렀다.

"복병이다! 적의 복병이 나타났다!"

이와 동시에 서주군 진영에서 두 대장이 뛰쳐나왔다. 그중 손에 도끼를 든 장수가 벽력같이 고함을 질렀다.

"서공명이 여기 있다. 유비 간적 놈은 얼른 말에서 내려 항복하라! 여남의 한을 오늘 반드시 씻고 말리다!"

큰 칼을 휘두르며 달려 나온 장수도 우레 같은 목소리로 외쳤다.

"귀 큰 도적놈아, 이 허중강을 알아보겠느냐? 오늘 주공을 대신해 네놈의 목을 꼭 베고 말 테다!"

허저와 서황 두 맹장이 들이닥치자 양령과 곽자유는 혼비백산이 돼 식은땀을 흘렸다. 그러면서도 저들이 왜 후방에 있는 유비를 찾는지 알 수 없어 고개를 갸우뚱했다.

허저와 서황의 고함 소리를 신호로 만 명이 넘는 서주군이 조수처럼 튀어나와 겨우 2천 명밖에 되지 않는 적군에게 달려들었다. 궁지에 몰린 기주와 형주 연합군도 무기를 들고 응전에 나서면서 별빛 아래의 광야에서는 일대 혼전이 벌어졌다.

전방에서 갑자기 일어난 함성 소리에 중군을 통솔하던 유반과 신평은 선봉대가 매복을 만났음을 알고 낯빛이 크게 변해 속히 중원군을 파견하려고 했다. 그런데 이때 길 양옆 수림에서 홀연 북소리가 크게 울리고 횃불이 여기저기서 번쩍거렸다. 이어 왼쪽에서는 위연, 오른쪽에서는 태사자가 각기 정예병을 이끌고 돌격해 들어오며 똑같은 구호를 외쳤다.

"조서를 받들어 당장 어가를 구하라!"

손수 이번 철군 계획을 안배하고 지휘한 방통은 이 소리에 크게 놀랐다. 그의 얼굴에 점점 노기가 드러나며 분노의 고함을 질러댔다.

"우리 내부에 첩자가 있었어. 그놈이 우리의 철수 계획을 도응에게 누설한 게 분명해. 그렇지 않다면 천자가 이곳 중군에 계시는 걸 저들이 어찌 알았단 말인가!"

전방에서 군사들의 함성이 들리고 화광이 충천하자, 후방에 있던 유비는 주저 없이 전마를 멈추고 채찍으로 서쪽을 가리키며 크게 소리쳤다.

"전군은 들어라. 당장 서쪽의 형산(衡山)으로 철수한다. 그곳은 지형이 복잡해 적이 우리를 쉽게 추격할 수 없다!"

좌우의 형주와 기주 장수들은 멍한 표정을 지으며 잇달아 물었다.

"네? 형산 방향으로 철수한다고요?"

유비는 낯빛 하나 변하지 않은 채 다시 외쳤다.

"지금 앞쪽에는 적의 복병이 출현했고, 뒤에서는 적군이 바짝 쫓아오고 있다. 이런 상황에서 서남쪽으로 철수했다간 전군이 몰살을 면키 어렵다. 따라서 서쪽 산림 지대로 들어가 먼저 목숨을 보전한 연후 선봉과 중군을 구원할 방법을 찾기로 한다!"

"그럼 앞쪽의 우리 군사들은 어찌합니까?"

한 기주군 장수가 쭈뼛쭈뼛하며 묻자 유비가 무표정한 얼굴로 대꾸했다.

"알아서 위험을 모면할 것이다. 출발할 때 신 복야가 뿔뿔이 흩어질 경우, 박망에서 회합하자고 이르지 않았느냐?"

그래도 병사들이 주저하며 움직이지 않자 다급해진 유비가 엄명을 내렸다.

"즉각 서쪽으로 철수하지 않는 자는 목을 벨 것이다! 머뭇거리다간 뒤에서 쫓아오는 적군에게 따라잡히고 만다. 이는 후군 주장의 명령이다!"

후방에서 서주 추격군의 함성과 발자국 소리가 점점 가까워짐에 따라 기주와 형주 병사들은 마지못해 혹은 죽음이 두려워 유비와 제갈량을 좇아 서쪽 숲 속으로 숨어들었다. 그중 일부 군사는 유비의 뒤를 따르지 않고 신평과 유반에게 유비의 이상 행동을 알리러 남쪽으로 내려갔다. 하지만 이들이 중군 전장에 당도했을 때 중군은 서주군의 맹공을 당해내지 못하고 지리멸렬돼 사방으로 도망치기 바빴으니, 유반과 신평에게 이를 고하기는커녕 목숨을 부지하는 것이 문제였다.

이번 전투에서 서주군은 군사의 숫자나 질적인 면에서 압도적인 우위를 점했을 뿐 아니라 기습 공격으로 기선을 제압하고 너른 개활지에서 대결하는 지리적 이점까지 얻은 관계로 전세는 완전히 한쪽으로 기울고 말았다. 정예롭고 용맹한 서주군은 마치 사냥개가 토끼를 몰 듯 사납게 밀어붙여 적군 대오를 차례차례 무너뜨렸다.

전방에서는 혼전 중에 형주 장수 양령이 서황의 도끼에 몸이 두 동강 났고, 기주 장수 곽자유는 허저에게 무기를 빼앗기고 생포되었다. 유비의 행방을 묻는 허저의 외침에 곽자유는 벌벌 떨며 후방에 있다고 사실대로 대답했다. 하지만 유비가 전방에 있다고 알고 있는 허저는 이 대답에 크게 노해 가련한 곽자유의 목을 단칼에 베어버린 뒤 군사들에게 속히 유비의 행방을 찾으라고 명했다.

중군도 금세 패색이 짙어지자 황충은 유반을 호위하고 포위 돌파에 나섰다. 그런데 유반은 전리품으로 얻은 진귀한 보물을 버리기 아까워 후퇴하는 데 거추장스럽다는 황충의 권유를 무시한 채 이를 보호하라고 요구했다. 그리하여 황충이 어쩔 수 없이 유반과 보물을 실은 수레를 모두 보호하며 나가다 보니 돌파 속도가 자연히 느려지고, 중군에서 가장 눈에 띄는 목표물이 되었다.

"노부는 어디로 달아나려 하느냐? 태사자가 여기서 너를 기다린 지 오래다!"

이때 정면에서 태사자가 크게 호통을 치고 창을 꼬나들고서 곧장 황충에게 달려들었다. 황충은 칼을 들고 태사자를 맞아 싸우며 유반에게 소리쳤다.

"소장군, 이곳은 말장이 맡을 테니 얼른 달아나십시오!"

황충이 태사자를 막는 동안, 여전히 보물에 미련을 버리지 못한 유반은 수레까지 이끌고 포위를 뚫고자 했다. 하지만 눈 깜짝할 사이에 태사자 대오에게 길이 막혔고, 곧이어 점점 더 많은 서주군이 몰려와 겹겹이 유반을 에워쌌다. 그제야 목숨이 보물보다 더 소중함을 깨달은 유반은 군사들에게 수레를 버리고 도망치라고 명했다. 그러나 이미 때가 늦어 그의 명령이 채 다 떨어지기도 전에 서주군이 찌른 장창에 어깨를 꿰뚫리고 말았다. 유반은 외마디 비명을 지르며 말에서 떨어져 서주군의 창칼에 난도질을 당했다.

유반이 죽자 그의 대오도 저절로 궤멸됐다. 군사들은 일제히 바닥에 엎드려 투항했고, 일부 군사는 아예 수레에서 보물을 꺼내 바치며 살려 달라고 애걸했다. 태사자와 불꽃 튀는 접전을 벌이던 황충은 이를 보고 탄식을 내쉰 뒤, 말 머리를 돌려 달아나기 시작했다. 태사자는 당장 황충의 뒤를 쫓고 싶었지만 군사들이 물욕에 눈이 멀어 호기를 놓칠까 염려해 먼저 대오를 지휘하며 누구도 보물을 건드리지 못하도록 막았다.

한편 신평은 추풍낙엽처럼 무너지는 자신의 대오를 보고 황급히 호위대를 이끌고서 원소와 헌제의 마차 곁으로 달려갔다. 그는 마차를 보호하며 포위를 뚫으려고 시도했으나 천라지망을 뚫기란 말처럼 쉽지 않았다. 마차가 촌보도 나가지 못하고 고전을 벌이는 순간에 뒤로 후퇴하는 병사들에 의해 그만 원소의 마차가 옆으로 쓰러지고 말았다. 신평은 병사들에게 다급히 원소를 구하라고 명한 후, 원소에게 달려가 울면서 아뢰었다.

"주공, 사태가 이미 이 지경에 이르러 더는 손쓸 방도가 없습니다. 저는 죽음이 두렵지 않으나 주공의 안전을 위해 서주군에게 항복하는 것이 어떻겠습니까?"

몸을 가눌 수 없는 원소는 흐리멍덩한 표정을 짓고 있다가 눈을 두 번 깜빡거렸다. 신평은 목 놓아 울며 원소를 부축해 마차에 바로 앉힌 연후 무릎을 꿇고 정중하게 세 번 절했다. 이어 몸을 일으키고 병사들에게 명했다.

"모두 무기를 버리고 서주군에게 투항하라!"

서주군이 환호성을 지르며 신평 등 기주 장사들을 포박하자, 마차 안에 있던 헌제와 복황후는 서로 얼싸안고 이제 살았구나, 하는 안도의 한숨과 함께 기쁨의 눈물을 흘렸다. 반면 시종 무표정한 원소의 눈가에서는 회한인지 절망인지 모를 탁한 눈물이 서서히 배어 나왔다.

날이 희붐히 밝았을 때, 대규모 복격전도 거의 마무리 단계에 접어들었다. 미리 얻은 정보 덕에 서주군은 기주와 형주 연합군 대부분을 섬멸하는 대승을 거두었다. 여기에 형주로 넘어갈 뻔한 헌제와 복황후 그리고 원소까지 구해내는 데 성공했다.

그럼에도 서주군 장수들은 답답하고 이해가 되지 않았다. 도응의 일차 표적인 유비와 제갈량이 종적도 없이 사라졌기 때문이다. 온 구석을 샅샅이 뒤졌지만 시체 가운데서도 이들의 모습은 발견되지 않았다. 게다가 포로들조차 유비와 제갈량은 선봉과 중군에 있지 않고 후군에 위치했다고 잘라 말하는 것이 아닌가.

상황이 이상하게 돌아가는 데다 후군이 밤새 서쪽의 형산 방향으로 달아났다는 보고가 들어오자, 서황과 허저 등은 즉각 서주 대영으로 사람을 보내 도응에게 이 사실을 낱낱이 아뢰었다. 도응은 이 보고를 받고서야 일이 어떻게 돌아간 것인지 비로소 깨달았다.

"계략에 걸렸어! 그놈들에게 이용을 당했다고!"

분노한 도응은 허리춤에서 칼을 뽑아 책상을 단칼에 양단 내고 미친 듯이 고함을 질렀다.

"전서를 날린 장본인은 바로 유비와 제갈량이었어! 그놈들은 섭현성의 대오가 우리의 적수가 될 수 없음을 알고 고의로 패배를 앞당긴 것이야. 그러고는 대량의 병마를 편취해 달아나 버렸다고!"

도응이 이토록 격노한 모습을 본 적 없는 서주 관원들은 누구 하나 감히 나서서 도응을 만류하지 못했다. 외려 도응이 왜 이렇게 유비와 제갈량을 경계하는지 이해할 수 없다는 표정을 지을 뿐이었다.

이때 막사로 들어온 호위병 하나가 살기등등한 도응의 모습에 주눅이 들어 몸을 움츠리고 조심조심 보고했다.

"주공께 아룁니다. 조성 장군이 양 장사를 시켜 요청한 군량을 보내왔습니다."

여전히 분이 가라앉지 않은 도응은 씩씩거리며 이를 창고에 쌓아두라고 명했다.

양초 저장 감독을 마치고 막사로 들어온 양굉은 조각난 책상과 노기 띤 도웅의 얼굴을 보고 심상치 않은 일이 벌어졌음을 직감했다. 이에 조심스럽게 그 이유를 묻자 가후가 도웅 대신 대답했다.

"이번에 유비와 제갈량이 교묘하게 우리 손아귀에서 빠져나가 버렸소이다."

양괴이 깜짝 놀라며 어찌 된 일인지 궁금증을 표하자 가후는 그간 벌어진 일을 대략적으로 설명한 뒤 말했다.

"유비와 제갈량의 계략에 속아 우리 손으로 유반과 신평을 제거하고, 저들에게 유반과 신평의 잔여 부대를 손쉽게 취하도록 만든 데 대해 주공이 성이 난 것이오."

양괴은 그제야 사건의 전말을 이해하고 목소리를 낮춰 말했다.

"문화 선생, 그럼 당장 박망으로 쳐들어가 유비를 끝장내면 되잖습니까? 수만 정예병으로 수천 패잔병을 섬멸하는 것쯤이야 여반장일 텐데요."

가후는 쓴웃음을 지으며 대꾸했다.

"그게 그리 만만치 않소이다. 박망 일대는 지형이 복잡한 데다 육수 수로를 등지고 있어서 우리가 남하한다는 얘기를 들으면 유비는 분명 육수를 건너 남양 내지로 들어가 버릴 것이오. 쥐새끼 한 마리 잡자고 당장 대의명분도 없이 형주와 전면전을 벌일 순 없는 노릇 아니오?"

"그럼 유비가 유반, 신평을 배신했다고 까발리면 되지 않습니까? 유반이 유비에게 배신당해 죽고, 또 유비가 기주 병마를 편취한 일이 유표 귀에 들어간다면 분명 불같이 노해 유비를 단칼에 베어버릴 것입니다."

"그만 좀 떠드시오!"

도웅은 양굉과 가후의 대화를 더는 못 듣겠다는 듯 끊어버리고 버럭 화를 내며 호통 쳤다.

"아무 증거도 없는데 유표가 우리를 믿으리라고 보시오? 게다가 아군이 지금 형주와 경계를 마주한지라 우리의 위협이 두려운 유표는 유비에게 아군의 남하를 막으라고 명할 것이란 말이오!"

도웅의 불호령에 찔끔한 양굉은 저도 모르게 몸을 살짝 움츠렸다. 이어 골똘히 생각에 잠기더니 뭔가 떠오른 듯 눈을 반짝이며 입을 열었다.

"있습니다. 제게 유비를 제거할 방법이 있습니다요."

가후와 시의는 동시에 시선을 양굉 쪽으로 돌렸다. 하지만 도웅은 여전히 흥, 하고 코웃음을 치며 물었다.

"그래, 무슨 방법인지 말해 보시오."

양굉은 도웅의 태도에 전혀 개의치 않고 태연하게 대답했다.

"아주 간단합니다. 유표 입장에서 유비가 아직 이용 가치가 있고, 또 유비를 아군의 침공을 저지할 조력자로 여기고 있다면 계략을 써서 유비가 이미 이용 가치를 상실했을 뿐 아니라 심각한 위협이 된다고 유표에게 알리면 되지 않습니까? 그리하면 유표가 유비를 베고도 남을 것입니다."

가후는 문득 양굉의 의도를 알아채고 다급히 물었다.

"그럼 이간계를 쓰자는 말이오?"

"이간계라고 할 수도 있지만 엄밀히 따지면 함정에 빠뜨리는 것이지요. 유표에게 유비와 제갈량이 이미 몰래 아군에게 투항했다고 알리면 그만입니다. 그러면 유표는 분명 유비가 우리와 손잡고 형주를 빼앗을까 염려해 이 후환을 제거하지 않을 수 없으니까요."

가후는 어안이 벙벙한 얼굴로 의문을 제기했다.

"그게 어떻게 가능하단 말이오? 유비와 아군은 불공대천의 원수인데, 이를 빤히 아는 유표가 그 말을 믿으리라 생각하시오?"

"가능합니다."

양굉은 단호히 고개를 저은 뒤 배시시 웃으며 대꾸했다.

"어젯밤 전투에서 유반은 죽고 신평은 생포됐으며 천자와 황후, 옛 기주가 모두 우리 수중에 들어왔습니다. 그런데 어떻게 유독 유비만 포위를 뚫고 달아났을까요? 이는 요행일까, 아니면 우연? 그것도 아니라면 다른 음모가 숨어 있지 않을까? 유표는 필시 이런 의문들을 품고 있을 테니, 이런 의심을 부채질한다면 우리가 고의로 유비를 놓아주었다고 믿게끔 하는 것도 그리 어렵지 않습니다."

"아!"

도응과 가후는 눈이 동그래지며 동시에 탄성을 질렀다. 자신들은 유비에게 속은 일을 후회하고 분통을 터뜨릴 때, 양굉이 외려 이런 계책을 생각하고 있었다니! 과연 괄목상대가 따로 없었다. 이때 도응의 뇌리로 전에 읽었던 삼국지 대목 하나가 스쳐 지나갔다.

유비가 유표 앞에서 내게 기업이 있었다면 천하의 보잘것없는 무리들이 어찌 자신을 우습게 여겼겠냐며 한탄했다가 유표의 분노를 사, 유표가 암암리에 채모의 행동을 방종해 하마터면 유비의 목이 달아날 뻔했었다. 물론 지금이야 원래 역사와 상황이 많이 달라졌지만 유표의 됨됨이라면 불가능하지도 않아 보였다.

도웅이 잠시 이런 생각에 잠겨 있을 때, 가후가 말을 꺼냈다.

"음, 좋은 방법이긴 한데 쉽진 않을 듯하오. 형주의 양대 세력인 채모와 황조는 이미 우리와 대립각을 세우고 있는 데다 유표가 비교적 신임하는 제갈현은 바로 제갈량의 친숙부요. 유비를 제거하려면 먼저 채모, 황조, 제갈현이라는 관문을 넘어서야 하는데 돌파구를 찾기 만만치 않소이다. 중명에게 이를 타파할 묘책이 있소이까?"

"아이고, 주공과 문화 선생이 이리 간단한 일을 어찌 제게 되물으십니까?"

양굉은 손사래를 쳤지만 어깨에는 힘이 잔뜩 들어가 있었다.

"방법 역시 실로 간단합니다. 우리와 사이가 좋지 않은 채모와 황조를 제쳐두고 제갈현을 이용하면 됩니다. 유표에게 연락을 취한다는 구실로 사신을 보낸 다음, 몰래 제갈현을 찾아가 금은보화를 선물하고 서주의 관직을 봉하겠다고 약속하는 한편 편지를 한 통 건네십시오. 그러면서 조카 제갈량이 유비와 함께 이미 아군에게 투항했고, 이는 충성을 맹서하는 그의 편지라고 말한 뒤 아군에게 귀순하고 우리의 내응이 돼 형주를 취하는 데 도움을 달라고 권유하십시오. 그 다음이 아주 중요합니다. 그러고 나서 이 예물과 서신을 고의로 유표 수중에 들어가게 한다면 유표가 제갈량과 유비 형제를 그냥 놔둘 리 있겠습니까?"

도응과 가후, 시의는 아무 말 없이 반신반의하는 표정을 지으며 멀뚱멀뚱 서로의 얼굴만 쳐다보았다. 그러자 양굉은 재빨리 한마디 더 덧붙였다.

"이것으로 충분치 않다고 여겨진다면 방법이 하나 더 있습니다. 바로 양성의 장수에게 서신을 보내 유비를 고발하게 하십시오. 내용인즉, 우리가 금은보화로 장수를 매수해 내응이 되고 또 그에게 신야의 유비와 몰래 협력 관계를 맺어 반유표 동맹을 형성하라고 요구했는데, 장수가 자신을 받아준 유표의 은혜를 잊지 못해 차마 반역을 꾀하지 못하고 예물과 편지를 유표에게 바치도록 하는 겁니다. 이를 본 유표가 유비의 껍질을 벗긴다 해도 전혀 이상하지 않습니다."

도응은 눈을 씻고 양굉을 다시 한 번 바라보았다. 괄목상대의 주인공이 여몽에서 양굉으로 대치된다 해도 하등 이상할 것이 없었다. 양굉의 일장 연설을 들은 가후는 만면에 희색을 띠고 말했다.

"주공, 세 사람이 입을 모으면 호랑이도 만들어낸다고 했습니다. 중명의 이 삼인성호(三人成虎) 계책을 조금만 보완해 실행에 옮긴다면 유표는 필시 큰 의심을 품고 섭현성 패전의 전후 과정을 자세히 재조사할 것입니다. 이때 수상쩍은 부분의 진실이 밝혀지게 되면 분노한 유표가 유비를 죽이지 않겠습니까?"

이어 가후는 이 계책에 확신을 가진 듯 다시 진언했다.

"그리고 유비 추살에 나선 대오를 아예 철수시키는 것이 좋겠습니다. 형산 일대는 지형이 복잡하고 산림이 무성해 저들을 척살할 확률이 극히 미미합니다. 그러니 차라리 유비 대오를 놓아주고, 그 병사들이 형주로 돌아가 사태의 전말을 알린다면 유표도 크게 의심을 품어 우리의 다음 행보에 유리해집니다."

도응은 삼각 눈을 이리저리 굴리다가 손에 쥔 칼을 땅에 푹꽂으며 크게 소리쳤다.

"마충, 즉각 전령에게 내 친필 명령을 가지고 가 유비 추살 대오를 소환하라고 명하라!"

명을 받은 마충은 도응의 친필 편지를 가지고 나는 듯이 막사를 나갔다. 도응은 이번 임무가 실로 중대했기에 양굉을 양양으로 보내고 싶었다. 하지만 양굉이 채모, 황조와 원한이 아주 깊어 일을 그르칠 위험이 높은 데다 목적을 달성한다 해도 자칫양굉이 목숨을 잃을 수도 있었다. 이에 고민을 거듭하던 도응은 사람을 시켜 당장 장간을 부르라고 명했다.

\*　　　　\*　　　　\*

우여곡절 끝에 헌제는 마침내 그토록 바라던 도응의 품으로 들어가게 되었다. 도응은 전군을 이끌고 10리 밖까지 나가 무릎을 꿇고서 헌제와 복황후를 영접했다. 이각, 곽사는 물론 조조, 원소 등에게 말할 수 없는 능욕을 당한 헌제 부부는 서로 껴안고 통곡하며 호랑이 입에서 탈출한 이날을 경축했다.

또한 도응은 장인 원소를 섭현성 안으로 모신 후에 때마다 원소의 병상을 찾아가 문안을 여쭈었다. 원소는 눈물을 뿌리는 그의 모습이 모두 맘에 없는 위선임을 잘 알았지만 몸을 움직이기는커녕 말조차 할 수 없어 어떤 행동도 취하지 못하는 자신의 신세를 한탄할 뿐이었다.

헌제라는 패를 얻게 된 도응은 가후와 시의의 천자를 끼고 제후를 호령하라는 건의를 받아들였다. 이에 조굉에게 자신의 심복들로 어림군을 조직하고 헌제를 호위하라는 중임을 맡겼다. 헌제는 이미 여러 차례 이런 일을 겪은지라 강한 경계심을 보이면서도 충직한 도응이 설마 자신을 감시하려나 싶어 그 연유를 물었다. 그러자 도응으로부터 아리송한 대답만 돌아왔다.

"폐하 곁에 어림군의 보호가 없어서야 되겠습니까?"

# 第四章
## 양양으로 간 유비

　며칠 후, 박망에서 소식이 전해졌다. 서주군의 추격이 멈춘 뒤 유비와 제갈량은 박망으로 달아나 장비와 회합하고, 유반이 전사했다는 구실로 박망의 지휘권을 접수해 버렸다. 요행히 박망으로 도망친 형주와 기주군을 그러모으니 병력은 6천여 명에 달했다. 순식간에 남양 북부의 실력자로 변모한 유비는 서주군이 쳐들어올까 두려워 수로를 통해 급히 완성으로 철수해 완성에 주둔 중인 형주군 대장 등룡과 합류했다.

　물론 가후의 건의를 받아들인 도응은 박망을 공격할 의사가 없었다. 그는 유비를 놓아줌으로써 유표에게 경계와 의심을 가지게 하는 동시에 유표와 상호 불침범 맹약을 맺는다는 이유로 즉각 장간을 형주에 사신으로 파견했다. 그리하여 양굉이 제기하고,

가후와 자신이 보완한 삼인성호 계략을 실행에 옮기고자 했다.

　사실 형주의 유표와 채모 등은 유반, 유비의 북벌을 그다지 중
요하게 생각하지 않았다. 원담에게 중원군을 보내는 것은 그저
형세를 관망하려는 의도에 불과했다. 그래서 원담이 관도에서 대
패했다는 소식을 들은 후, 유표는 주부 괴량의 건의에 따라 서주
군과의 직접적인 충돌을 피하기 위해 유반에게 박망에서 퇴각하
라는 명령을 내리기로 결정했다. 또한 채모와 황조, 제갈현의 반
대를 무릅쓰고 서주군에게 사신을 보내 우호 관계를 맺을 준비
까지 했다.

　그런데 유반에게 보낼 전령이 출발하기도 전에 듣고도 믿기 어
려울 소식이 잇달아 전해졌다. 먼저 조조가 혼란을 틈타 여남을
빠져나가려 하고, 서주군이 파죽지세로 허도성을 무너뜨렸다는
데 이어 유반이 기습을 가해 조조군을 풍비박산 냈다는 것이 아
닌가. 유표 등이 기쁨에 겨워 환호하는 사이에 다시 유반이 원담
군 잔여 부대와 맹약을 맺고 헌제와 원소를 받아들였으며, 마지
막으로 섭현성 아래까지 들이닥친 서주군을 기습해 도응의 생사
가 불명해졌다는 것이었다.

　가장 큰 위협인 조조를 목숨이 간들간들할 정도로 대파하고
천자와 원소를 모두 손에 넣었으며 중원 최대의 세력 도응이 생
사불명 상태가 됐으니, 형주로서는 이보다 더 기쁜 소식이 없었
다. 일련의 희소식에 문호를 걸어 닫고 스스로를 지키는 데 급급
했던 형주 권력자들은 이참에 아예 중원으로 출병해 천하를 재

패하는 문제에 대해 논의하기에 이르렀다. 제갈현은 유표에게 중원 진출을 계속 부추겼고, 채모와 황조 역시 자진해서 유반을 접응하겠다고 나섰다.

하지만 기쁨은 오래가지 못했다. 겨우 며칠 후 한껏 들떠 있던 이들에게 악몽 같은 소식이 연이어 전해졌다. 도응의 구조가 확인되었고, 박망에서 섭현으로 가던 양초가 습격당한 데 이어 며칠간 잠잠하다가 느닷없이 유반이 전사하고 형주와 기주 연합군이 참패했다는 보고가 들어왔다. 마지막으로 헌제와 원소를 서주군에게 빼앗기고, 유비가 군사를 이끌고 완성으로 퇴각했다는 것이다.

며칠 사이 극락에서 나락으로 떨어진 형국에 유표와 형주 권력자들은 기가 차 말조차 나오지 않았다. 발을 동동 구르며 안타까움을 금치 못하던 이들은 이내 정신을 차리고 이렇게 좋던 형세가 어떻게 일순간에 와르르 무너졌는지 의심을 품기 시작했다. 홀로 수천 군사를 이끌고 퇴각한 유비가 섭현성으로 들어올 때, 사실 곁에 군사 몇 명밖에 없었다는 사실을 유표가 알았다면 의혹은 더욱 깊어졌을 것이다.

하지만 다행히 유비는 형주 관원들과 사이가 나쁘지 않았다. 이는 모두 도응과 양굉 때문으로, 유비는 저들과 원한이 깊은 형주 관원들의 비위를 맞추며 어느 정도 신임을 얻었다. 이에 유표는 사람을 보내 직접 이 일을 조사하는 것 외에 제갈현과 채모, 황조 등의 권유로 유비를 양양으로 소환해 섭현성 전투의 구체적인 경과를 묻기로 결정했다. 또한 혹시 모를 서주군의 남하에 대

비하기 위해 유비에게 완성에 주둔하며 남양의 군무를 다스리게
할 계획을 세웠다. 물론 이는 유비를 집 지키는 개로 써먹을 요
량이었다.

유비는 유표의 소환 명령을 받자마자 즉각 양양으로 길을 재
촉했다. 장비와 서서에게 완성에 머무르며 병마를 통솔하게 하
고, 자신은 제갈량과 황충, 방통과 함께 유표를 만나러 출발했
다. 황충은 당시 필마단기로 서주군의 포위를 뚫었고, 방통은 백
성으로 변장해 겨우 목숨을 건져 약속 장소인 박망에서 회합했
다. 한편 유비는 신야를 지날 때 관우의 아들 관평(關平)을 곁에
두고 자신의 친병 대장으로 삼아 함께 남하했으며, 간옹과 손건
에게는 신야 근거지를 잘 지키라고 명했다.

유비 무리가 양양에 도착했을 때, 때는 건안 6년 초겨울로 접
어들었다. 서주군이 이미 군대를 거두어 허도로 돌아갔기 때문
에 전운이 감돌던 형주에는 일시적으로 평화가 찾아왔다. 유표
는 친히 관원들을 거느리고 성 밖으로 나가 유비를 영접했고, 유
비도 매우 공손하고 예의 바른 태도를 보였다. 이들은 서로 손
을 맞잡고 한참 동안 해후의 정을 나눈 뒤에야 양양성 안으로
들어갔다.

유표는 성대한 연회를 베풀어 유비를 환대하고, 술이 서너 순
배 돌았을 때쯤 은근슬쩍 섭현성 전투의 전후 과정에 대해 물었
다. 유비는 감히 태만히 할 수 없어 그 경과를 상세히 서술했다.
물론 자신에게 불리한 진술은 빼고 말이다. 그러더니 눈물을 흘
리고 바닥에 엎드려 울먹이는 목소리로 죄를 청했다.

"사군, 제가 형산 쪽으로 포위를 돌파한 건 모두 서주군의 이목을 끌기 위해서였습니다. 하지만 유반 장군이 전사하고 천자를 도웅 놈에게 빼앗겼으니 저 역시 책임을 피할 수 없습니다. 무능하고 죽어 마땅한 이 비를 중벌로 다스려 주십시오."

말을 마친 유비가 머리를 바닥에 찧고 거듭 죄를 청하자, 곁에 있던 채모와 장윤, 황조 등이 잇달아 권했다.

"현덕공은 너무 자책하지 마시오. 전선에서 돌아온 사병의 말에 따르면, 당시 서주군이 수만 복병을 배치하고 아군을 급습한다고 보고했소. 그대의 2천여 군사로 구원에 나섰다 해도 전황에는 아무 도움도 되지 않았을 것이오."

사건의 내막을 모르는 형주 중신들은 어찌 됐든 형주군을 구하려고 애쓴 유비를 위로하고, 이 일을 추궁하지 말아 달라고 유표에게 권유했다. 중신들이 한목소리로 유비 구명에 나서자 유표도 유비를 일으켜 세우고 따뜻한 말로 위로하면서 탄식을 내뱉었다.

"아, 그대의 말에 따라 병마를 더 많이 보내지 않은 것이 한스러울 따름이오. 그랬다면 천자를 형주로 모셔올 수 있었고, 또 거의 사로잡은 도웅 놈을 놓치지도 않았을 텐데, 너무 안타깝구려. 다 내가 못나서 이런 호기를 잃고 말았소이다."

"너무 안타까워하지 마십시오. 다 백성에게 과중한 부담을 지우지 않으려고 취한 조치 아니었습니까? 당시 막 남양을 수복하고 급히 전량을 지원해 백성을 위무해야 하는 상황에서 병마를 출동시키지 않은 것은 당연한 일입니다. 지금 천하가 분열돼 날마다 전쟁이 끊이지 않는지라 기회는 얼마든지 다시 찾아오게 돼 있습니다."

유표는 유비의 말에 흐뭇한 미소를 짓고 대답했다.

"현덕공의 말이 심히 옳소. 아직 기회가 있고말고. 조조와 원담이 도응에게 큰 타격을 입었다고 하나 여전히 위세와 영향력이 남아 있어 일전을 겨룰 만하고, 원상과 원술 무리도 도응에게 위협을 가할 수 있는 존재요. 이후 아군과 현덕공이 반드시 좋은 기회를 잡아 어가를 구하고 중원을 되찾읍시다."

유비는 고개를 끄덕이고 미소를 보이며 부화뇌동했지만 속으로는 그런 자가 군사 내주길 그리 아까워했냐며 코웃음을 쳤다. 이때 유표가 돌연 화제를 돌려 유비에게 말했다.

"참, 신야는 성이 작고 양초가 부족해 대군을 양성하기 매우 어렵소. 그래서 말인데, 혹시 완성에 주둔하며 병마를 재정비하고 후일을 도모할 의향이 있는지 묻고 싶소?"

유비는 드디어 올 것이 왔다며 속으로 쾌재를 불렀다. 완성은 바로 남양의 치소로, 인구와 경제 면에서 신야보다 월등히 나았다. 오랜 전란을 겪었지만 아직 토대가 건재하고, 조조군이 주둔하면서 둔전을 실시하고 황무지를 개간해 실제적인 환경은 여느 성지에 못지않았다. 신야에서 4천 군사를 양성하기도 애먹었던 유비로서는 당연히 바라던 바였다. 하지만 덥석 응하기에는 눈치가 보여 짐짓 곤란한 표정을 지었다.

"사군의 두터운 은혜를 어찌 거절할 수 있겠습니까? 다만 등룡 장군이 현재 완성에 주둔하고 있어서 제가 완성으로 들어가면 등 장군이 용신할 땅이 없잖습니까?"

유표는 대수롭지 않다는 듯 곧바로 대꾸했다.

"등룡이야 신야로 철수하면 그만이오. 등룡은 신야로 남하하고 현덕공은 완성으로 북상해 서로 주둔지를 바꾸면 아무 문제도 없을 것이오."

'교활한 늙은이 같으니라고. 내가 애써 풍요롭게 가꾼 신야를 단숨에 꿀꺽하고, 날 완성으로 몰아내 방패막이로 삼을 심산 아닌가? 내가 호락호락 내주리라고 보느냐!'

유비는 속으로 울화가 치밀어 몰래 제갈량에게 눈짓을 보내 도움을 청하려는데, 우당탕 소리가 나며 호위병 하나가 대당 안으로 다급히 뛰어 들어왔다. 그는 유표에게 한쪽 무릎을 꿇고 공수하며 말했다.

"주공, 양성의 장수가 매우 화급한 일이라며 조카 장선(張先)을 보냈습니다. 사신이 지금 편지를 가지고 주공을 뵙길 청하고 있습니다."

장수라는 말에 유표의 미간이 잔뜩 찌푸려졌다. 이번에 서주군이 영천으로 진병하자 유표는 즉각 심복 진취에게 군사를 이끌고 안중(安衆)으로 가 주둔하고, 양성에서 양양으로 남하할 때 반드시 거쳐야 하는 조양에 증원군을 급파했다. 이는 모두 서주군과 친분이 두터운 장수가 이 틈을 타 난리를 일으킬까 두려워 취한 조치였다. 그런데 이런 시점에 장수가 아무 이유도 없이 조카를 보냈으니, 유표로서는 당연히 의아한 생각이 들고 불길한 예감을 지우기 어려웠다.

"이리로 들라고 해라."

유표가 잠시 유비의 완성 주둔 문제를 제쳐두자, 유비는 재빨리 자기 자리로 돌아와 완성을 차지하면서도 신야를 잃지 않을 방법에 대해 몰래 제갈량과 깊은 논의에 들어갔다.

잠시 후, 이제 갓 스물 살 정도 돼 보이는 젊은이가 총총히 대당 안으로 들어왔다. 그런데 유표가 무슨 일로 왔느냐고 묻자, 장선은 뜻밖에 주위를 쭉 둘러보더니 유표에게 공수하고 말했다.

"명공, 외람된 말씀이지만 후당으로 가 공께만 이를 아뢰었으면 합니다."

그러더니 장선은 허리에 차고 있는 칼을 풀어 바닥에 놓았다. 호기심이 든 유표는 고개를 가웃거리고 말했다.

"음, 여기는 모두 내 심복 중신들이오. 번거롭게 굳이 따로 얘기를 나누지 않아도 되오."

"사안이 워낙 중대해 꼭 명공과 단둘이 얘기를 나누고 싶습니다. 부디 허락해 주십시오."

장선의 어조가 매우 진지하고 낯빛까지 엄숙해 유표는 말할 것도 없고 장중에 있는 사람 모두 보통 심각한 일이 아님을 직감했다. 유표는 잠깐 머뭇거리다가 몸을 일으켜 후당으로 발걸음을 옮기며 분부했다.

"왕위, 장선을 데리고 후당으로 오너라."

예, 하는 대답과 함께 유표의 심복인 장전도위 왕위는 장선을 데리고 후당으로 향했다. 장선은 병풍을 지나 대당을 빠져나가려다가 힐끗 눈을 돌려 장중에 앉아 있는 유비를 쳐다보았다. 이

때 마침 유비도 행동이 수상쩍은 장선을 주시하던 터라 네 개의
눈이 순간 서로 마주쳤다. 장선이 재빨리 시선을 거두자 유비는
자기도 모르게 의심이 들기 시작했다.

'저놈이 왜 날 몰래 쳐다본 거지? 설마 이 일이 나와 관련이 있
다는 건가?'

쾅!

세차게 내려친 주먹에 책상 위의 지필연묵이 어지럽게 사방으
로 흩어졌다. 얼굴이 철색으로 굳은 유표는 자리에서 벌떡 일어
나 뒷짐을 지고 후당 안을 쉼 없이 맴돌았다. 생각할수록 가슴
속 분노는 더욱 불타올랐다.

"명공, 말장의 숙부는 도응이 보낸 선물을 일절 뜯어보지 말고,
예물 함 위에 봉인을 붙여 그대로 명공께 바치라고 명했습니다."

장선이 앞에 놓인 보따리를 풀자 봉인된 정미한 나무 상자가
드러났다. 장선은 이를 바치고 계속 말을 이었다.

"원래는 도응의 사신까지 같이 압송할 예정이었습니다. 그런데
그 사신이 어찌나 흉악하던지 양양으로 압송된다는 사실을 알고
옥에서 목을 매 목숨을 끊었습니다. 시체를 아직 입관하지 않았
으니 원하신다면 언제든지 사람을 보내 조사하셔도 좋습니다."

이때 유표가 돌연 걸음을 멈추고 허리를 숙이더니 목소리를
깔고 차갑게 물었다.

"도응이 네 숙부에게 서주의 내응이 되어 형주를 도모하는
데 도움을 주기만 하면 양성후 겸 양무장군에 봉하고, 또 남양

태수에 식읍 5백 호를 내린다고 했는데 어찌 이를 수락하지 않은 것이냐? 게다가 내 기억이 틀리지 않다면 서주군 군사 가후와 너희 장씨 일가의 교분이 아주 두텁다고 알고 있다. 가후가 직접 나서서 너희들을 회유했는데도 마음이 움직이지 않았단 말이냐?"

장선은 눈 하나 깜빡하지 않고 대꾸했다.

"명공, 공은 공이고, 사는 사입니다. 공과 사를 혼동해서야 되겠습니까? 문화 선생이 제 조부, 숙부와 교분이 깊은 건 사실이나 이는 단지 사적인 친분일 뿐입니다. 우리 장씨 일가가 관중의 식량 기근으로 오갈 데 없는 처지에 놓였을 때 명공께서 우릴 거두어주고, 성지는 물론 군사, 식량까지 지원해 주셨습니다. 지극히 큰 은혜를 아직 갚지도 못했는데 관직과 봉록을 탐해 명공을 배신한다면 금수와 무엇이 다르겠습니까? 그래서 숙부가 말장에게 명해 서주군의 예물과 서신을 보낸 것입니다."

유표는 매서운 눈초리로 장선을 계속 응시했다. 네 개의 시선이 한곳에 모인 가운데 후당 안에는 숨 막힐 정도로 냉랭한 정적이 흘렀다. 한 치의 흔들림이라도 보인다면 그 자리에서 목을 벨 생각이었지만 장선은 빈틈을 전혀 노출하지 않았다. 유표는 종내 고개를 끄덕이고 시선을 거두었다. 그러고는 장수의 인장이 찍힌 봉인을 뜯고 나무 상자를 열었다. 안에는 진귀한 보물과 비취가 가득했다. 유표는 한참 동안 이를 바라보더니 차분한 목소리로 입을 열었다.

"이 보석들을 가지고 가서 숙부에게 이르시오. 그대들의 충의는 이 보물보다 천 배 만 배 더 귀중해서 내 절대 섭섭지 않게 대우하겠다고."

"감사합니다, 명공."

장선이 머리를 조아리고 사례하자 유표는 먼저 역관으로 돌아가 편히 쉬라고 일렀다. 장선이 나가자마자 유표는 딱딱하게 굳은 얼굴로 곁에 시립한 유위에게 큰 소리로 분부했다.

"당장 괴량, 괴월, 채모, 황조, 유선, 한숭을 들라고 하라!"

왕위는 우렁차게 명에 답한 뒤 조심스럽게 입을 뗐다.

"저… 제갈현은 언급하지 않았는데 당연히 그도 불러야겠지요?"

"부르긴 뭘 부른단 말이냐? 도적놈에게 정보가 새나갈 일이 있느냐!"

유표가 험상궂은 표정으로 버럭 화를 내자 왕위는 화들짝 놀라 빠른 걸음으로 다급히 후당을 빠져나갔다. 후당에 홀로 남은 유표는 연신 발을 구르며 씩씩거렸다.

"불충불의한 이놈을 내 맹세코 없애 버리고 말리다!"


장선과 이야기를 나누러 후당으로 간 유표가 한참이 지나도 돌아오지 않는 것을 보고, 유비와 제갈량은 머릿속이 온통 의혹으로 가득했다. 이어 유표가 유위를 통해 여섯 심복만 호출하고 제갈현을 부르지 않자, 유비와 제갈량은 일이 잘못 돌아가고 있음을 깨달았다. 괴량 등이 후당으로 가자마자 유비는 재빨리 제갈량에게 목소리를 낮춰 물었다.

"유표가 사람들을 소집하면서 왜 그대의 숙부만 부르지 않은 거요? 그대의 숙부가 막빈으로 있지만 유표에게 꽤 신임을 받고 있지 않소?"

"저도 잘 모르겠습니다."

제갈량은 일이 어찌 돌아가는지 몰라 고개를 젓고 걱정스러운 어조로 말했다.

"한 가지 불길한 예감이 들긴 합니다. 어쩌면 이 일이 우리와 관련이 있어서 숙부를 통해 말이 새나갈까 봐 일부러 부르지 않은 것인지도 모릅니다."

제갈량의 예상은 불행히 한 치도 빗나가지 않았다. 장선이 가져온 가후의 친필 편지에는 친우의 이름으로 장수에게 투항을 권유한 것 외에, 남양군 내의 또 다른 형주 객군(客軍)이 이미 도웅에게 몸을 의탁해 대세는 이미 결정된 바나 다름없으니 순리대로 따른다면 부귀영화를 손에 쥘 수 있다고 적혀 있었다. 편지에는 그 형주 객군이 누군지 직접적으로 언급하지 않았지만 누구를 가리키는지 모르는 이는 아무도 없었다.

성격이 불같은 황조가 편지를 다 읽고 길길이 날뛰었다.

"귀 큰 도적놈이 배은망덕하기 짝이 없구나! 주공, 당장 유비를 잡아들이고 참형에 처해 후환을 아예 제거해야 합니다!"

"아니 되오!"

별가 유선이 재빨리 반대를 표명하고 유표에게 진언했다.

"출처가 불분명한 서신만 믿고 객군의 주장을 죽이는 건 너무 경솔한 행동입니다. 증거도 없이 엉뚱하게 무고한 사람을 죽였다간 주위의 신망을 잃는 등 후회막급한 일이 벌어질 수가 있습니다."

황조가 마뜩잖은 투로 대꾸했다.

"출처가 불분명하다니? 그럼 남양군 내에 장수와 유비 말고 또 다른 객군이 있다는 말이오?"

유선은 고개를 좌우로 흔들고 침중하게 말했다.

"그런 말이 아니외다. 솔직히 편지가 장수에게서 왔다는 점이 가장 의심스럽소. 잘 생각해 보십시오. 가후와 장수 일가가 어떤 사이입니까? 가후의 가족이 난리 통에 장안을 여기저기 떠돌 때, 장수 일가가 이들을 거두어 잘 보살피다가 가후가 있는 서주로 보낼 정도로 교분이 깊습니다. 따라서 서주군이 내응이 될 대상을 고른다면 유비보다 장수를 먼저 매수하는 것이 당연하지 않겠습니까?"

형주종사 한숭도 고개를 끄덕이고 이 의견에 동조했다.

"유 별가의 말이 일리가 있습니다. 유비 또한 도응과 원한이 깊어 쉽사리 도응의 요청에 응했을 리 없고요."

심복들의 얘기를 가만히 듣고 있던 유표는 신음성을 내뱉고 장선이 가져온 서신을 만지작거리더니 물었다.

"유비가 도응에게 매수됐을 리 없다……. 그럼 이 편지는 어떻게 해석해야겠소?"

이때 채모가 음산한 어조로 입을 열었다.

"이럴 가능성도 있지 않을까요? 유비는 전혀 도응에게 매수되지 않았고, 오히려 장수가 도응 편에 서서 주공과 현덕공의 사이를 이간하려는 것이지요. 장수는 서주의 가후, 양굉과 교분이 남달리 두터울 뿐 아니라 대공자와도 줄곧 왕래가 있었습니다. 따라서 배후에 누군가의 지시가 있었으리란 의심이 강하게 듭니다."

채모가 은근히 내비친 항장무검(項莊舞劍) 비유에 격분한 이가 있었으니, 바로 주부 괴량이었다. 괴량은 채가와 함께 형주의 양대 세력을 이루고 있는 괴가의 수장이자 유기의 장인이었다.

전에 양굉이 형주에 사신으로 왔을 때, 입지가 불안했던 유기는 양굉에게 자신의 처지를 모두 털어놓고 조언을 구한 일이 있었다. 양굉은 유종을 지원하는 채가를 견제하려면 이들과 유일하게 대항할 수 있는 괴가를 자기편으로 끌어들이라고 충고했다. 그리하여 유기는 괴량의 딸과 혼인했다.

채모가 꼬투리를 잡았다고 여겨 느닷없이 자신의 사위를 걸고 넘어지자 분노한 괴량도 날선 반격에 나섰다.

"주공, 장수가 서주군에게 매수돼 주공과 유비의 사이를 갈라놓으려 하는지는 조사해 보면 알 것입니다. 하지만 그 전에 반드시 풀고 넘어가야 할 의혹이 좀 있습니다."

유표가 놀라 무엇이냐고 묻자 괴량의 동생 괴월이 잽싸게 끼어들어 말했다.

"들리는 말에 따르면, 유비는 겨우 병사 둘만 데리고 관도에서 허도로 들어갔다고 합니다. 당시 유비와 함께 허도로 철수하던 원희와 최염은 3천 군사를 거느렸는데도 서주군의 추격에 대부분 섬멸되었을 뿐 아니라 원희가 전사하고 최염은 생포되었습니다. 그런데 곁에 병사가 겨우 둘뿐인 유비가 다리가 불편한 제갈량까지 데리고 허도로 달아난 게 너무 이상하지 않습니까?"

형주 관원 대다수가 이에 대해 의혹을 가졌지만 유비와 친밀한 채가가 두려워 아무도 이런 의문을 공개적으로 제기하지 못했다. 괴가 역시 형주에 분란이 일어날까 우려해 이를 잠시 덮어 두고 있었다. 그런데 채모가 먼저 유기를 언급하며 포문을 열자 괴량 형제도 마침내 반공을 가한 것이다. 당황한 채모가 다급하게 대꾸했다.

"그것이 무에 이상하다고 그러시오? 현덕공도 이미 밝히지 않았소? 당시 수중에 군사가 거의 없어서 서주군의 추살을 피하자는 일념으로 도망쳐 요행히 허도성으로 들어갔다고. 그리고 그때 관우가 전사할 만큼 천신만고를 겪었단 말이외다."

괴량이 무표정한 얼굴로 맞받아쳤다.

"한 번이라면 요행이라고 말할 수 있지만 두 번은 너무 이상하지요. 유비도 시인했듯, 유반 장군과 신평의 대오가 섭현성을 버리고 남양으로 퇴각할 때 선봉과 중군은 서주군의 기습을 만났는데 유비가 거느린 후군은 기습은커녕 아무런 공격도 당하지 않았소. 그 이유가 과연 뭐라고 생각하시오?"

괴월이 쉴 틈을 주지 않고 맞장구를 쳤다.

"맞습니다. 방금 유 별가와 한 종사도 말했지만 서주군은 유비와 철천지원수라고 해도 과언이 아닌데, 왜 유비가 거느린 후군을 집중 공격하지 않은 것은 물론 유비가 박망에 있는 줄 빤히 알면서도 군사를 보내지 않았을까요?"

유선과 한숭은 괜히 두 집안의 싸움에 휘말리고 싶지 않아 끽소리도 내지 않고 입을 꾹 닫아버렸다. 한편 채모는 기회를 잡았다는 생각에 시비곡직을 따지지 않고 너무 성급하게 발톱을 드러낸 데 대해 후회가 밀려왔다. 하지만 이미 엎질러진 물인지라 하는 수 없이 이마를 찡그리고 말했다.

"어쩌면, 어쩌면 현덕공이 후군에 있었다는 사실을 도응이 몰랐을 수도 있잖소?"

괴량은 가소롭다는 듯 큭, 하고 조소를 날린 뒤 다그쳤다.

"당시 도응이 아군의 도주 시간과 노선을 훤히 꿰고 가장 유리한 지점에 수만 대군을 매복해 놓았는데, 유비가 후군에 있는지 몰랐다는 게 말이 된다고 생각하시오?"

괴가 형제의 설득력 있는 설명에 유표의 얼굴이 차츰 일그러지더니 이내 철색으로 굳어버렸다. 유표의 안색을 살핀 괴월은 이때다 싶어 진중하게 간했다.

"주공, 이처럼 공교로운 일이 또 어디에 있을까요? 군사와 주요 장수들이 대부분 전사하거나 사로잡힌 상황에서 그것도 임시로 군대를 통솔하던 유비만 한 명의 사상자도 없이 전장을 빠져나오고, 또 무시할 수 없는 병력을 그러모았다는 게 너무 이상합니다. 이처럼 공교로운 일은 미리 준비가 없었다면 절대 불가능하다고 사료됩니다."

유표도 이 말에 수긍한다는 듯 천천히 고개를 끄덕이고 이를 꽉 깨물었다.

"맞아. 우연도 이런 우연이 없을 것이야!"

이때 황조가 머릿속에서 떠오르는 대로 여러 가능성을 제기했다.

"음, 유비가 관도에서 허도로, 혹은 허도에서 섭현으로 달아나

다가 도웅에게 사로잡혀 목숨을 부지하기 위해 도웅의 첩자가 된 건 아닐까요? 또는 곤경에서 빠져나오기 위해 자발적으로 도웅에게 협조하고 군대를 얻는 조건으로 서주군의 내응이 되었을지도 모릅니다."

유표가 그럴 수도 있겠다는 의사를 표명하자 채모가 다급한 마음에 재빨리 말했다.

"그건 모두 가정일 뿐입니다. 현덕공이 그리했다는 확증은 어디에도 없으니 철저한 조사를 벌여 이것이 도웅의 이간계가 아닌지 가려내는 게 가장 좋은 방법입니다."

애써 화제를 도웅 쪽으로 돌린 채모는 괴량 형제를 힐끗 쳐다보고 한마디 더 덧붙였다.

"그리고 장수가 보낸 편지는 달리 해석할 수도 있다는 생각이 듭니다. 도웅은 충성스러운 장수가 절대 자신에게 매수되지 않으리란 사실을 알고 고의로 장수를 이용해 반간계를 썼을 수도 있습니다."

채모의 이 말을 듣고 괴량 형제의 입가에 미소가 떠올랐다. 채모가 마침내 꼬리를 내리고 이 일에 더 이상 유기를 끌어들이지 않겠다는 뜻을 밝혔기 때문이다. 그러자 괴량도 고개를 끄덕이고 말했다.

"채 도독의 말이 일리가 있습니다. 이 일은 아직 실증이 없어서 함부로 단정하기 어렵습니다. 따라서 유현덕을 양양에 머물게 해 만일의 사태에 대비하는 한편, 섭현성 패배의 구체적인 경과를 엄격히 조사해야 합니다. 중간에 정말 흉계가 있었다면 작은 실마리라도 남아 있으리라 확신합니다."

유표는 당장 유비를 잡아들여 요절을 내고 싶었지만 채모와 괴량의 잇단 건의에 하는 수 없이 억지로 수긍하고 명했다.

"자유의 말이 옳소. 어떤 핑계를 대서든 유비를 양양에 머물게 하고 명확한 조사가 이루어진 뒤 다시 조치하기로 합시다. 그리고 장수가 편지를 보낸 일은 유비와 제갈현에게 입도 뻥긋해서는 아니 되오."

유표는 일행을 대동하고 다시 대당으로 돌아와 아무 일도 없었다는 양 자리에 앉아 태연하게 담소를 나누었다. 하지만 유비가 완성 요지에 주둔하는 문제에 대해서는 일절 언급이 없었고, 유비에게 원정을 나가느라 고생했으니 한동안 양양에 거주하며 휴식을 취했다가 군중으로 돌아가라고 권했다. 순간 일이 잘못돌아가고 있음을 눈치챈 유비가 짐짓 정색하고 얘기했다.

"사군의 호의는 고맙습니다. 그러나 도응의 대군이 여전히 영천에 주둔하고 있는지라 하루 빨리 돌아가 군대를 통솔하지 않았다가 서주군이 갑자기 남하하기라도 하면……."

"그건 너무 염려할 필요 없소. 세작의 보고에 의하면, 서주군은 섭현에 수천 병력만 남겨놓고 모두 허도로 철수했다고 하오. 또 일부 군대가 여남으로 남하해 회남과 통하는 육로를 뚫는다고 하니 단시간 내에 형주를 침범할 일은 없을 것이오."

유표는 유비의 말을 끊고 조목조목 이유를 설명한 뒤 한 가지 사실을 더 알렸다.

"이밖에도 어제 등룡이 사람을 보내 서주 사신 장간이 도웅의 서신을 가지고 육수를 따라 이리 내려오고 있다고 알려왔소. 아군과 상호 불침범 협약을 맺자는 의사를 내비쳤다 하니, 그대가 이곳에 남아서 날 좀 도와줘야겠소이다."

유비는 더 이상 몸을 빼기 어려워지자 어쩔 수 없이 유표의 요구를 받아들였다. 하지만 마음속으로는 유표가 왜 자신을 양양에 붙잡아두려 하는지, 그리고 장선이란 자가 유표와 대체 어떤 얘기를 나눴는지 몰라 답답해 미칠 지경이었다.


각기 서로 다른 꿍꿍이를 가지고 겉치레로 웃고 떠들던 연회가 끝나자마자 유비는 제갈량과 대책을 논의하러 서둘러 자리를 떴다. 괴량, 괴월 형제는 유표와 함께 황충과 방통 심문을 준비하면서 잠깐 짬을 내 아무도 없는 곳으로 가 얘기를 나누었다. 괴월이 목소리를 낮춰 괴량에게 물었다.

"형님, 장수의 이번 행동은 도웅의 사주에 의한 걸까요, 아니면 정말 대공자가 채씨의 외원을 제거하기 위해 지시한 것일까요?"

괴량이 침중한 목소리로 대답했다.

"음, 아직은 알 수 없다. 하지만 대공자가 나서서 이 일을 계획했을 가능성은 크지 않다. 먼저 대공자는 멀리 강하에 있어서 시간적으로나 노정 상으로 실행에 옮기기 어렵고, 다음으로 대공자가 정말 이 일을 꾸몄다면 우리에게 내응이 돼달라고 언질을 주지 않았을 리 없다. 대공자에게 아무 소식도 없는 것으로 보아 그가 벌인 일은 아닐 것이다."

"그렇다면 장수가 도응을 도와 유비 제거에 나섰을 가능성이 높다는 말인가요?"

이렇게 물은 괴월은 갑자기 손뼉을 치고 말했다.

"대공자는 줄곧 장수를 형주 북쪽의 외원으로 삼으려 했습니다. 이 와중에 장수가 도응과 결탁했다는 건 좋은 일 아니겠습니까?"

괴량은 엷은 미소를 짓고 대꾸했다.

"당연히 나쁜 일은 아니지. 이 일 배후에 정말 도응이 있다면 장수가 그를 돕는 목적은 두 가지가 분명하다. 하나는 도응에게 인심을 써서 퇴로를 마련해 두려는 것이고, 또 하나는 남양군의 통제권을 탐내는 것이다. 유비라는 형주 객군을 제거해 버림으로써 주공과 대공자가 자기한테 더욱 의지할 수밖에 없도록 만들려는 속셈이지. 어찌 됐든 이 일이 성공한다면 우리와 대공자에게 좋은 일이다. 적어도 맹우의 힘이 강해지고 채씨의 외원이 사라져 우리의 승산이 더 올라간다는 말이니까."

"그럼 이제 우린 어떻게 해야 합니까?"

"유비를 제거하는 게 우리에게 유리하다면 어찌해야 할 것 같으냐?"

괴량이 웃으면서 반문하자 괴월도 간사한 미소를 띠고 고개를 끄덕거렸다.

그런데 굳이 괴량 형제가 나서서 유비를 모함할 필요도 없이, 심문 과정 중 유반의 부장 황충의 입을 통해 또 다른 커다란 의문점 하나가 발견되었다. 황충이 유비를 따라 철수한 형주군의 입을 통해 들은 이야기는 이러했다. 서주군이 형산으로 달아나는 유비 대오를 추살하다가 무슨 영문인지 갑자기 전군이 퇴각한 덕에 유비는 부대를 온전히 보존해 박망으로 철수할 수 있었다는 것이다.

"귀 큰 도적놈이 정말 도응과 몰래 내통을 했단 말이냐!"

유표는 격분한 나머지 당장 유비를 잡아들이라고 명을 내릴 기세였다. 하지만 다급해진 채모가 장비의 활약으로 도응을 거의 잡을 뻔한 일을 재차 거론하고, 유선과 한숭도 확실한 증거가 나올 때까지 잠시 기다려보자고 권유하자 유표는 그제야 노기를 잠시 억눌렀다. 그러고는 유비를 양양에 연금하고 사건의 진상을 명명백백히 밝히라는 엄명을 내렸다.

한편 비밀을 지키라는 유표의 신신당부에도 불구하고, 채모는 그날 밤, 장수의 편지 건을 몰래 유비에게 알렸다. 이 소식을 들은 유비와 제갈량은 화들짝 놀라 얼굴이 파랗게 질려 버렸다.

"큰일이로군요. 도응이 전장에서 우리를 죽이지 못하자 이간계를 통해 우리를 함정에 빠뜨리고 유표의 손을 빌리려는 모양입니다."

유비는 아예 손발을 벌벌 떨고 있었다.

"어찌하면 좋겠소? 변명거리를 찾지 못하면 꼼짝없이 도응의 간계에 걸릴 판이외다!"

제갈량은 한숨을 내쉬고 대답했다.

"휴, 여러 계략 중에 이간계가 깨뜨리기 가장 어렵습니다. 사람 마음에 일단 의심이 생기면 가까운 이웃도 도둑으로 의심하는 법이니까요. 게다가 우리에겐 밝힐 수 없는 사실이 많아서 조사하면 할수록 의문점들이 계속 드러나게 될 것입니다."

"그럼 그대의 숙부에게 나서서 해명해 달라고 부탁해 보면 어떻겠소?"

"그건 안 됩니다. 오늘 유표가 숙부를 부르지 않았다는 건 숙부 역시 의심을 사고 있다는 뜻입니다. 섣불리 나서서 변호하다 간 긁어 부스럼을 만들 뿐입니다."

제갈량은 고개를 내젓고 침울한 표정으로 깊은 고민에 잠겼다. 한참 뒤 그는 뭔가 떠오른 듯 다급히 말했다.

"주공, 오늘 연회 자리에서 서주 사자가 며칠 뒤 화친을 논의하러 양양으로 온다고 하지 않았습니까?"

유비는 고개를 끄덕이고 대꾸했다.

"그렇소만. 사자 이름이 아마 장간이라고 했던가?"

"드디어 방법을 찾았습니다!"

제갈량은 손뼉을 치고 웃으며 말했다.

"장수가 서신을 보내고 장간이 사신으로 오는 시점이 너무 절묘합니다. 이는 마치 일의 진행 과정과 같아서 장수가 먼저 미끼를 던졌으니 장간이 찾아와 주공을 해치려는 다음 계획을 실행에 옮기려 할 것입니다. 따라서 우리는 그가 손을 쓰길 기다렸다가 도옹의 이간계를 폭로하고, 나아가 이 기회를 이용해 장수까지 제거할 수 있다면 주공이 남양을 독차지하는 것도 그리 어렵지 않습니다."

이 말에 시종 굳어 있던 유비의 얼굴이 환하게 밝아지고 입꼬리가 점점 위로 올라갔다.

이틀 후, 장간이 양양성 밖 한수 나루에 도착했다. 방통과 함께 멀리서 이를 바라보던 제갈량은 자신의 계획을 다시 한 번 반추했다.

일단 도응의 다음 행보를 전혀 모르는 데다 결정적인 증거 없이는 이미 의심을 품기 시작한 유표의 마음을 돌릴 수 없었기 때문에 제갈량은 수동적인 대응책을 취하기로 마음먹었다. 그것은 바로 채모 형제의 군사력과 정탐력을 빌려 장간의 일거일동을 엄밀히 감시하다가, 장간이 이간책을 획책하는 순간 움직일 수 없는 증거를 포착하는 것이었다. 이렇게 한다면 능히 유표의 의혹을 풀게 할 수 있다고 굳게 믿었다.

정확히 말하면 이는 유비가 서주군과 결탁했다는 의심을 해소하는 것이었다. 유비가 서주의 첩자가 아니라는 사실을 밝히기만 한다면 유표가 섭현성 패배의 막후 비밀을 얼마나 알아내든 상관없이, 형세를 읽을 줄 아는 그의 안목과 속셈으로 이를 더는 추궁할 리 없다고 여겼다. 계획이 성공한다면 유비로서는 동산재기와 어부지리의 기회를 얻을 수가 있다.

그리고 다행히 도응이 미처 계산에 넣지 못한 사실 두 가지가 있었다. 하나는 장선이 편지를 가지고 왔을 때 자신과 유비가 마침 양양성에 있었다는 것이고, 또 하나는 장간이 바로 이간책의

두 번째 고리임을 간파해 냈다는 것이다. 이런 이유로 제갈량은 위기를 기회로 바꿔 반격에 나설 수 있다고 확신했다.

또 한 가지, 도응이 장수를 통해 이간을 부추긴 일은 본의 아니게 형주의 후계자 쟁탈전과도 연결돼 채모 형제를 이 안으로 끌어들이는 결과를 낳았다. 채모 형제는 유기의 외원 세력인 장수를 제거하기 위해 고민할 것도 없이 유비 편에 서기로 결정했다. 도응의 이간계를 폭로하는 데 전력으로 협조함으로써 장수와 서주군의 암중 결탁을 밝혀내 장수를 제거하려는 것이었다. 이로써 제갈량은 양양성 최고 세력인 채모 형제의 인적, 물적 지원을 이끌어 내는 데에도 성공했다.

이밖에 방통까지 유비의 편에 섰다. 유비는 섭현에서 기적처럼 조조와 도응을 물리친 방통의 능력에 탄복해 박망으로 철수한 뒤부터 방통을 포섭하는 데 전력을 기울였다. 여기에 방통은 제갈량, 서서와 둘도 없는 친우인 데다 유표가 얼굴이 못생기고 오만한 그를 탐탁지 않게 여기자 결국 유비를 따르기로 결심했다.

이처럼 강력한 맹우를 얻고, 또 도응이 누구를 통해 다음 계략을 시행할지 알게 되자 제갈량은 이번에야말로 권모술수로 도응을 물먹이고 유비를 구해낼 수 있다는 자신감으로 가득했다.


장간 일행이 양양성에 도착한 날 저녁, 형주목 후당 안에서 갑자기 쾅, 하고 책상을 내려치는 소리와 함께 길길이 날뛰는 유표의 노호성이 방 안을 쩌렁쩌렁 울렸다.

"채모 형제란 놈들은 이 형주목이 안중에도 없단 말이냐! 유비가 적과 내통한다는 혐의를 받고 있는데도 감히 그에게 병사 백 명을 내어주었다고? 도대체, 도대체 이유가 뭐란 말이냐?"

도웅의 술수를 간파해 내려면 장간 일행을 철저히 감시해야 한다는 유비의 말에 채모가 그에게 군사를 몰래 빌려준 상태였다. 하지만 양양성 안에서 일어나는 대소사를 형주의 주인이 어찌 모를 리 있겠는가. 분을 삭이며 뒷짐을 지고 후당 안을 서성이던 유표는 돌연 발걸음을 멈추고 심복 왕위에게 물었다.

"그래, 유비는 그 병사들을 어디에 사용했느냐? 그 목적이 무엇인지 알아봤느냐?"

왕위가 공수하고 아는 대로 대답했다.

"목적은 아직 잘 모르겠습니다. 다만 지금까지 조사한 바로는, 유비가 군사를 둘로 나누어 40명 한 무리는 백성으로 분장시켜 서주 사절단이 묵는 역관 밖에 잠복해 놓았고, 나머지 60명은 유비의 역관 안에 머물며 그의 지휘를 받고 있습니다. 이 군사 백 명은 바로 채중의 휘하로 오늘 오전에 유비에게 빌려주었습니다."

"뭐? 서주 사절단 역관 밖에 군사를 배치했다고?"

유표는 눈꼬리를 치켜뜨고 되물은 뒤 속으로 여러 가능성을 헤아려 보았다.

'유비가 서주군과 몰래 결탁하고서 왜 다시 군사를 거기에 배치해 놓은 거지? 비밀리에 감시? 아니면 보호하려고? 그것도 아니라면 좀 더 신속하게 연락을 취하려는 목적인가?'

의심이 꼬리에 꼬리를 물고 이어졌지만 결국 머릿속만 복잡해지자, 유표는 생각을 거두고 왕위에게 분부했다.

"지금부터 너는 군사 백 명을 직접 통솔하며 유비의 일거수일 투족을 주시해라. 만약 그놈이 난리를 일으킬 기미를 보이거나 서주 사자와 은밀히 만난다면 내 명을 기다리지 말고 즉각 잡아 들여라."

왕위는 우렁찬 목소리로 명을 받은 후 조심스럽게 물었다.

"주공, 그런데 유비가 체포에 저항하면 어쩝니까?"

유표는 주저 없이 허리에 찬 패검을 끌러 손수 왕위에게 건네 며 표독스럽게 명했다.

"이 보검을 가지고 가 선참후계(先斬後啓)하라!"


이튿날 오전, 장간은 일부러 화친 문제에 대해 논의하러 유표 를 찾아가지 않은 채 수종들을 시켜 제갈현의 관저 위치를 몰래 알아보라고 명했다. 마침 유표도 유비 문제 때문에 골머리를 앓 고 있는 상황인지라 구태여 사람을 보내 장간을 부르지 않았다. 이리하여 장간은 맘 편하게 계획한 일을 실행에 옮길 수 있었다. 장간의 수종들은 물어물어 세도가가 운집한 양양성 서쪽에서 제갈현의 관저를 찾아냈다.

서주 사절이 사시 삼각 무렵에 제갈현의 소재를 찾은 일은 오 시 초각도 안 돼 유비의 귀에 들어갔다. 이 소식을 듣고 유비와 방통은 영문을 몰라 고개를 갸웃거렸다. 하지만 제갈량은 펄쩍 뛰며 소리를 질렀다.

"이자의 저의가 음험하기 짝이 없군요. 뜻밖에 제 숙부까지 끌 어들이려 하고 있습니다!"

유비 역시 깜짝 놀라 그 의도가 무엇이냐고 묻자 제갈량은 냉소를 지으며 대답했다.

"간단합니다. 도응은 제 숙부에게도 반역의 혐의를 씌우려는 것이지요. 제 숙부가 유 사군에게 중용된 걸 알고 이간계가 실패할까 두려워 아예 제 숙부까지 의심을 사게 만들려 하고 있습니다. 그렇게 되면 제 숙부가 주공을 위해 어떤 해명을 한다 해도 유 사군은 이를 귀담아듣지 않고, 오히려 량과 숙부가 한통속이 돼 주공의 모반을 돕는다고 여길 테니까요."

유비는 제갈량의 설명을 듣고 도응에게 욕사발을 실컷 퍼붓고는 다시 물었다.

"그럼 이제 어찌해야 좋겠소?"

제갈량은 한마디로 잘라 말했다.

"후발제인(後發制人)해야 합니다. 계속 서주 사절의 일거일동을 엄밀히 감시하다가 그들이 손을 쓴 연후에 임기응변으로 상황에 맞게 대처하십시오."

유비가 고개를 끄덕여 동의하자 방통이 건의했다.

"공명, 아무것도 모르고 있다가 갑자기 일이 닥치면 대처하기 곤란하니 그대의 숙부에게도 마땅히 이 사실을 알려야 하오."

제갈량은 이 말을 옳다 여기고 심복을 제갈현에게 보내 모든 사실을 상세히 전했다.

한편 그 시각, 서주 사절이 비밀리에 제갈현의 관저를 찾은 일은 왕위를 통해 유표 앞으로도 보고되었다. 유표는 서주군이 무슨 꿍꿍이를 꾸미는 것이 아닐까 싶어 왕위에게 제갈현의 관저를 몰래 감시하다가 수상한 움직임이 있으면 즉각 보고하라고 일렀다.

오시 삼각 즈음에 제갈량이 보낸 사람으로부터 소식을 접한 제갈현은 도응의 비겁한 술책을 몰래 욕한 뒤 다시 인편에 회답을 보냈다. 이번 기회에 무슨 일이 있어도 증인과 증거를 한꺼번에 잡아야 하므로 절대 충동적으로 행동하지 말라고 주의를 주었다. 저들이 눈치를 채고 증거를 훼손했다간 오히려 자신들이 살인멸구(殺人滅口)의 혐의를 뒤집어쓸지도 몰랐기 때문이다.

이처럼 서로 간에 소리 없는 물밑 작업이 치열하게 전개되는 가운데, 어느덧 날이 점점 어두워졌다. 낮이 짧은 초겨울인지라 초경이 되지 않았는데도 벌써 어스름이 드리우기 시작했다. 이때 의관을 정제한 장간이 수종들에게 입단속을 단단히 시킨 뒤 홀로 예물과 서신을 가지고 역관을 몰래 빠져나와 제갈현의 관저로 향했다.

이 일은 당연히 유비의 눈을 속일 수 없었다. 이 소식을 들은 유비 등은 드디어 증거를 잡을 기회가 왔다며 손뼉을 치고 기뻐했다. 유비는 생각할 것도 없이 자리에서 벌떡 일어나며 자신이 직접 장간 놈을 잡아 도응의 음험한 계책을 낱낱이 밝히겠다고 이를 갈았다.

그러자 제갈량이 유비를 만류하고 권유했다.

"주공은 지금 도응과 결탁했다는 의심을 사 유표에게 연금된 상태입니다. 비록 채 도독의 비호를 받고 있다고는 하나 친히 이곳을 나갔다간 괜한 오해를 받기 십상입니다. 그러니 여기 편안히 앉아 제가 가져오는 소식을 기다리십시오. 곧 기쁜 결과를 알리겠습니다."

이 말에 유비가 머뭇거리고 있을 때 이번에는 방통이 자리에서 일어나 말했다.

"내가 가겠소. 공명은 다리가 불편해 저들의 뒤를 쫓기 쉽지 않은 데다 혹여 무력 충돌이 일어나면 불상사가 생길 수도 있으니 이번 일은 이 통이 맡으리다."

"아니오. 그래도 내가 가는 편이 나을 것 같소. 내 다리가 좀 불편하지만 이곳 지리는 그대보다 훨씬 더 익숙하니 사원은 여기 남아 주공을 잘 보좌해 주시오."

제갈량의 고집에 방통은 못 말리겠다는 듯 미소를 짓고 그러라고 대답했다. 고개를 끄덕거린 제갈량이 방통을 바라보고 당부했다.

"그럼 이곳은 사원에게 부탁하리다. 만약 이상한 움직임이 보이면 사원이 수고를 아끼지 말고 현장을 지휘하며 주공을 잘 호위해 주시오."

평소와 달리 노파심으로 가득한 제갈량의 말에 방통은 부러 과장된 몸짓으로 호탕하게 가슴을 치며 걱정 말라고 대답했다. 제갈량은 그래도 마음이 놓이지 않았는지 방통의 손을 꼭 쥐고 다시 한 번 당부의 말을 전했다.

"사원, 우리가 친형제처럼 정이 깊으니 허심탄회하게 한마디

하리다. 내가 이번에 갔다가 혹여 변고라도 생긴다면 그대가 꼭 주공을 지켜주시오. 우선 주공의 목숨을 보전해 이곳을 빠져나 간 연후 천하를 놓고 도응과 끝까지 싸워주길 바라오."

"우리가 곤궁에 처했다고는 하나 심각한 상황도 아닌데, 어째 서 유언 같은 말을 하고 그러시오?"

제갈량은 잠시 침묵을 지키더니 정색하고 얘기를 꺼냈다.

"섭현성에서 내가 주공의 군마를 얻기 위해 저지른 불의한 일 에 대해 이미 알고 있으면서 나와의 형제지정을 보아 한마디도 꺼내지 않은 걸 다 알고 있소. 이 자리를 빌려 감사의 뜻을 전하 외다. 하지만 그건 사적으로나 공적으로 모두 어쩔 수 없는 일이 었소. 천하제일의 간적 도응을 앞에 두고 주공에게 병마가 없다 면 필시 유표에게 버림을 받고 또 이곳저곳을 떠도는 신세로 전 락했을 것이오. 도응과 대적해 한실을 부흥하고 만민을 구제할 사람은 천하에 오로지 우리 주공 한 분뿐이오. 그래서 부득이하 게 이런 방법을 쓰게 됐으니 이해해 주었으면 하오."

방통을 껄껄 웃으며 대수롭지 않다는 듯 대꾸했다.

"허허, 우리 사이에 굳이 그런 말이 무에 필요하겠소? 내 유반, 신평과 아무런 교분이나 은정도 없는데 그들의 생사영욕이 나와 무슨 상관이란 말이오?"

"고맙소, 사원."

제갈량은 방통에게 허리를 깊숙이 숙여 인사하고 말을 이었다.

"그 이유 때문에 내가 사원에게 이런 부탁을 하는 것이오. 이 번에 유표가 주공을 양양성에 연금한 것은 도응의 이간계에서 비롯됐으나 조사가 진행되면 될수록 주공에 대한 살의가 커질 가능성이 크오. 따라서 내가 혹시 잘못되더라도 전심전력으로 주공을 지켜내겠다고 꼭 약속해 주시오."

방통은 여전히 웃음을 지으며 고개를 끄덕였다.

"알겠소. 내 무슨 일이 있어도 약조를 지키리다. 하지만 공명도 한 가지 약속을 해주었으면 하오. 다시는 이처럼 유언을 남기듯 내게 부탁하지 말아주시오. 길보다 흉이 많을까 걱정이니까."

제갈량의 얼굴에도 종내 웃음이 드러났다. 그는 방통에게 다시 한 번 고개 숙여 사례한 후, 형주 사졸 30명을 이끌고 역관을 나가 장간의 뒤를 좇아갔다. 양양성 거리가 익숙한 덕에 제갈량은 금방 장간을 따라잡고 몰래 그를 미행했다.

주위를 살피며 발걸음을 재촉하던 장간은 잠시 뒤 수종들이 일러준 길을 따라 앞뜰에 청죽(靑竹) 두 그루가 나란히 서 있는 제갈현의 관저 대문 앞에 이르렀다. 이때 제갈량으로부터 미리 연락을 받은 제갈현은 문틈 사이로 빼꼼히 장간의 깡마른 신영을 훔쳐보고 있었다. 그리고 제갈현 곁에는 증인으로 데려온 형주별가 유선이 함께 서 있었다.

그런데 장간은 제갈현 저택 문 앞에서 이리저리 두리번거릴 뿐 대문을 두드리지 않았다. 문 안에 있는 제갈현과 유선, 그리고 몰래 그 뒤를 미행한 제갈량 및 왕위는 일제히 시선을 고정시키고 대체 장간이 왜 저러는지 몰라 고개를 갸웃거렸다.

'모두 양중명의 예상대로군.'

장간은 속으로 이렇게 중얼거린 뒤 돌연 발걸음을 옮겨 아래쪽에 있는 호화 저택 쪽으로 성큼성큼 걸어갔다. 그러고는 다짜고짜 대문을 두드렸다. 장간의 행동을 몰래 지켜보던 제갈현과 제갈량, 유선, 왕위 등은 깜짝 놀라 하마터면 뒤로 자빠질 뻔했다. 장간이 대문을 두드린 저택의 주인은 다른 사람이 아니라 바로 장릉태수(章陵太守) 겸 번정후(樊亭侯) 괴월의 집이었기 때문이다.

"저자가 왜 괴월의 집에……"

제갈량은 말문이 막혀 말을 잇지 못하다가 문득 무언가를 깨달은 듯 미소를 짓고 중얼거렸다.

"이제 보니 괴량, 괴월 형제를 매수하려던 것이었군. 그들을 꼬드겨 유표 앞에서 우리를 모해할 생각이었어. 잘됐군. 채모가 이 소식을 듣는다면 기뻐 춤을 추겠구먼."

시끄럽게 문을 두드리는 소리에 괴월의 저택 대문이 삐걱하고 열리며 하인이 밖으로 나왔다. 술을 얼마나 퍼마셨는지 입에서는 술 냄새가 진동했다.

"댁은 뉘슈? 명자(名刺)나 배첩(拜帖:모두 명함을 가리킴)은 가져오셨수?"

"귀댁 어른에게 구강의 장간이 뵈러왔다고 전하게나. 여기 내 명자네."

장간은 한 손으로는 코를 틀어막고 다른 한 손으로 미리 준비한 명자를 내밀었다.

그 하인은 명자를 건네받고도 즉각 안으로 들어가 통보하지 않은 채, 장간을 위아래로 훑어보기만 했다. 그러다 장간이 등에 진 보따리가 눈에 들어오자 겉웃음을 치며 말했다.

"장간 선생, 보아하니 여긴 처음이시구려. 우리 집주인에게서 선생의 이름을 들은 적이 없는데 이 밤중에 찾아왔다고 알리면 불호령이 떨어집니다그려."

이 말에 장간이 어리둥절한 표정을 짓자 그 하인은 헛기침을 하고 손을 슬쩍 내밀었다. 그제야 무슨 뜻인지 알아챈 장간은 소매 안에서 큼직한 금덩이 하나를 꺼내 하인의 손에 쥐어주었다. 뜻밖의 횡재에 얼굴이 환하게 밝아진 그 하인은 냉큼 장간을 바깥 대청으로 안내하고 잠시 기다리라고 이른 뒤 휘파람을 불며 괴월에게 명자를 전하러 갔다.

장간이 보따리에서 예물 상자를 꺼내 책상 위에 올려놓고 어느 정도 기다리자 의관을 차려입은 괴월이 하인 몇 명을 거느리고 나타났다. 그는 장간을 보자마자 깍듯이 공수하고 말했다.

"자익 선생의 대명을 익히 들어왔는데 오늘 밤 뵙게 될지 몰라 멀리 마중 나가지 못하는 실례를 범했습니다. 그 점 양해해 주십시오."

"별말씀을요. 구강의 장간이 제갈 선생께 인사 올립니다."

장간의 이 한마디에 괴월은 어안이 벙벙한 표정을 지었다. 장간은 이에 아랑곳하지 않고 재빨리 책상 위의 예물 상자를 열었다. 안에는 진귀한 보물이 그득했고, 장간은 그 위에 놓인 편지를 꺼내 괴월에게 두 손으로 공손히 바쳤다.

"제갈 선생, 이는 우리 주공의 서신입니다. 그리고 변변치 않은 선물이지만 꼭 거두어주십시오."

말문이 막혀 멍하니 서 있던 괴월은 겨우 정신을 차리고 물었다.

"자익 선생은 대체 누굴 찾아오신 겁니까? 혹시 제갈현 선생을 찾는 것입니까?"

"그렇습니다만……."

장간이 맹한 표정으로 고개를 끄덕이자 괴월은 어이없다는 듯 웃음을 짓고 대꾸했다.

"그럼 집을 잘못 찾아오셨구려. 제갈현의 집은 여기가 아니라 바로 옆집이오."

"네?"

장간은 짐짓 놀라 소리를 지르고 다급히 물었다.

"그럼 귀관은 뉘신지요?"

"내 이름은 괴월이고, 자는 이도(異度)라고 하오."

"헉!"

장간은 다시 한 번 경악성을 내지르고 허둥지둥 선물을 챙기면서 일부로 서신을 바닥에 떨어뜨렸다.

"괴공, 용서해 주십시오. 제가 집을 잘못 찾았습니다."

이때였다.

갑자기 쾅, 하는 소리와 함께 괴부의 대문이 활짝 열렸다. 장간과 괴월이 깜짝 놀라 고개를 돌려 바라보니, 형주군 일단이 불시에 집 안으로 들이닥치고 있었다. 그리고 이들을 진두지휘하는 장수는 다름 아닌 채모의 아우 채중이었다.

"하하, 도응과 몰래 결탁한 쥐새끼가 여기 있었구나!"

득의양양하게 웃음을 터뜨린 채중은 보석 상자를 발견하고 다시 큰 소리로 명을 내렸다.

"드디어 증인과 증거를 한꺼번에 잡았다. 여봐라, 당장 저 두 역적 놈을 포박하라!"

"채중, 일개 교위에 불과한 네가 주공의 명도 없이 무슨 자격으로 날 체포한단 말이냐?"

흥 하고 코웃음을 친 채중은 손으로 보석 상자를 가리키다가 문득 바닥에 떨어진 편지가 눈에 띄어 얼른 집어 들었다. 장간은 부러 놀란 표정을 짓고 그 편지를 빼앗으러 채중에게 달려들었다. 하지만 채중은 발길질 한 방으로 장간을 자빠뜨리고는 편지를 흔들면서 가소롭다는 듯 비웃음을 흘렸다.

"이 정도면 자격이 충분해 보이는데. 그대뿐 아니라 괴자유까지 잡아들일 수 있지 않겠소?"

"그건 내게 온 편지가 아니다!"

지금 대체 무슨 일이 벌어지는지 몰라 정신이 혼미해진 괴월이 막 해명에 나서려고 할 때, 대문 밖에서 또다시 일단의 군대가 들이닥쳤다. 그 가운데서 장전도위 왕위가 대청 쪽으로 달려와 크게 소리쳤다.

"무슨 일입니까? 채중, 너는 어째서 병사를 이끌고 괴 대인 댁에 난입했느냐?"

"왕 장군, 마침 잘 오셨소이다."

채중은 만면에 화색을 띠고 왕위를 반겼다. 그러고는 편지를 보이며 말했다.

"장군에게 보여드릴 게 있습니다. 이 편지와 보석 상자는 괴월 형제가 서주군과 내통했다는 확실한 증거입니다."

그제야 괴월은 일이 돌아가는 경위를 깨닫고 코웃음을 치며 말했다.

"그거 잘됐구려. 이것이 내가 서주군과 내통한 증거라고 하니 채 교위가 직접 주공께 바치게나. 하지만 왕 장군, 그 전에 내 하인 들을 불러 방금 전 무슨 일이 벌어졌는지 심문해 주었으면 하오."

"그게 무슨 말입니까?"

"지금 말할 순 없소. 그랬다간 채 도위가 우리끼리 서로 짜고 거짓 진술을 했다고 의심할 테니 말이오."

이어 괴월은 대청 안의 하인들을 가리키며 말했다.

"여기 하인 다섯 명을 따로따로 심문해 보면 오늘 무슨 일이 벌어졌는지 자연히 알게 될 것이오."

잠시 머뭇거리던 왕위는 어지러운 현장을 보더니 종내 고개를 끄덕거렸다. 그는 병사 다섯 명에게 각기 하인 한 명씩 데리고 밖 으로 나가 따로 심문하라고 명했다. 잠시 뒤 심문을 마치고 돌아 온 병사들의 보고가 일치했다. 모두 장간이 제갈현에게 줄 서신 과 예물을 괴부로 잘못 전달했다는 것이었다.

"뭐라고? 그럼 이 편지와 예물은 괴 대인이 아니라 원래 제갈 현 선생에게 주려던 것이었다고?"

예상을 완전히 빗나간 말에 채중은 너무 놀라 몸이 얼어붙는 것 같았다. 곁에서 한마디도 꺼내지 않고 가만히 이를 지켜보던 제갈량도 눈이 휘둥그레져 무의식적으로 시선을 장간 쪽으로 돌렸다. 그런데 형주 병사에게 붙들린 장간의 입가에 살짝 드러난 미소가 보였다. 순간 제갈량은 천 길 낭떠러지로 떨어진 듯 가슴이 덜컹 내려앉았다.

'큰일이다. 적의 계략에 걸리고 말았어!'

"채 도위, 괴 대인, 문제가 복잡하니 함께 주공을 뵈러 가야겠소이다."

보통 일이 아님을 직감한 왕위는 채중의 손에서 아직 뜯지 않은 편지를 빼앗은 연후 명했다.

"서주 사자 장간과 그의 예물을 가지고 주공께 간다. 그리고 이웃한 제갈현 선생에게도 함께 주공을 뵈러 가자고 전해라."

형주의 중신들이 구슬 꿰듯 엮여 사태가 점점 크게 확대되자, 유표는 그날 밤으로 긴급회의를 소집했다. 이 일에 연루된 채가와 괴가는 물론 황조, 문빙, 한숭, 등의 등 문무 관원들이 형주목 대당으로 속속 달려왔다.

이날 밤 삼경이 가까운 시각, 불이 환하게 밝혀진 대당 안에서 심리가 정식으로 시작되었다. 유표는 스스로 채가와 괴가 어느 쪽으로도 치우치지 않았음을 알리기 위해 먼저 왕위에게 당시 발생한 상황을 사실대로 설명하라고 명했다. 이에 왕위가 괴월 저택에서 보고 들은 바를 소상히 늘어놓고, 더욱이 괴월부의 하인에 대한 심문을 통해 장간이 예물과 서신을 괴월에게 잘못 전달했다는 진술을 얻어냈다고 밝혔다. 이로써 괴월은 서주군과 아무런 관련도 없음이 증명되었다.

대당 안의 관원들은 무고하게 사건에 연루된 괴월에게 자못 동정을 표했고, 괴량도 길게 안도의 한숨을 내쉬며 아우의 임기응변을 몰래 칭찬했다. 오직 채모 형제만이 의혹의 눈빛을 거두지 않는 상황에서, 채모가 먼저 앞으로 나와 침착하게 물었다.

"왕 장군은 주공의 호위를 책임지는 몸인데 야밤에 주공 곁을 지키지 않고 그곳에 군사를 이끌고 간 이유가 무엇이오?"

채화 역시 괴이하다는 표정을 짓고 연이어 왕위를 추궁했다.

"맞소이다. 셋째 형이 서주 세작을 잡으러 괴 대인 집으로 들이닥치자마자 왕 장군이 뒤이어 곧바로 현장에 당도했다는 건 미리 준비하고 기다렸다는 뜻 아닙니까?"

왕위는 아무 대답도 하지 못한 채 유표 쪽을 힐끔힐끔 쳐다보기만 했다. 사실대로 말해도 되냐는 신호를 보내는 눈짓이었다. 유표는 노기 가득한 얼굴로 책상을 내려치더니 고래고래 소리쳤다.

"다 내가 지시한 것이오! 그래서 어쩔 거요? 왜 그랬는지는 그대 형제들이 가장 잘 알고 있을 텐데. 사람들 앞에서 죄를 밝히고 싶소?"

이 말에 채모 형제는 낯빛이 창백해졌다. 잠시 후 채모가 멋쩍은 표정을 지으며 말했다.

"다 주공께서 지시하신 일이었군요. 그럼 됐습니다. 어서 심리를 진행하시지요."

유표는 흥, 하고 콧방귀를 뀌고는 노한 목소리로 외쳤다.

"채중, 괴월, 유선, 제갈현과 서주 사자 장간을 모두 이리로 데리고 와라!"

호위병들은 명을 받고 즉각 당사자 다섯 명을 대당 안으로 끌고 왔고, 왕위도 보물과 서신을 유표에게 올렸다. 유표는 먼저 혐의를 벗은 괴월에게 반열로 돌아가라고 이른 뒤 채중을 응시하고 물었다.

"너는 밤중에 무슨 일로 군사까지 대동해 괴월의 집으로 들이닥친 것이냐?"

채중이 머뭇거리며 말을 꺼내지 못하자 곧바로 유표의 추궁이 이어졌다. 그제야 채중은 떠듬거리며 입을 열었다.

"서주 사자 장간이 예물과 밀서를 가지고 괴 대인의 집을 방문한다는 첩보를 입수했기 때문입니다. 말장은 괴 대인이 외부인과 결탁해 주공께 불충한 짓을 저지를까 염려돼 즉시 그를 체포하러 달려간 것입니다."

"누가 너에게 그 정보를 흘렸느냐?"

유표의 계속된 질문에 채중은 또다시 아무 대답도 하지 못했다. 격분한 유표가 책상을 연달아 두드리며 노호했다.

"얼른 말하지 못할까! 대체 누가 너에게 이 사실을 알려주었느냐?"

채중은 체념한 듯 고개를 떨구고 힘없이 대답했다.

"유… 유비입니다. 그가 사람을 보내 알려주었습니다."

"과연 그놈이었군."

유표는 그럴 줄 알았다는 듯 이를 바드득 갈고 명했다.

"속히 사람을 보내 유비를 이리로 불러라. 만약 핑계를 대고 오지 않는다면 그 자리에서 당장 체포하라!"

숨죽이고 이를 지켜보던 제갈량은 드디어 올 것이 왔다며 눈을 질끈 감아버렸다.

왕위가 명을 받고 나가자 유표는 다시 유선에게 물었다.

"시종(始宗)은 사건이 발생했을 때 왜 제갈현의 집에 있었던 거요?"

시종은 유선의 자다. 유선은 사실대로 대답했다.

"제갈현이 절 초대해서 간 것입니다. 낮에 제갈현이 자기 집으로 와 술을 마시며 시나 읊자고 하길래, 마침 오늘 아무 일도 없어 초대에 응했습니다. 그런데 저녁을 먹고 있을 때쯤, 제갈현의 하인이 달려와 문 밖에서 수상한 자가 배회한다고 보고해 제가 제갈현과 함께 가 상황을 지켜보았습죠. 수상한 자는 바로 서주 사자 장간이었고, 그는 제갈현 집 앞에 잠시 머물더니 괴 대인 집 쪽으로 발걸음을 옮겼습니다."

이때 등의가 앞으로 나와 공수하고 말했다.

"유 별가가 제갈현의 초대에 응한 것은 제가 증명할 수 있습니다. 저도 오후에 유 별가와 함께 술을 마시자는 제갈현의 초대를 받았었는데 마침 일이 있어 가지 못했으니까요."

유표는 노기가 조금은 누그러져 유선에게 자기 자리로 돌아가라고 이른 뒤 이번에는 장간에게 고개를 돌려 물었다.

"서주 사신인 그대가 한밤중에 서신과 예물을 가지고 형주 중신 집을 방문한 연유가 무엇이오?"

하지만 장간은 고개를 숙인 채 아무 대답도 하지 않았다. 재

질문에도 장간이 입을 꾹 다물고 있자 유표는 더 이상 강요하지 않고 음흉하게 웃으며 말했다.

"아무 말도 하지 않겠단 말이지……. 뭐, 상관없소. 이 편지를 뜯는 순간 모든 사실이 드러날 테니까."

이어 유표는 주저 없이 편지를 뜯어 읽어 내려갔다. 그런데 편지를 읽을수록 유표의 얼굴이 점점 더 험상궂게 변해갔다.

편지의 내용인즉, 도응이 매우 온화한 어조로 제갈현에게 호의를 표시하고 성덕(盛德)을 칭송한 뒤, 곧바로 본론으로 들어가 서주에 투항하면 남군태수(南郡太守) 겸 양도후(陽都侯)에 임명하겠다는 것이었다. 이밖에 유비를 도와 남양 방어를 책임지며 군대 확충에 힘써달라는 작은 청을 덧붙임으로써 은근슬쩍 유비까지 이 안으로 끌어들였다.

이 편지에 유표가 어찌 노하지 않을 수 있겠는가.

"내 이놈을 당장 죽이고 말리다!"

마침 이때 유비가 왕위와 함께 대당 안으로 들어왔다. 제갈량이 저들과 같이 형주목 부중으로 갔다는 소식을 들은 유비는 다급히 방통을 데리고 길을 나섰다가 부중을 나온 왕위와 마주쳤던 것이다. 유비는 방통과 나란히 서서 예를 올렸고, 제갈량도 다가와 그 옆에 섰다. 하지만 유표는 이를 거들떠보지도 않은 채 편지를 유비에게 던지고 소리쳤다.

"거기에 뭐라고 쓰여 있는지 똑똑히 읽어보시오!"

유비는 다짜고짜 고함부터 지르는 유표의 모습에 주눅이 들어 천천히 편지를 집어 들고 쭉 읽어 내려갔다. 이때 갑자기 유비가 손을 부르르 떨며 편지를 떨어뜨렸다. 유비는 눈앞이 아찔해지고 머릿속이 하얗게 비어버린 느낌이 들었다.

대당 안에 쥐 죽은 듯 적막이 흐르는 가운데, 유표는 노색이 점점 더 짙어져 철색으로 굳은 얼굴을 하고 크게 호통을 쳤다.

"명명백백한 증거를 앞에 두고 어디 한 번 발뺌을 해보아라!"

유비는 재빨리 두 무릎을 꿇고 떨리는 목소리로 대꾸했다.

"사군, 이는 도응의 이간계입니다. 절대 속아 넘어가서는 안 됩니다."

"이간계라고?"

유표가 코웃음을 친 뒤 말을 이어가려는 순간, 장간이 갑자기 자리에서 벌떡 일어나 유비를 응시하고 비장한 얼굴로 소리쳤다.

"현덕공, 대장부로 태어나 의를 위해 죽는 것이 무에 두렵단 말입니까? 기왕 모든 사실이 밝혀졌으니 이제 당당해지십시오! 주공께서 우릴 위해 꼭 복수해 주실 겁니다. 완성의 삼장군도 벌써 주공 곁으로 달아났을 겁니다!"

이어 장간은 유표에게 몸을 돌려 당당하게 외쳤다.

"자고로 죽지 않는 이가 어디 있으리오. 이 마음 후일 역사에 전해지길 바랄 뿐이다! 이는 우리 주공이 전에 서주성 아래에서 조조에게 했던 말이오. 주공은 서주 5군을 위해 기름 솥에 뛰어들었는데, 이 간이 신하 된 몸으로 주인을 위해 목숨을 바치는 것이 무에 두렵단 말이오?"

"네… 네놈이 왜 나를……."

유비는 하도 기가 막혀 말도 제대로 나오지 않아 부들부들 떨리는 손으로 장간을 가리킬 뿐이었다.

"네놈들이 드디어 본색을 드러내는구나!"

유표는 노호하며 책상을 세게 내려쳤다. 유비는 그제야 손을 내리고 머리를 연신 조아리며 울먹거렸다.

"사군, 이건 모함입니다! 도응은 절 죽이지 못해 안달 난 놈입니다. 그런 자가 저와 손을 잡는다는 게 말이 된다고 생각하십니까?"

"증인도 있고, 증거도 나왔는데 끝까지 발뺌할 생각이냐! 여봐라, 당장 유비를 끌고 가 목을 베라!"

유표의 명이 떨어지기 무섭게 대당 양쪽의 무사들이 곧장 달려와 유비의 양팔을 끼고 대당 밖으로 끌고 나갔다.

이러다간 정말 목이 떨어지게 생기자 유비는 미친 듯이 발악하며 소리쳤다.

"억울합니다! 사군, 전 정말 억울합니다! 도응 놈이 절 극도로 증오해 이런 계략을 써서 함정에 빠뜨린 것입니다! 사군, 그간의 정을 봐서라도 해명할 기회를 한 번만 주십시오!"

채모로서는 지금 유비가 죽으면 남양의 지배권이 장수 수중에 들어가 결국 유기에게 좋은 일만 시켜주는 꼴이 되기 때문에 급하게 앞으로 나와 공수하고 정중하게 간했다.

"주공, 유비가 저토록 극력하게 억울함을 호소하는 것으로 보아 피치 못할 사정이 있는 듯합니다. 요 몇 년간 유비가 형주를 위해 충성을 다 바쳤으니 잠시 형을 멈추시고 해명할 기회를 주십사 청합니다."

형주의 막후 최고 실력자이자 큰처남이 나서서 간곡하게 부탁하자 유표로서도 청을 단칼에 거절하기 어려웠다.

"좋소. 일단 그를 데려와 얘기나 한 번 들어봅시다."

채모는 황급히 사례하고 곧장 대당을 뛰쳐나가 무사들에게 유비를 되끌어 오라고 소리쳤다. 유비가 다시 대당으로 들어오자 유표가 큰소리로 호통을 쳤다.

"말하라. 해명이 이치에 합당하다면 형을 감해주겠지만 그렇지 않다면 네 목을 베고 성문에 걸어 효수할 것이다!"

죽었다 살아난 유비는 정신을 바짝 차리고 먼저 좌우의 형주 관원들을 둘러본 연후 기어드는 목소리로 말했다.

"외람된 말씀이지만 청이 하나 있습니다. 후당으로 가 사군에게만 단독으로 아뢰어도 될는지요? 반점도 거짓 없이 모든 사실을 솔직히 아뢰겠다고 약속드립니다."

하지만 유표는 단호히 이를 거절했다.

"불가하다! 사안이 중대한 만큼 사람들 앞에서 얘기하는 것이 옳다. 형주 중신들이 모두 자리한지라 나 역시 공평무사하게 이 사건을 처결할 것이다!"

"그게……."

유비는 난처한 표정을 지었다. 원래 유비는 형주 관원들의 태도나 반응에 구애받지 않고 유표와 단둘이 이야기할 기회를 얻어 섭현성에서 벌어졌던 일들을 사실대로 고하고 용서를 구한 연후, 간악한 도응에 대항하려면 자신을 살려두고 이용해 먹는 편이 훨씬 더 이익이 된다고 설파할 생각이었다. 그리고 우유부단한 유표라면 설득이 가능하리라 확신했다. 그런데 뜻밖에 유표가 자신의 요구를 거부하자 유비는 속수무책이 되고 말았다. 이 자리에서 모든 사실을 밝혔다간 형장에서 목이 떨어지기 전에 먼저 형주 관원들에게 몰매를 맞고 죽을 판이었으니까.

유비가 아무 말도 없자 유표는 참지 못하고 재촉했다.

"더 할 말이 없다면 당장 목을 벨 것이다!"

유비는 위기를 타개할 방도가 떠오르지 않아 온몸을 바들바들 떨며 입도 뺑긋하지 못했고, 유표도 인내심에 한계를 느껴 당장 유비를 끌고 나가라고 명하려던 순간이었다.

"사군!"

이때 제갈량이 고개를 숙인 채 큰 소리로 유표를 불렀다. 그러더니 천천히 몸을 일으켜 세우고 유비를 향해 고개를 끄덕거렸다. 그는 방통에게도 눈길을 주었지만 방통은 긴 탄식을 내쉬고 애써 시선을 외면해 버렸다. 제갈량은 전혀 흔들림 없는 표정으로 유표에게 공수하고 말했다.

"우리 주공은 아무 죄가 없습니다. 모든 잘못은 저에게서 비롯됐으니 이제 저를 심문해 주십시오."

이 말에 유비에게 쏠려 있던 장중의 모든 시선이 제갈량에게로 옮겨갔다. 유표는 제갈량의 갑작스러운 등장에 얼떨떨해하며 물었다.

"그게 대체 무슨 소린가?"

"우리 주공이 차마 밝히지 못하는 사실을 말씀드리려는 것입니다. 섭현성 참패는 사실 제가 다 꾸민 일입니다."

"공명……."

유비는 울먹이는 목소리로 제갈량을 부르고는 더 이상 말을 잇지 못했다.

방통만이 눈을 지그시 감고 무표정한 얼굴을 하고 있을 뿐, 대당 안은 발칵 뒤집히고 말았다. 형주 관원들은 처음에는 자신의 귀를 의심하며 어리둥절한 표정을 짓더니 이내 무슨 말인지 깨닫고 여기저기서 제갈량을 성토하는 목소리가 터져 나왔다. 그 사이 제갈량이 계속 말을 이었다.

"제가 도응에게 밀고해 섭현의 장사들을 배신하고, 유반 장군과 수천 명의 형주 병사를 죽음으로 몰아넣었습니다. 이는 모두 저 스스로 꾸민 일로 우리 주공과는 전혀 무관합니다. 그는 사후에야 자세한 내막을 알았으니까요. 미천한 저를 보호하기 위해 죽음도 불사하는 주공을 보고 차마 양심에 걸려 이제야 모든 사실을 실토합니다. 죽여주십시오!"

"공명, 미쳤느냐?"

제갈현은 눈이 뻘겋게 충혈돼 미친 듯이 소리를 내질렀다.

"왜 모든 죄를 너 혼자 뒤집어쓰려 하느냐?"

제갈현의 발악에도 제갈량은 더할 나위 없이 침착하게 대답했다.

"숙부, 용서하십시오. 이 조카가 죄를 뒤집어쓰려는 것이 아니라 실제로 죄가 있습니다. 제가 도응에게 연달아 두 차례 양초 운반과 포위 돌파 사실을 밀고해, 결국 양초를 약탈당하고 유반 장군의 군대를 사지로 내몰았습니다. 또한 군대를 얻기 위해서 장비에게 밀령을 내려 양초를 버리고 도망치라 지시했고, 전서를 날리는 농간으로 도웅이 선봉과 중군을 공격하게끔 유도한 뒤 후군의 군사를 이끌고 몰래 전장을 빠져나갔습니다. 이 모든 계략은 저 혼자서 꾸민 일로 주공과는 전혀 무관합니다."

하늘을 우러러 장탄식을 내뱉는 제갈현의 야윈 볼에 끝내 두 줄기 눈물이 흘러내렸다. 섭현성의 유반 대군이 왜 몰살됐는지 이유를 알게 된 형주 관원들은 당장 제갈량을 죽여 시체를 난도질하라고 아우성을 쳤다.

유표 역시 이를 바득바득 갈며 소리쳤다.

"대체 그런 짓을 한 이유가 무엇이냐?"

제갈량이 정중히 대답했다.

"주공의 구명지은(救命之恩)과 지우지은(知遇之恩)에 보답하려는 단 한 가지 이유 때문이었습니다. 량이 주공을 따른 때 나이가 약관임에도 불구하고, 주공은 군사라는 중책을 맡겨 어떤 계책도 모두 따르고 간언을 반드시 채납해 량이 감격해 마지않았습니다. 또 도웅과 첫 번째 전투에서 량이 다리에 화살에 맞아 움직이지 못할 때, 주공은 절 등에 업고 도망쳐 목숨을 구해주었습니다. 이후 여러 차례 패배를 겪었지만 주공은 절 쓸모없다 버리지 않았습니다. 이에 이런 은정에 보답할 마음을 항시 먹고 있다가, 마침 주공에게 수천 군마를 얻게 할 기회가 생겨 이를 실행에 옮긴 것입니다."

"뭐? 은혜를 갚는다는 이유로 근 만 명의 형주군을 해했다고? 네놈의 죄를 바로 알렸다!"

제갈량은 무겁게 고개를 끄덕이고는 우렁차게 말했다.

"량의 죄, 만 번 죽어 마땅합니다. 다만 죽기 전에 꼭 아뢸 말씀이 있습니다. 우리 주공은 도응과 조금도 결탁하지 않았고, 섭현의 일은 하찮은 절 살리기 위해 죽음도 무릅쓰고 차마 얘길 꺼내지 않은 것이니, 바라옵건대 주공의 목숨을 살려주십시오!"

유표는 아직까지 노기가 가라앉지 않아 흥분된 목소리로 명했다.

"끌고 나가 목을 베라!"

무사들이 예, 하고 명을 받은 후 곧장 달려가 제갈량을 포박하려는데 제갈량이 다급히 외쳤다.

"할 말이 조금 더 남았으니 잠시 기다려 주십시오!"

"무슨 말이 그리 많단 말이냐? 당장 끌고 가 참수하라!"

"주공, 우리 사이의 정분을 보아 그에게 몇 마디 남기게 해주십시오!"

제갈현은 방성대곡하고 피가 날 정도로 머리를 땅에 박으며 간청했다. 유표는 천성이 그리 모질지 못한지라 잠시 주저하다가 제갈량에게 유언을 남길 기회를 주었다. 제갈현은 황급히 고개를 들고 울먹이며 말했다.

"공명, 이것이 마지막 기회네. 해명할 말이 있으면 주공께 얼른 다 아뢰게나."

하지만 제갈량은 담담하게 대꾸했다.

"숙부, 죄송합니다. 지금 전 목숨을 구걸하려는 것이 아니라 사군께 두 가지 청을 드리려는 것입니다. 첫 번째는 량의 죄가 심히 중하여 거열형(車裂刑)으로도 죗값을 치르기 부족하니 참수를 요참형(腰斬刑)으로 바꿔주십시오. 그래야만 무고하게 목숨을 잃은 형주 장사들에게 속죄하고 편히 눈을 감을 수 있습니다."

이 말에 대당 안이 떠들썩해지고 유표도 눈을 동그랗게 떴다. 제갈량은 이에 전혀 아랑곳하지 않고 고두하고서 말을 이었다.

"두 번째 청은 사군께서 은혜를 베푸시어 제 주공 그리고 친우 방통과 마지막으로 절명주(絶命酒)를 한 잔 마시게 해주십시오."

유비는 얼굴이 눈물로 범벅됐고, 방통은 여전히 무표정한 기색을 띠었으며, 제갈현은 실성한 사람처럼 제발 요참형만은 면해 달라고 간청했다. 노기등등하던 유표도 주인을 위한 제갈량의 충심에 감동해 한참 뒤 고개를 가로젓고 명했다.

"요참형은 심하다. 당장 끌고 가 그대로 목을 베어라!"


야심한 시각, 형주목 대당 밖 형장에서는 유표와 형주 관원들이 배석한 가운데 형 집행을 준비하고 있었다.

두 무릎을 바닥에 꿇은 유비는 하염없이 눈물을 흘리며 떨리는 손으로 술을 따라 칼을 쓰고 있는 제갈량 앞으로 가지고 갔다. 그는 그저 울먹이기만 할 뿐 한마디도 못 하고 제갈량을 바라보았다. 제갈량은 태연자약하게 술잔을 비운 후 미소를 띠며 말했다.

"감사합니다, 주공. 량이 일생 동안 지나치게 신중하고 살얼음을 밟는 것처럼 살아 술 한 잔 제대로 마시지 못했는데, 오늘 단숨에 술잔을 비워 보니 음주의 통쾌함이 무엇인지 알겠습니다."

이 말에 유비는 가슴이 메여 통곡이 절로 나왔다.

"공명… 내 정말 미안하이."

"그런 말씀 마십시오. 전 절대 주공을 원망하지 않습니다."

제갈량은 급히 유비의 말을 끊고 진중하게 말했다.

"량이 이번에 죄를 자백해 죽지만 주공이 도응과 결탁했다는 혐의를 완전히 벗긴 어렵습니다. 누군가는 여전히 이 일을 구실 삼아 주공을 사지로 몰아넣을 게 분명하니까요. 제 예측이 틀리지 않는다면 주공은 옥고를 치르게 될 것입니다. 그렇더라도 절대 포기하지 말고 끝까지 버텨내십시오. 목숨을 보전해야 도응에게 복수도 할 수 있습니다."

유비가 울면서 고개를 끄덕이자 제갈량이 재차 당부했다.

"지금 제가 말씀드릴 두 가지는 잊지 말고 꼭 기억하십시오. 첫째로 새로 편입한 6천여 형주군에게 절대 집착하지 마십시오. 그래야만 유표의 살의를 누그러뜨리고, 삼장군과 서원직도 목숨을 보전할 수 있습니다. 어차피 저들은 자의로 주공을 따른 것이 아니기 때문에 언젠가는 형주에 귀부할 자들입니다. 아시겠습니까?"

"꼭 명심하겠소."

"둘째로 옥에서 나온 후 곧바로 복수에 나설 생각은 마십시오. 군자의 복수는 십 년이 걸려도 늦지 않는다고 했습니다. 일단 한중(漢中)으로 가 장로(張魯)에게 투신하십시오. 장로의 수하 양송(楊松)은 재물을 좋아하고, 조조의 관중도 몰락해 한중에서 잠시 몸을 웅크리고 있다 보면 반드시 재기할 기회가 올 것입니다. 주공, 아시겠습니까?"

유비는 눈물을 비 오듯 쏟으며 고개를 끄덕거릴 뿐 감히 한마디도 하지 못했다. 미소로 화답한 제갈량이 이번에는 방통 쪽으로 고개를 돌려 말했다.

"사원, 마지막으로 절명주나 한 잔 따라주시오."

방통 또한 아무 말 없이 쭈그리고 앉아 술잔을 제갈량의 입가로 가지고 갔다. 제갈량이 술잔을 단번에 비우자 방통이 굳은 얼굴로 물었다.

"이럴 필요까지 있었소?"

"주인을 위해 목숨을 바치는 것만큼 가치 있는 일이 또 어디 있겠소?"

제갈량은 여전히 환한 얼굴을 하고 말을 이었다.

"하지만 그대에게는 미안하게 됐구려. 사원도 이 일에 연루돼 문죄를 당하게 됐으니. 그렇더라도 목숨까진 잃지 않을 터이니 내가 낮에 간청한 일을 부디 잊지 말아 주시오. 또 한 가지는 닭의 머리가 될지언정 소의 꼬리가 되지 않았으면 하오. 천하의 효웅인 조조, 도응 무리 곁에는 인재들이 수두룩해 그대가 간다 해도 중용되기는 어려울 것이오. 무슨 말인지 알아들었으리라 믿겠소."

방통은 제갈량을 한동안 응시하다가 천천히 고개를 끄덕였다.

"하, 이제야 마음이 놓이는구려."

제갈량은 시원하게 웃음을 터뜨린 뒤 큰 소리로 외쳤다.

"됐습니다, 사군. 이제 시작하십시오. 그리고 사군께 글을 하나 남겼으니 형이 집행된 후 읽어보시면 충신과 간신을 똑똑히 구별하고 우환거리를 일소하는 데 도움이 될 것입니다!"

"공명—!"

대성통곡을 그치지 않는 유비와 시종 무표정한 얼굴의 방통은 무사들의 손에 끌려 형장 밖으로 나왔다. 이어 회자수(劊子手)의 칼이 환하게 밝혀진 형장의 불빛을 받아 춤을 추더니 섬광 같은 속도로 제갈량의 목을 베어버렸다. 이때 제갈량의 나이 겨우 스물이었다.

"공명!"

"량아!"

유비와 제갈현이 미친 듯이 울부짖는 가운데, 방통의 뺨에서도 끝내 두 줄기 눈물이 흘러내렸다.

형이 집행된 후 유표에게 전달된 제갈량의 글에는 이렇게 쓰여 있었다.


우리 주공이 투옥되면 도응은 필시 우리 주공을 구하는 척하며 사군의 손을 빌려 강적을 제거하려 들 것입니다. 제 말대로 된다면 우리 주공은 무고하고 장수야말로 도응의 첩자임을 믿어주시리라 확신합니다.

第五章
자중지란

　제갈량의 처형 소식은 열흘 후 허도로 전해졌다.

　그날 아침 허도에서는 도응이 정식으로 태위 및 표기장군을
겸임하고, 서주, 연주, 청주, 양주 주목에 오르는 의식을 거행하
고 있었다.

　원래 서주 관원들은 도응에게 최고 지위인 승상 겸 대장군직
에 오르라고 부추겼다. 그런데 이번에 항복한 기주 관원 최염이
원소 부자가 허명을 탐내다가 결국 민심을 잃은 일을 거울삼으
라고 극력 권하자, 도응도 이를 받아들여 승상과 삼공을 폐지하
기로 결정했다. 이어 양굉을 헌제에게 보내 자신이 삼공 중 하나
인 태위에 오르고, 원희의 죽음으로 공석이 된 표기장군을 겸임
하겠다고 주청했다.

물론 도웅이 암암리에 한실 권력을 틀어쥐긴 했지만 원소 부자와 달리 겉으로는 최소한 고관후록을 사절함으로써 적지 않은 명성을 얻는 효과를 가져왔다. 어찌 됐든 한실 관원들은 원소나 조조보다 도웅을 더 좋게 보았으니까 말이다.

그날 도웅은 경천동지할 또 한 가지 대사를 벌였으니, 바로 제한적이지만 과거제를 추진했다는 것이다. 이는 후세의 과거제도를 모방한 것으로 새로운 인재를 등용해 문벌 세력을 약화시키기 위함이었다. 다만 문벌 세족의 반발을 고려해 대대적인 개혁에 나서지는 않았다.

규정을 보면 전지(田地) 50무(畝) 이상의 지주 가족만 과거에 참가할 수 있었고, 이렇게 선발된 인재들 중 가문이 일정 등급에 이르지 못한 자는 바로 현령(縣令) 이상의 관직을 맡지 못하고 반드시 현령, 현승(縣丞) 등을 거친 연후 다시 심사를 통해서 발탁될 수 있었다. 이마저도 도웅이 고위 문관직을 독점한 세족들을 겨우 설득해 얻어낸 결실이었다.

도웅의 과거제가 통과된 데는 사실 조조의 덕도 컸다. 조정 관원들은 조조의 '유재시거(唯才是擧)' 즉, 출신과 가문을 따지지 않고 오로지 능력만 있으면 평민이라도 관리로 임용한 조조를 내심 증오하면서도 이것이 습관이 돼 예삿일로 여겼기 때문이다. 이로써 문벌 세력을 약화시키기 위한 도웅의 계획은 어렵게 첫걸음을 뗐다.

의식이 끝나고 태위부로 돌아온 도웅은 자신의 영전을 축하하기 위해 서주 관원들을 모두 불러 모아 연회를 베풀었다. 의미 있는 이날을 기념하며 다들 즐겁게 먹고 마실 때, 마충이 다급히 대당 안으로 뛰어 들어와 희색이 가득한 얼굴로 보고했다.

"주공, 경하드립니다! 형주에서 방금 기쁜 소식이 전해졌습니다. 제갈량이, 제갈량이 유표 손에 죽었다고 합니다!"

도응은 놀랍고도 기뻐 자리에서 튕기듯 일어나 소리쳤다.

"정말이냐?"

"우리 세작이 제갈량의 장례는 물론 제갈현이 제갈량 무덤 앞에서 통곡하다 혼절한 장면을 두 눈으로 똑똑히 지켜봤답니다. 그리고 지금 형주에서 온 세작이 직접 주공께 보고드릴 일이 있다며 밖에서 기다리고 있습니다."

도응은 크게 흥분돼 얼른 그를 부르라고 명했고, 가후와 양굉 등은 마침내 심복대환이 제거됐다며 서로 축하하고 기쁨을 나눴다.

잠시 후 먼지를 뒤집어쓴 서주 세작이 대당 안으로 들어와 무릎을 꿇고 보고했다.

"축하드립니다, 주공. 제갈량은 유표의 손에 참수된 뒤 열흘 전 융중(隆中) 와룡강(臥龍岡)에 묻혔습니다. 또한 제갈량의 숙부 제갈현은 모든 관직에서 파면되고 양양성에서 쫓겨나 융중으로 농사를 지으러 갔습니다."

이어 서주 세작은 품속에서 문서 하나를 꺼내 도응에게 바치고 말했다.

"이건 유표가 공포한 제갈량 참수 방문입니다. 소인이 몰래 베

껴왔으니 살펴보십시오."

도응이 문서를 열어 보니 안에는 제갈량이 서주군과 내통하고 섭현의 군사 기밀을 팔아먹어 유반의 전사와 만 명에 가까운 형주군의 몰살을 야기했다는 죄목이 조목조목 적혀 있었다. 도응은 너무 기쁜 나머지 술을 독째로 벌컥벌컥 들이켜고 광소를 터뜨렸다.

"하하하, 심복지환이 제거됐으니 유비도 이제 끝장이로구나!"

도응의 말을 듣고 가후가 급히 물었다.

"참, 유비는 어찌 됐느냐? 그리고 장간 일행 소식은 없느냐?"

"제갈량이 죽은 뒤 유비는 투옥됐습니다요. 장 대인과 수종 십여 명도 마찬가지로 옥에 갇혔고요."

이 말에 도응이 놀라며 다시 물었다.

"제갈량이 참수를 당했는데 유비가 아직 살아 있다고? 그리고 장간에게는 몸을 빼칠 계책을 일러줬는데 왜 붙잡혔단 말이냐?"

세작은 난처한 표정을 지으며 대답했다.

"그건 소인도 잘 모르겠습니다. 듣기로는 제갈량이 모든 죄를 뒤집어써서 유비가 목숨을 구했다고 하고, 장 대인 소식은 전혀 아는 바가 없습니다. 하지만 걱정 마십시오. 소인의 동료가 곧 있으면 정확한 소식을 허도로 보내올 것입니다."

도응은 어쩔 수 없이 세작에게 큰 상을 내리고 이만 물러가 쉬라고 명했다. 그러고는 문무 관원들과 함께 연회를 이어가며 제갈량의 죽음을 안주 삼아 취하도록 통쾌하게 마셨다.

그날 밤, 또 한 가지 소식이 술자리를 벌이는 도웅 앞으로 전해졌다. 완성에 심어놓은 세작의 보고에 따르면, 남양군 수장 등룡이 장비와 서서를 제압하라는 유표의 밀명을 받고 먼저 장비를 완성으로 불러 만취하게 만든 뒤 생포한 다음, 무기를 버리고 투항하라는 유비의 명령을 내보여 유비가 사취한 6천여 군사를 다시 형주군으로 편입시켰다고 했다. 또한 이때 사로잡힌 서서도 장비와 함께 함거에 실려 양양으로 압송되었다고 했다.

이미 정신이 몽롱할 정도로 크게 취한 도웅은 유감이라는 듯 안타까운 탄성을 연발했다.

"아, 유표는 왜 유비와 장비를 죽이지 않는 거지? 대체 왜 죽이지 않는 거냐고?"

역시나 목까지 빨개질 정도로 술을 마신 양굉이 트림을 하며 말했다.

"유비를 죽이는 것쯤이야 뭐 어렵겠습니까? 사자를 다시 형주로 보내 전량을 지불할 테니 유비를 풀어달라고 하면 유표는 유비가 우리에게 빌붙었다고 더욱 확신해 귀 큰 도적놈을 죽이지 않고는 못 배기게 돼 있습니다."

도웅은 좋은 생각이라며 양굉을 칭찬했지만 취한 와중에도 냉정을 유지하고 곁에 있는 가후에게 물었다.

"문화 선생이 보기에 이 계책은 실행에 옮길 만합니까?"

무절제하게 술을 마시지 않아 시종 맑은 정신을 유지하고 있던 가후는 곰곰이 생각해 본 후 대답했다.

"한 번 시도해 볼 만하다고 여겨집니다. 특히나 이번에 가장 큰 공을 세운 자익이 옥에 갇혔는데 앉아서 구경만 할 수 없는 노릇이기도 하고요. 사신을 유표에게 파견해 전량과 보옥을 내주고 자익 일행과 유비를 돌려보내 달라고 요청하십시오. 일이 잘 풀리면 자익은 살아서 돌아오고 유비를 죽음으로 내몰 수 있습니다."

도응은 고개를 끄덕여 응답하고 양굉에게 분부를 내렸다.

"이 일은 중명에게 일임하리다. 가능한 한 빨리 사신을 가려 유표에게 보내시오. 그 김에 유기에게도 서신을 보내 장간과 유비를 구하는 일에 나서 달라고 말해보시오. 그래야 유비를 궁지로 더욱 몰아넣을 수 있을 테니까."


한편 견고하던 도응과 원상 간의 동맹에 금이 가는 사건이 마침내 발생했다.

발단은 양군이 연합해 고간과 왕마의 원담 대오를 공격하는 과정에서 비롯되었다. 2차 관도 대전에서 서주군에게 치명타를 입은 원담은 어쩔 수 없이 패잔병을 이끌고 하내를 통해 병주로 들어가 재기를 노리는 길을 선택했다. 그러면서 고간과 왕마에게 복양과 여양을 버리고 하내로 철수해 자신과 회합하라고 명했다.

당시 고간과 왕마의 4만 군대는 원상과 진도에게 남북으로 협공을 받는 상황이었다. 진도의 대오는 복양에서 남쪽으로 40리 떨어진 이호에 주둔했고, 원상의 군대는 여양에서 80리 거리의 탕음에 주둔해 있었다. 따라서 양군이 동심협력했다면 원담에게 유일하게 남은 이 주력 부대가 철수하는 틈을 타 결정적인 타격을 입힐 수 있었다.

하지만 동상이몽처럼 양군은 각자 다른 꿍꿍이를 품고 있었다. 도응의 명을 받은 진도는 겉으로 원상에게 호응하는 모습을 보였으나 실제로는 이 원담 대오가 관도를 지원하지 못하도록 감시하기만 했고, 원상 역시 먼저 공격에 나서지 않은 채 매부의 대오가 자신을 위해 희생주기만 바랐다. 상황이 이렇다 보니 비극이 자연스럽게 싹트기 시작했다.

고간과 왕마의 대오는 마지막 남은 연주 영토에서 철수할 때, 조가를 통해 회현으로 가는 길을 택했다. 지리적으로 본다면 황하 이남의 진도군보다 원상군이 추격 임무를 맡는 것이 옳았다. 그러나 원상은 자신의 군대를 움직이기 싫어 진도에게 전력을 다해 적군을 추격하고, 무슨 일이 있어도 급현을 점령해 적군의 퇴로를 막으라고 명했다. 급현이 자신 쪽에서 훨씬 가까웠는데도 말이다.

하지만 진도는 원상의 부하의 아니었다. 그는 원상의 이 명령을 들은 체도 않고 군사를 이끌고 곧장 북상해 원담군이 버리고 간 복양 요지를 점령해 버렸다.

진도는 여기서 그치지 않고 부장 양연(楊淵)에게 황하를 건너 철수하는 원담군을 공격하지 말고 단지 뒤를 따라가며 감시하라고 명했다. 그리하여 양연이 황하 나루까지 적군을 뒤따라갔을 때, 마침 강 건너편 여양성 안의 원담군마저 성을 버리고 달아난 것을 발견했다. 공을 탐낸 양연은 원상군이 아직 여양에 당도하지 않은 것을 확인하고 내친 김에 황하를 건너 여양성까지 접수해 버렸다.

인구 수천 명에 불과한 작은 성인 여양은 사실 기주 남쪽에서 가장 중요한 전략적 요지였다. 이 성지 옆이 바로 백마 나루인데다 기주의 대본영 업성까지 3백 리도 안 되는 곳에 위치해 있어서 서주군이 업성 기습에 나선다면 반드시 거쳐야 할 땅이기 때문이다.

하지만 무엇보다 결정적이었던 건 여양성 아래로 흐르는 백구(白溝)가 기주 내지로 진입하는 문호 역할을 했다는 사실이다. 이 백구 입구를 장악하고 있으면 배로 업성이나 기주의 주요 성지로 양초를 직접 운반하는 것이 가능했다. 심지어 이 수로를 통해 유주의 심장부인 계현(薊縣)까지 이를 수 있었으니, 그 중요성은 굳이 말로 설명할 필요가 없었다. 역사에서도 조조가 원씨 형제를 공격해 기주와 유주를 취할 때, 이 백구를 통해 양초를 모두 운송했다.

서주군이 적군의 뒤를 끊으라는 명을 거부하고 복양에 이어 요지인 여양마저 탈취했다는 소식을 들은 원상은 끓어오르는 분노를 참지 못했다. 봉기와 이부가 한사코 만류하지 않았다면 원상은 달아나는 원담군 추격을 포기하고 여양성을 빼앗으려 달려들었을지도 몰랐다. 다행히 심복들의 권유에 원상은 겨우 화를 진정시키고 전력으로 원담군 추격에 나섰다. 하지만 서주군에게 임무를 일임하고 한참 뒤 추격에 나선지라 겨우 후미의 몇백 군사만 소멸했을 뿐, 육수를 건너 유유히 하내 내지로 퇴각하는 원담군을 빤히 눈뜬 채 바라봐야만 했다.

원담군 추살마저 실패하자 원상은 더욱 분기탱천해 당장 여양 수복에 나서려고 했다. 봉기와 이부는 재차 이를 강력히 말렸고, 업성을 지키는 심배까지 만류를 권하는 편지를 보냈다. 심배는 편지에서 아직 원담이 망하지 않았는데 세력이 날로 번창하는 서주군과 절대 반목해서는 안 된다고 역설하고, 여양이 전략적 요지인 만큼 외교 수단을 통해 도응에게 반환을 요구하는 한편, 원담에게 숨 돌릴 기회를 주지 않도록 빨리 도응과 원담을 멸할 맹약을 체결하라고 건의했다.

가장 신임하는 심배까지 이렇게 권하자, 원상은 어쩔 수 없이 여양성 공격을 포기하고 이부를 허도로 보내 도응과 교섭을 벌이라고 명했다.

\*　　　　\*　　　　\*

이부가 허도에 당도해 도응에게 서신을 전달하자, 도응은 불평 스러운 어조로 뇌까렸다.

"진도가 제정신이란 말인가? 기주의 성지까지 함부로 빼앗고. 당장 진도에게 편지를 보내야겠구먼."

이때 갑자기 순심이 흠흠, 하고 헛기침을 계속 해댔다. 이 소리 에 고개를 돌린 도응은 순심의 눈짓을 알아채고 재빨리 말을 바 꾸었다.

"자헌(子獻) 선생, 먼 길을 오느라 피곤할 테니 먼저 역관으로

가 쉬시지요. 원담을 멸하는 일은 내 사람들과 논의한 뒤 말씀드리리라."

자헌은 이부의 자다. 이부는 당연히 이상한 낌새를 눈치챘지만 자신의 힘으로 할 수 있는 일이 없어 아무것도 모르는 척 도응에게 사례하고 밖으로 나갔다. 이부가 나가자마자 순심은 기주 지도를 가져와 도응 앞에 펼치고 말했다.

"주공, 여양의 위치를 자세히 보십시오. 특히 여양성 아래로 흐르는 백구가 기주와 유주의 어디로 통하는지 말입니다."

백구의 수로 방향을 손가락으로 짚으며 따라가던 도응은 깜짝 놀라 소리를 질렀다.

"맙소사! 백구가 이렇게 많은 하류와 연결돼 있다니. 기주의 거의 모든 요지와 이어져 있고, 심지어 유주까지 직접 양초 운반도 가능하구려! 이렇게 중요한 곳을 왜 전혀 모르고 있었을꼬?"

"양초 운반뿐 아니라 대다수 구간에서 2백 명 정도 탑승 가능한 병선도 통항할 수 있습니다. 이런 요충지를 원상에게 돌려줬다간 다시 되찾기 어렵습니다. 만일 우리가 원상과 사이가 틀어져 개전하게 되면 여양은 원상군이 사수할 제일 요지가 될 테니까요."

순심의 설명에 도응은 안도의 한숨을 내쉬었다.

"우약이 제때 깨우쳐 주지 않았다면 이번에 큰 손해를 볼 뻔했구려."

시의 역시 잘라 말했다.

"여양을 절대 돌려줘선 안 됩니다. 이곳을 장악하고 있으면 아군은 진퇴가 자유로워 연주 북쪽 전선에서 주도권을 쥘 수 있음은 물론 원상의 남하까지 막는 효과가 있습니다."

유엽도 이 말에 찬동한 후 건의했다.

"주공, 이참에 유주에 있는 원담의 잔당 장기 토벌을 돕겠다고 하십시오. 여양의 이 수로를 통해 양초를 공급하겠다는 구실로 잠시 돌려주지 않는 겁니다."

도응은 책상을 치고 흔쾌히 명했다.

"그거 좋은 생각이오. 자양의 말대로 장기 토벌을 돕는다는 구실로 여양 반환을 거절합시다. 참, 그 보상으로 원상에게 기주, 유주, 병주 주목의 관직을 내리시오."


*　　　　　*　　　　　*


이부가 도응의 회답과 헌제의 삼주 주목 책봉 어지를 가지고 업성으로 돌아오자, 일전에 스스로 형주, 유주, 병주, 청주, 연주 5개 주의 주목에 오른 원상은 부아통이 터져 서신을 갈가리 찢고 노기등등해 소리쳤다.

"이런 죽일 놈을 봤나! 원씨의 대은을 입고 세력을 키운 주제에 감히 내 머리꼭대기에 앉으려고 해? 여봐라, 당장 병마를 집결하라. 내 친히 여양 탈환에 나설 것이다!"

심배가 다급히 원상을 만류했다.

"주공, 불가합니다! 무력으로 여양 탈환에 나서는 건 서주군에게 전면전을 선언하는 것과 같습니다. 현재 도응은 4개 주에 웅거하며 휘하에 40만 대군을 거느리고 막강한 전투력을 자랑해 우리가 절대 이길 수 없습니다. 게다가 아군은 기주 경내의 반란도 다 진압하지 못한지라 이번 개전으로 도응에게 기주를 병탄할 좋은 구실을 줄 뿐입니다!"

"그럼 여양은 어찌하오? 도응이 여양을 점거하고 있으면 언제든지 업성이나 기주 요지로 출병이 가능한데, 우리 목에 칼을 겨눈 이런 상황을 그냥 두고 보자는 말이오?"

"실력이 미치지 못하니 잠시 참는 게 상책입니다."

고개를 푹 떨구고 대답한 심배는 이내 기운을 내고 말했다.

"도응이 이제 막 연주 전역을 점령해 시급히 민심을 안정시키고 각지의 잔여 저항 세력을 평정해야 하므로 단시간 내에 기주로 쳐들어오기는 어렵습니다. 따라서 잠시 화를 참고 도응의 여양 점거를 묵인한다면 기주 내부를 단단히 다지고 전쟁을 준비할 시간을 벌 수 있습니다. 그때가 돼 기주의 전투력이 강력해지고 물자가 풍족해지면 도응의 위협을 겁낼 필요가 없어집니다."

서주군의 위용과 군사력을 직접 목격하고 돌아온 이부 역시 권했다.

"심 총관의 말이 옳습니다. 기주 내부 중산의 왕릉과 흑산적 장연을 아직 소탕하지 못했는데 어찌 양외(攘外)를 서두르십니까? 일단 도응과 우호 관계를 유지하고 내부를 안정시킨 다음 장기를 토벌하고 병주와 유주를 병탄한 후 다시 복수를 도모하십시오. 도응과 개전했다가 원담까지 이 틈을 타 침공해 오면 당해 낼 방법이 없습니다."

모사들의 끈질긴 설득에 원상도 결국 여양을 탈환하려는 생각을 접었다. 이어 원상이 앞으로 어떻게 해야 할지 묻자 심배가 대답했다.

"원담이 관도에서 대패해 아직 원기를 회복하지 못한 틈을 노려야 합니다. 군대를 두 길로 나누어 일군은 중산으로 출병해 왕릉의 반란을 진압하고, 다른 일군은 병주의 요지 호관 공격에 나서는 겁니다. 호관을 손에 넣기만 하면 아군은 원담과의 전쟁에서 주도권을 쥐게 돼 불패의 위치에 설 수 있습니다."

원상은 심배의 건의에 따라 당장 도응에게 사신을 보내 여양을 잠시 빌려주는 데 동의했다. 이어 군사를 두 부대로 나눠 윤해(尹楷)에게 5천 군사를 거느리고 서쪽으로 호관을 공격하라 명하고, 자신은 직접 2만 군사를 이끌고 중산태수 왕릉 토벌에 나섰다. 이와 동시에 유주의 장기에게도 사신을 보내 금은보화를 가득 안겨주며 회유를 종용했다. 이는 장기의 왕릉 지원을 막기 위함이었다.

이미 오래전에 원담과 연락이 두절된 장기는 스스로 거병해 독립할 능력이 없음을 잘 알았다. 이에 중립의 깃발을 내걸고 원담과 원상 누구도 돕지 않겠다고 선언했다. 이렇다 보니 왕릉의 거듭된 구원 요청은 단호히 거절당하고 말았다.

원상은 사면초가에 몰린 왕릉을 맹렬히 몰아붙여 20여 일 만에 왕릉의 근거지인 노노성(盧奴城)을 함락했다. 원상의 투항 권유를 끝까지 거부하던 왕릉이 죽음으로써 중산의 내란은 종지부를 찍었다.

반면 호관 공격은 좀처럼 성과를 내지 못했다. 윤해는 호관 수장 하소(夏昭)의 완강한 저항에 부딪혀 한 달이 가까워오도록 성을 접수하지 못하고 외려 온몸에 크고 작은 부상만 입었다. 이 소식을 들은 원상은 윤해의 무능함을 크게 꾸짖고 친히 윤해를 도우러 달려갔다.

원상이 군사를 이끌고 호관에 당도했을 때, 전열을 수습한 원담도 구원병을 파견했다. 이 원군의 숫자는 겨우 3천 명에 불과했지만 부대를 거느린 대장이 다름 아닌 학소였다.

호관은 본래 지키기는 쉬워도 공격하기 어려운 관문이었는데, 여기에 수비에 능한 학소까지 가세했으니 원상의 공격 결과가 어떠했을지 말하지 않아도 가히 짐작할 수 있다. 원상은 세 차례나 전력을 다해 공성에 나섰지만 공연히 군사 3천 명만 전몰하고 아무 소득도 얻지 못했다. 원상은 결국 봉기의 말에 따라 업성으로 돌아가 병마를 재정비하고 주력군에게 휴식을 주기로 결정했다. 이로써 원씨 형제간의 싸움은 잠시 소강상태로 접어들었다.

\*　　　　\*　　　　\*

양굉이 파견한 서주 사신은 양굉의 지시에 따라 형주에 도착한 후 먼저 유비가 투옥된 이유를 자세히 알아보았다. 그는 유비가 아직 모반 혐의를 완전히 벗지 못했음을 확인하고서야 유표를 찾아가 전량을 제시하며 장간 일행과 유비를 풀어달라고 요청했다. 그러나 애석하게도 상황이 제갈량이 죽기 전 예상한 대로 흘러가자 이는 오히려 유비의 결백을 증명하고, 도응이 유비를 죽음으로 내몰려는 의도만 드러내는 꼴이 되고 말았다.

이렇게 되자 유표는 자연히 유비보다 장수가 서주군과 짜고 유비를 모함하지 않았을까 의심하기 시작했다. 이에 그는 별가 유선의 건의를 받아들여 의논할 일이 있다며 장수를 양양으로 불러 정말 서주군과 내통했는지 탐문해 보려고 했다.

그런데 속으로 켕기는 게 많았던 장수는 유표의 접견 명령을 받고 식은땀을 줄줄 흘렸다. 유표가 이미 자신을 의심한다고 여긴 그는 이번 양양 행에 틀림없이 길보다 흉이 많으리라 생각했다. 의심이 많고 신중한 장수는 몇몇 심복과 상의한 끝에 결국 휘하의 5천여 군사를 거느리고 양성을 떠나 도응에게 투신하기로 결정했다.

진취가 안중에 주둔하며 장수 대오를 감시하고 있었지만 장수군이 갑자기 튀어나오는 바람에 이를 막아내지 못했다. 그 후 장수는 완성을 우회해 서악(西鄂)을 거쳐 곧장 섭현으로 내달렸다. 형주군의 맹렬한 추격에 장수 대오가 박망 근처에서 거의 뒤를 따라잡혔을 때쯤, 서주군이 마침 전장으로 달려와 장수 대오를 접응했다. 병력이 부족했던 진취와 등룡은 감히 뒤를 계속 쫓지 못하고 박망을 지키며 유표에게 즉시 이 급보를 알렸다.

도응은 친히 성 밖까지 나가 장수를 맞이하고 함께 헌제를 배알하러 가 그를 양무장군(揚武將軍) 겸 완성후(宛城侯)에 봉해 달라고 주청했다. 이어 대외적으로 장수가 유표의 핍박에 못 이겨 자신에게 투항했다고 선포하고, 능청스레 장수가 사신을 죽이고 편지를 바친 죄를 사면해 주는 척해 유표가 계속 유비를 의심하게 만들고자 했다.

하지만 도응의 이런 연극은 모두 허사로 돌아갔다. 장수가 배반했다는 소식이 양양에 전해지자, 유기 세력의 팽창을 눈엣가시로 여긴 자들이 발 빠르게 움직이기 시작했다. 채모 형제는 유표 앞에서 유비는 억울하게 누명을 썼고 장수야말로 서주군과 내통한 진짜 첩자이므로 당장 유비를 석방하고 장수 동당(同黨)을 철저히 색출해야 한다고 요구했다. 유표 또한 돌아가는 상황을 보고 유비가 무고하게 의심받았음을 깨달아 마침내 유비 형제를 풀어주라고 명했다. 다만 유비가 형주를 혼란으로 몰아넣은 장본인이기 때문에 유비 무리를 형주 밖으로 추방하고, 영원히 형주에 발을 들이지 못하게 하라고 선포했다.

이로 인해 형주의 권력 지형에도 큰 변화가 생겨 도응에게 호의적이었던 파벌은 심각한 타격을 입었다. 앞장서서 장간과 유비를 구하러 나섰던 유기는 유표에게 호된 질책을 들었고, 괴량 형제도 자연스럽게 이 일과 연루되었다. 하지만 괴가는 형주에 깊이 뿌리를 박은 막강한 문벌인지라 유표도 함부로 손을 쓰기 어려웠다. 이에 관직 한 등급 강등이라는 처벌을 내렸을 뿐이다.

반면 도응에 반대하는 세력은 이 틈을 타 활개를 치기 시작했다. 황조는 남양 방어의 임무를 인계받아 서주군의 새로운 근거지 허도의 남쪽 전선을 위협했고, 유비에게 연루됐던 채중도 옥에서 나와 병권을 손에 넣었다. 형주 권력층 내부에서 채가의 목소리가 커짐에 따라 서주와 형주의 관계는 급속하게 냉각되고 서로를 원수로 여겼다.

*              *              *

　서주와 형주 간에 발생한 이 사건은 당연히 다른 제후들 귀에 들어갔다. 제후들은 자신이 어부지리를 취할 수 있도록 이들 사이에 더욱 격렬한 싸움이 일어나길 간절히 바랐다. 하지만 가까스로 장안으로 달아나 부하들과 회합한 조조는 이 소식을 듣고 코웃음을 치며 말했다.

　"홍, 유표는 겉으로는 강해 보여도 실제로는 겁이 많고 나약한 늙은이라고. 도응 놈에게 저토록 희롱을 당하고도 보복하러 나설 엄두를 내지 못하잖아! 나라면 벌써 이를 구실로 강동으로 출병해 상대적으로 약한 도응의 수군을 공격했을 텐데 말이지."

　기침을 멈추지 못하는 곽가도 탄식을 내쉬었다.

　"유표가 이렇게까지 무능해 도응의 세력을 당할 자는 이제 없어 보입니다! 유표가 용기를 내 형주의 풍족한 전량을 바탕으로 도응에게 끝까지 저항한다면 원담과 원상 형제가 이 틈을 타 이익을 챙길 수 있고, 강동의 원술과 허공 무리도 유표 쪽에 붙어 도응을 곤란하게 만들었을 텐데요. 그리고 우리도 한중과 익주(益州)를 차지할 시간을 벌고 말입니다."

　"당시 동탁 토벌 때도 다들 자기 밥그릇만 챙기다가 패하고 말았지. 18로 제후군이 일치단결했다면 진즉에 동탁을 천참만륙하고도 남았을 텐데. 지금도 마찬가지라고. 큰일을 도모하기 어려운 이런 놈들과 함께 도응에게 대항할 생각은 꿈도 꾸지 말라고!"

이때 순욱이 침착한 목소리로 입을 열었다.

"제후들이 동심협력하길 바라기란 당연히 불가능합니다. 하지만 형식적인 반도응 연맹이라도 출현한다면 아군에게 대단히 유리해집니다. 그래서 말인데, 주공께서 이 동맹을 조직해 보는 건 어떻겠습니까?"

"지금 농담하시오? 주공께서 나서서 동맹을 조직했다간 그날로 도응의 표적이 된단 말이오!"

정욱이 펄쩍 뛰며 소리를 지르자 순욱이 웃으면서 말했다.

"주공께 잠시 고언(苦言)을 올리겠습니다. 지금은 옛날과 같지 않아 주공의 현재 군사력과 지위로 반도응 연맹 결성에 나선다 해도 누구 하나 이를 거들떠보지 않을 가능성이 높습니다."

조조는 암담한 낯빛을 하고 있다가 쓴웃음을 지으며 대꾸했다.

"문약의 말이 귀에 거슬리긴 하나 엄연한 사실인 건 맞소. 지금 누가 이런 상황에 처한 내 얘기를 귀담아들으려 하겠소? 그런데 이를 알면서도 반도응 연맹 얘길 꺼낸 이유가 무엇이오?"

"주공께서 나서서 반도응 연맹을 결성하라는 것이 아니라 유표가 이에 앞장설 수 있도록 부추기라는 말씀을 드리려던 참이었습니다."

이 말에 조조는 문득 깨닫는 바가 있어 재빨리 물었다.

"유표가 나서서 반도응 연맹을 결성하면 우리에게 어떤 이로움이 있소?"

"두 가지 이익이 있습니다. 첫째, 도응의 일차 표적이 유표가 됨으로써 상당 기간 동안 아군의 재기에 신경 쓸 여력이 없어집니다. 둘째, 도응의 손을 빌려 유표를 견제함으로써 유표 역시 아군의 부상을 막을 수 없게 만들 수 있습니다."

순욱은 침착하게 설명하고 계속 말을 이었다.

"관중은 사방이 피폐해진 지 오래라 대군을 양성하기 어렵습니다. 따라서 우리는 먼저 한중을 취한 연후 옥토가 천리나 이어진 천부지국(天府之國) 익주 도모를 가장 중요한 목표로 삼아야 합니다. 지금 장로는 모친을 죽인 유장에게 복수하기 위해 벌써 형주에 구원을 청한 상태입니다. 이때 만약 유표가 상용(上庸)을 통해 먼저 한중에 원군을 파견한다면 우리의 계획은 상당한 차질을 빚고 맙니다."

조조는 순욱의 대계를 듣고 호탕하게 웃음을 터뜨린 후 말했다.

"오호, 그것 참 묘안이구려. 한 번 시도해 볼 만하겠소. 문약이 보기에 유표가 부추김에 넘어갈 확률이 얼마나 되겠소?"

"6, 7할은 됩니다. 유표가 허명무실하고 집 지키는 개에 불과하지만 현재 도응과 사이가 틀어져 내심으로는 도응의 보복을 두려워하고 있을 게 분명합니다. 이때 연맹을 조직한다면 유표 입장에서는 적어도 든든한 후원을 얻기 때문에 마음이 움직일 가능성이 매우 큽니다. 주변 제후들 역시 도응에 대항할 맹주로 그만한 인물이 없는지라 스스로의 안위를 위해서라도 적극적으로 이에 호응할 것입니다."

조조는 무릎을 치고 말했다.

"좋소. 그리합시다! 내 당장 편지를 써서 유표의 대단함을 설파하고 반도웅 연맹을 결성하라고 권하리다. 이 일에는 구변이 좋은 사람이 필요한데, 형주에 누굴 보내야 하겠소?"

순욱이 건의했다.

"만백녕을 사신으로 보내십시오. 백녕이 지난번 유표의 분노를 사 함거에 실려 허도로 압송됐지만 이는 모두 양굉의 사주로 벌어진 일임을 유표도 잘 알고 있습니다. 백녕을 보면 틀림없이 그때 도웅과 친교를 맺은 걸 후회하고 도웅에게 더욱 증오심이 생겨 일이 쉽게 풀릴 것입니다. 또한 백녕은 채모, 황조, 장윤 등 형주 중신과도 사이가 좋아 저들의 지지를 쉽게 이끌어 낼 수 있습니다."

조조는 고개를 끄덕이며 명했다.

"좋소. 하지만 이 일에 우리가 관여했다는 사실이 알려지면 도웅에게 원한을 사게 될 테니 채모에게 예물을 가득 안기고 몰래 유표를 만나는 게 좋겠소. 얼른 만총을 들라고 이르시오."

만총은 조조의 서신과 귀중한 예물을 가지고 형주로 향했다. 그는 먼저 채모를 찾아가 예물을 주면서 유표를 비밀리에 만나게 해달라고 요청하는 동시에 반도웅 연맹의 이해득실을 설파하고 유표가 이를 받아들일 수 있도록 권해 달라고 간곡히 부탁했다.

귀한 예물에 눈이 번쩍 떠진 채모는 당장 만총의 요구를 수락하고 함께 유표를 만나러 갔다. 만총은 먼저 조조와 유표는 본래 아무런 원한이 없었는데 도웅의 간계로 틈이 벌어져 조조가 지금 크게 후회하고 있다고 말했다. 그리고 현재 도웅의 세력이 크게 확장해 머지않아 형주를 침범할 것이라며 천하 제후들에게 함께 일어나 도응 토벌에 나설 것을 촉구하는 격문을 붙이라고 권했다. 그리하면 조조도 기꺼이 유표를 맹주로 추대해 명을 따르겠다고 말했다.

만총의 권유에 유표는 대당을 서성이며 깊은 고민에 잠겼다. 현재 도응과 반목하는 유표로서는 이 동맹에 구미가 당겼지만 그 자리에서 응낙도 거절도 하지 않고 만총에게 역관으로 가 소식을 기다리라고 일렀다. 이어 그는 일부 중신들을 소집해 조조의 편지를 내보이고 대책 논의에 들어갔다.

형주 중신들은 편지를 보고 형주군이 한중을 돌아볼 겨를이 없게 만들려는 조조의 의도를 전혀 알아채지 못한 채 조조의 말이 이치에 맞는다고 여겼다. 현재 서주 주변 제후들 중 유표만이 반도응 연맹을 결성하고 이를 추진할 적임자인 데다 도응이 선수를 치길 기다리느니 차라리 제후들에게 아직 원기가 남아 있는 때 연합 전선을 구축해 도응에 맞서는 편이 낫다고 목소리를 높였다.

그럼에도 유표는 쉽사리 결정을 내리지 못하고 주저하다가 결국 치중, 등의의 건의를 받아들였다. 먼저 조조와 상호 동맹을 체결한 연후 원담과 원상에게 연락을 취해 원씨 형제의 싸움을 중재한다는 구실로 과연 이들에게 반도응 동맹을 체결할 의사가 있는지 떠보기로 했다. 어찌 됐든 3개 주에 웅거하고 있는 원씨 형제가 합심해 서주군에게 대항한다면 이 동맹은 상당한 의미를 지닐 수 있었기 때문이다.

원담으로서는 철천지원수인 도웅과 대적하는 데 도움을 줄수 있는 자라면 누구라도 환영인 데다 현재 군사력으로는 기주탈환이 언감생심이었으므로 등의가 친히 태원(太原)까지 찾아와 내민 원상과의 정전 합의에 두말 않고 응했다. 또한 등의가 먼저얘기를 꺼내기도 전에 유표에게 도웅을 멸할 동맹을 체결하자고요청하는 한편, 등의에게는 아우가 정전에 응하도록 설득해 달라고 부탁했다. 등의는 크게 기뻐 당장 이를 수락한 후, 긴급히 유표에게 서신을 보내 협상 결과를 보고하고 직접 업성으로 원상을 찾아가 원담과 화해하라고 권유했다.

화친에 응한다면 원담이 자신을 기주의 합법적인 주인으로 인정한다는 말에 원상은 기꺼이 정전에 합의하겠다고 선언했다. 이어 등의가 반도웅 연맹에 대한 얘기를 직접적으로 꺼내지 못하고 빙빙 돌려서 표현했는데, 심배는 등의의 말뜻을 금세 깨닫고주저 없이 원상에게 이에 동의하라고 요청했다.

심배는 이 동맹의 신뢰를 담보하기 위해 동맹에 참여한 제후들이 맹주인 유표에게 인질을 보내야 한다고 건의했다. 그러고는 원상은 현재 아들이 없으므로 막내인 원매(袁買)를 양양에 볼모로 보내 동맹에 대한 성의를 표시하겠다고 말했다. 등의는 예상 밖의 성과에 기쁜 빛을 감추지 못하고 즉각 유표에게 이 희소식을 전했다. 이어 원담에게도 반도웅 동맹 체결을 이끌어 낸 후인질 원매를 데리고 형주로 돌아갈 계획을 세웠다.

\*         \*         \*

"원상 놈이 이렇게 낯짝이 두꺼운지 상상도 못 했구나! 자기는 동부이모의 아우를 인질로 넘기고 나더러는 아들을 인질로 삼으라고?"

등의로부터 원상과 만나 협상한 과정을 들은 원담은 콧김을 내뿜으며 버럭 화를 냈다.

"공칙, 유표에게 편지를 보내 고하시오! 원상 놈이 동맹에 전혀 성의를 보이지 않아 우리는 참가할 수 없다고 말이오!"

"주공, 잠시 화를 가라앉히고 제 얘기 좀 들어주십시오."

곽도는 먼저 원담을 진정시킨 후 공수하고 정중하게 간했다.

"원상이 원매를 인질로 삼은 건 속셈이 훤히 드러난 짓이지만 반도웅 연맹을 결성한 유표가 인질을 요구한 건 제후들이 자신의 지휘를 듣지 않아 결정적일 때 일을 그르칠까 우려하기 때문이니, 이는 자신을 위한 것은 물론 동맹을 위한 것이기도 합니다. 주공은 천하 제후들과 도웅 토벌 동맹을 맺기로 마음먹은 지 오래입니다. 그러니 이참에 인질을 보내고 동맹을 서두르는 게 상책입니다."

"지금 농담하시오? 내 아들을 유표에게 보냈다간 그의 말에 휘둘릴 게 빤하잖소! 인질을 담보로 우리를 사지로 내몰고 실속은 유표 혼자 다 챙기면 어찌하느냐 말이오?"

길길이 날뛰는 원담의 분노에 곽도는 몸을 움츠리고 말을 이었다.

"유표의 행실로 보아 그런 상황이 발생할 가능성이 높지만 그래도 우리 혼자 도응에게 대항하는 것보다는 훨씬 낫습니다. 현실적으로 도응의 군사력은 우리보다 월등히 앞서고 있고, 원상과 도응 간에 여양에서 작은 충돌이 있었다 하나 서로 등을 돌리고 개전하는 상황까진 이르지 않았습니다. 이런 때에 서둘러 유표와 반도응 연맹을 체결하지 않고 원상과 도응의 연합군에 홀로 맞섰다가 어떤 결과를 빚을지 잘 아시잖습니까?"

원담은 노기를 더는 표출하지 않았지만 인상을 잔뜩 구기고 말했다.

"하지만 유표와 동맹을 맺는다고 그를 완전히 신뢰하기도 어렵지 않소? 지난번 관도 대전 때 1만 원군을 보내고서 섭현에서 꿈쩍하지 않았던 전력도 있고."

그러자 곽도가 사악한 미소를 흘리며 말했다.

"굳이 유표를 믿을 필요는 없습니다. 그저 동맹에 앞장서도록 부추기기만 하면 그만이니까요. 잘 생각해 보십시오. 반도응 연맹이 결성된다면 도응은 누굴 가장 증오할까요?"

누구냐는 원담의 질문에 곽도의 입꼬리가 점점 더 위로 올라갔다.

"유표 말고 누가 있겠습니까? 이 동맹을 유표가 나서서 제안하고 결성한다면 도응은 분명 주력군을 남쪽 전선에 배치하고 유표에게 본때를 보여주려 할 것입니다. 그리하여 둘 사이에 전쟁이 벌어진다면 우리의 압력은 크게 줄어들고 강 건너 불구경하듯 저들의 싸움을 지켜보면 그만입니다."

이 말에 원담의 얼굴이 활짝 펴지고 마음이 슬슬 동하기 시작했다.

"오, 그렇구려! 그럼 이 거래는 해볼 만하단 얘긴데. 내 아들을 형주로 보내서 남쪽의 압력을 완화할 수 있는 데다 잘하면 도응과 유표 간에 큰 싸움을 유도할 수 있다니⋯⋯. 그야말로 밑천이 아깝지 않은 장사구려."

"이뿐만 아닙니다. 유표가 원상까지 끌어들이게 되면 상황이 더욱 절묘해집니다. 도응이 원상과 손을 잡았으면서도 신의를 저버리고 여양을 강점했다는 건 기주에 뜻이 있음을 드러낸 것과 같습니다. 원상이 마지못해 이를 용인했지만 내심으로는 필시 도응을 원망하고 두려워해 반도응 연맹에 참여할 가능성이 높습니다. 그리하여 도응이 이 사실을 알게 된다면 둘의 사이가 완전히 틀어져 아군이 기주를 탈환하고 유주와 길을 열기 훨씬 수월해집니다."

"오, 묘계로다!"

곽도의 치밀한 분석에 원담은 손뼉을 치고 기뻐하며 당장 명을 내렸다.

"속히 유표에게 편지를 써서 내 동맹에 응하고 가능한 한 빨리 아들을 형주에 인질로 보내겠다고 이르시오."

곽도의 설득 아래 원담은 마침내 유표가 제시한 조건을 받아들여 아들을 인질로 보내고 유표와 반도응 연맹을 맺는 데 합의했다.

이때 조조도 아들 조웅(曹熊)을 형주에 인질로 보내 동맹 체결의 성의를 표시하자, 일이 이렇게 순조롭게 진행될지 전혀 예상치 못했던 유표는 기뻐서 입을 다물지 못했다. 그는 내친김에 원술과 허공, 엄백호 등 다른 제후들에게도 연락을 취했다. 그리고 업성에서 소식을 기다리는 둥의에게 서신을 보내 원상에게 인질을 보내라고 요구하는 한편, 한 달여 뒤인 6월 초하루 양양성에 축대를 쌓고 각 로의 제후와 함께 삽혈(歃血) 의식을 거행하기로 결정했다고 알렸다.

원상은 원담이 아들을 인질로 보내기로 했다는 얘기를 듣고 즉각 원매를 둥의에게 넘긴 후, 이부를 전권 대사에 임명해 6월 초하루 회맹 의식에 참여하라고 명했다.

둥의와 원매가 형주로 출발하자마자 원상은 심배의 계략에 따라 당장 도응에게 편지를 보냈다. 내용인즉, 유표와 원담이 천하의 제후들을 규합해 도응 토벌 연합 전선을 결성하고 있다고 고발하는 것이었다. 그리고 자신은 매부를 위해 거짓으로 이 동맹에 가입했으니, 매부가 원할 때 언제든지 창을 거꾸로 잡고 대담한 이 반역 무리를 처단하는 데 일비지력(一臂之力)을 보태겠다고 힘주어 말했다.

이밖에 원담은 물론 조조까지 아들을 보내 결성한 이 동맹을 절대 만만하게 봐서는 안 된다고 주의를 준 후, 편지 말미에 자신은 아직 유주를 공격할 마음이 없으므로 도응이 필요하다면 언제든지 빌려주겠다는 말과 함께, 여양을 다시 돌려 달라고 요청했다.

며칠 후 도응은 원상의 밀고 편지를 받고 책상을 치며 미친 듯이 웃음을 터뜨렸다.

"하하하! 온통 허튼소리뿐이야! 조조가 며칠 전 이 사실을 모두 폭로했다는 걸 알면 원상은 과연 어떤 표정을 지을까? 이래도 감히 여양을 돌려 달라고 말할 용기가 있을까?"

도웅이 이토록 득의양양해 광소를 지은 이유는 다름이 아니라 원상의 밀고가 한 발 늦었기 때문이다. 며칠 전에 조조의 장남 조앙이 이미 인편에 도웅에게 편지를 보내 자신이 우연히 들은 부친의 말을 전해왔다. 내용인즉, 유표가 앞장서서 반도웅 연맹을 조직한 후 비밀리에 조조와 원담, 원상, 원술, 허공 등에게 연락을 취해 함께 일을 도모하려 한다는 사실을 알았다는 것이다. 이에 서주에 인질로 있으면서 도웅의 인품에 감화돼 부친을 배반하고 어렵사리 이 비밀을 알리니 꼭 방비를 철저히 하라고 당부했다.

물론 도웅은 성격이 신중하고 조심스러운 조조가 아들 앞에서 이런 말도 안 되는 실수를 저질렀다고 생각하지 않았다. 그는 살짝 미소를 짓고 말했다.

"조조가 직접 나서지 않고 조앙을 악역으로 삼은 이유를 다들 아실 거요. 내가 이 밀고 편지를 이용해 자신을 뭇사람의 표적으로 삼을까 두려웠기 때문 아니겠소?"

도웅은 다시 원상의 서신을 흔들며 말을 이었다.

"그래서 말인데, 이 편지를 최대한도로 이용해 유표 노인네가 꾸미는 짓을 철저히 분쇄할 방법이 없겠소?"

그러자 가후가 건의했다.

"이 편지는 당연히 원담의 손에 들어가야 이용 가치가 가장 큽니다. 주공은 조앙과 원상의 밀고 서신을 원담에게 보낸 연후 원상의 배은망덕함과 변덕스러움을 나무라고 더 이상 그를 기주의 주인으로 인정하지 않겠다고 성토하십시오. 심지어 원담과 결맹해 원상을 멸하겠다고 말해도 무방합니다. 이렇게 되면 원담은 필시 군사를 일으켜 기주로 쳐들어갈 것이므로 반도웅 연맹을 저절로 무너뜨릴 수 있습니다."

하지만 도웅은 걱정스러운 표정을 지으며 말했다.

"좋은 계책이긴 한데, 눈에 빤히 보이는 이런 이간계에 원담이 속지 않을까 걱정이오. 지난번 관도 대전 때 우리 속임수에 된통 당한 적이 있는지라 이번에는 쉽게 믿지 않을 가능성이 있소."

이번에는 시의가 계책을 올렸다.

"그럼 문화 선생의 계책에 한 가지 조치만 더 취하십시오. 유표가 조정에 반하는 무리들과 결탁했다는 구실로 대군을 출동시켜 형주로 쳐들어가는 것입니다. 그리하면 원담은 유표가 우리의 분노를 온전히 뒤집어썼다고 여겨 거리낌 없이 기주 공격에 나설 겁니다. 이때 유표가 구원을 요청한다면 원상이 맹약을 저버려 징벌에 나선다는 당당한 명분으로 유표의 청을 거절할 테고요."

이 말에 도웅은 난처한 표정을 지으며 대꾸했다.

"아군이 이제 막 연주와 예주를 평정해 기반이 아직 안정되지 않은 상황에서 다시 유표와 전면전을 벌이는 건 너무 무리라는 생각이오."

시의는 미소를 짓고 대답했다.

"굳이 전면전을 벌일 필요는 없습니다. 단지 유표를 겁주고 완성 정도만 손에 넣어도 성공이지요. 우리 수군은 형주 수군만 못하지만 보병과 기병은 형주군을 가지고 놀 정도입니다. 따라서 육로로 출병해 완성을 점령하게 되면 유표는 두려운 마음에 필시 병력을 북쪽 전선 방어에 집중시킬 것이므로 아군 강동 전장의 압력까지 크게 줄어 일전쌍조의 효과를 거둘 수 있습니다. 그때에 이르러 원씨 형제가 양패구상한 틈을 노려 북쪽으로 진격한다면 일거에 기주와 유주를 평정하는 것도 가능합니다."

"오, 그것 참 절묘하구려!"

도응은 책상을 치고 기뻐하며 재빨리 명을 내렸다.

"연주 내지의 후성과 손관에게 즉시 본부 인마를 이끌고 허도로 오라고 하시오. 그리고 진도에게는 1만 군사를 남하시켜 연주 북쪽 전선을 소홀히 하는 것처럼 보이게 해 원담이 마음 놓고 기주로 쳐들어가도록 하시오. 이번에 내 친히 십만이 넘는 대군을 거느리고 남양으로 진격해 집 지키는 늙은 개를 놀라게 할 것이오!"

진응은 당장 도응의 명을 받아 편지를 쓰고, 가후와 시의는 형주 남정 준비에 착수했다. 눈코 뜰 새 없이 바쁜 와중에 문 밖에서 최염이 아뢸 말이 있다며 찾아왔다. 도응은 최염에 대한 인상이 좋았던 터라 바쁜 가운데도 접견을 허했다.

최염은 도응에게 예를 올린 후 말했다.

"태위께 용서를 구할 일이 하나 있습니다. 염이 얼마 전 몰래 태원에서 온 원담의 밀사를 만나 그를 태위부 앞까지 데려와 소개시켜 드리려 했으나 아무래도 예의가 아닌 것 같아 그냥 돌아간 일이 있었습니다."

도웅이 웃으면서 대꾸했다.

"그대는 악부에 대해 충성심이 강하고, 옛 주인에 대해 정이 깊은 사람이오. 밀사를 만나 서로 소식을 교환하는 것 역시 인지상정인데 무슨 죄가 된다고 그러시오? 이렇게 일부러 날 찾아와 솔직히 말해주는 것으로 됐소. 한데 무슨 일 때문인지 얼른 말해 보시오."

최염은 고개를 숙여 감사를 표하고 말했다.

"제가 만난 원담의 밀사는 바로 신비입니다. 그가 태위를 만나려 한 이유는 비밀 거래 때문이었습니다. 원담은 옛 기후를 병주로 모셔 가 보살펴 드리고 싶어 하지만 태위께서 불허할까 봐 걱정하고 있습니다. 그래서 신비를 허도로 보내 태위와 관련된 중요한 기밀을 전하고 옛 기후를 모셔 가겠다고 했습니다."

중요한 기밀이 무엇이냐는 도웅의 물음에 최염이 편지 한 통을 건넸다. 그런네 이를 본 도웅이 갑자기 폭소를 터뜨렸고, 가후와 시의도 배를 그러안고 크게 웃었다. 도웅은 가까스로 웃음을 그치고 찬탄했다.

"원담이 좋을 구실을 찾았어! 정말 좋은 구실을 찾았다고!"

아무 영문도 모르는 최염만 미친 듯이 웃고 있는 도웅 등을 어리둥절한 표정으로 바라볼 뿐이었다.

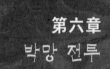

第六章
박망 전투

건안 7년(202년) 6월 초하루, 오전 진시 삼각.

청명하기 그지없는 파란 하늘에 상서로운 구름이 조각조각 박혀 선경(仙境)처럼 아름다운 광경을 연출했다. 그런데 이 가운데 구름 한 조각이 마치 비행운(飛行雲)처럼 북에서 남으로 흰 선을 이루며 길게 걸쳐져 있었다. 이는 꼭 살아 있는 생명체가 자취를 감추려고 구름 뒤에 머리를 숨기고 꼬리만 드러낸 모습과 같았다.

이 기이한 구름을 조망하던 유표는 마음이 초조하고 불안해졌다. 백 장 높이의 3층짜리 회맹단을 축조하고, 제후의 사자들도 이미 양양에 도착해 모든 준비를 완벽히 갖추고 정오에 천지에 제사 지내고 삽혈하는 의식만 남겨둔 상황이었다. 그러나 양양성 하늘 위에 이런 기이한 현상이 출현했으니, 유표의 마음은 더욱 조마조마해지고 머릿속은 망념으로 가득했다.

이때 방 안에서 현악기 소리가 점점 잦아들며 방문이 열렸다. 주홍색 무늬의 점괘용 의상을 입은 형주별가 유선이 온몸에서 단향(檀香) 향기를 풍기며 두 손으로 불에 구운 귀갑(龜甲)을 받쳐 들고 나왔다. 그는 정원에서 기다리던 유표 앞으로 걸어가 공손하게 귀갑을 바치고 흥분된 어조로 고했다.

"주공, 감축드립니다. 바로 진괘(震卦)가 나왔습니다. 진은 대도(大塗)라 오늘 회맹 의식은 대길합니다."

"오, 정말 다행이구려."

안절부절못하던 유표는 그제야 얼굴에 화색이 돌았다. 그는 귀갑의 균열을 자세히 살펴본 뒤 지체 없이 물었다.

"시종은 음양에 정통하니 내 하나만 물읍시다. 하늘에 떠 있는 저 괴이한 구름은 무슨 징조요?"

유선은 미소를 머금고 대답했다.

"길조입니다. 긴 구름이 해를 관통하면 대흉이지만 저 구름의 기운은 해에 미치지 못해 오히려 이무기나 흰 교룡이 북쪽에서 온 것과 같아 크게 부귀해질 징조입니다. 주공께서 천하 제후들과 도웅 토벌을 위한 회맹에 나서는 오늘 상서로운 조짐이 북쪽에서 왔다는 것은 필시 허도를 공파하고 도웅을 사로잡으라는 하늘의 계시입니다."

유선은 여기까지 말하고 슬쩍 유표의 표정을 살폈다. 유표가 고개를 끄덕이며 만족한 얼굴을 보이자 유선은 목소리를 낮춰 한마디 더 보탰다.

"주공, 외람되지만 직언 하나만 올리겠습니다. 교룡은 용이요, 용은 정정(定鼎:주 성왕이 아홉 개의 솥을 만들어 주나라의 도읍을 정한 데에서 유래. 즉 새로운 왕조를 개창함을 의미)의 주인이니 이번 회맹으로 주공께서 곧 보좌에 오를……."

이 말에 유표는 낯빛을 바꾸고 유선을 준엄히 꾸짖었다.

"어디서 그런 망발을 지껄이는 거요? 내가 제후들과 회맹하는 것은 한실을 위한 일이지 나 자신을 위한 일이 아니오. 다시는 패역한 말을 꺼내지 마시오!"

유선은 송구한 듯 재빨리 입을 닫았지만 속으로는 조금도 두려움을 갖지 않았다. 왜냐하면 호통을 치는 유표의 얼굴이 꿈틀거리며 살짝 미소를 드러냈기 때문이다. 유표는 이내 분부했다.

"어찌 됐든 길조라니 마음이 놓이는구려. 시종은 속히 옷을 갈아입고 회맹 의식에 따라 나서시오."

유선이 공손히 대답하고 방 안으로 들어가자 정원에 홀로 남은 유표는 하늘에 떠 있는 기이한 구름을 계속 주시하며 들뜬 목소리로 중얼거렸다.

"교는 용이요, 용은 정정의 주인이라……. 천자의 조짐이 일찍도 늦게도 아닌 왜 하필 오늘 나타났을꼬? 내 선조인 노공왕(魯恭王) 유여(劉餘)는 바로 무제의 동부형제 아닌가!"

명철보신을 신조로 삼은 유표의 야심이 마침내 꿈틀거리기 시작했다. 자신이 나서서 반도웅 연맹을 결성할 때만 해도 일이 이렇게 순조롭게 진행될지 몰랐는데, 최근 발생한 일련의 사건은 그의 야심을 조장하기에 충분했다.

원담은 두말없이 동맹 체결에 응하고 친아들을 인질로 보내 유표를 맹주로 추대하는 데 동의했고, 조조도 흔쾌히 아들을 보내 성의를 표시했다. 강동 쪽에서는 동맹을 결성하면 자신이 당연히 맹주가 돼야 한다고 야랑자대(夜郞自大)하던 원술이 유일한 아들 원요를 보내지 않았지만 기꺼이 손자를 인질로 삼았고, 허공과 엄백호마저 이를 강동에서 기를 펼 수 있는 유일한 기회라고 여겨 당장 아들을 보내고 유표의 명에 따르겠다고 맹서했다.

가장 의외였던 건 원상의 태도였다. 본래 도응과 사이가 가까워 전혀 기대하지 않았는데, 누구보다 먼저 인질을 보내 다른 제후들의 동맹을 이끌어 내는 데 큰 역할을 했다. 이밖에 회맹 동참을 요청하지 않은 서량의 마등도 조조에게 소식을 들은 후 자발적으로 차남 마휴(馬休)를 사신으로 보내 반도응 연맹 가입을 자원했다.

이처럼 인심이 모두 형주로 쏠리자 반도응 연맹에 결사반대하던 일부 형주 관원들도 잇달아 입장을 바꾸었다. 그중 괴량 형제는 자신들의 주장을 번복했을 뿐 아니라 유표에게 두 가지 계책을 건의했다. 하나는 원담과 원상 간의 싸움을 중재해 기주, 유주, 병주가 힘을 합쳐 최대한 서주군의 북쪽을 위협하라는 것이었고, 둘째는 형주의 자랑인 수군이 강동으로 출격해 도응의 군사력을 분산시키라는 것이었다. 그리하여 서주군 북쪽 전선에 허점이 노출되면 군이 명을 내리지 않아도 제후들이 알아서 그 틈을 노리게 돼 있다고 말했다.

　유표는 친히 형주 문무 관원을 대동해 양양성 남문을 나와
한수 가에 세워진 회맹단 아래로 향했다. 회맹단 꼭대기에는 깃
발 다섯 개가 바람에 펄럭이고, 백모황월(白旄黃鉞)이 가득 세워
져 있었으며, 단 주위로 구경 나온 백성이 인산인해를 이루어 장
관이 따로 없었다. 조조군 대표 만총, 원담군 대표 신비, 원상군
대표 이부, 원술군 대표 서소, 마등군 대표 마휴는 각기 자기 군
대의 가절(假節)을 들고 단 아래에 서서 유표를 공손히 맞이했다.
유표는 평소 제후들에게 별 주목을 받지 못했지만 이 순간만큼
은 천하가 우러르는 주인공으로 우뚝 섰다.

　오시가 되자 제후 대표들은 유표에게 제단에 오르라고 공경히
청했다. 유표는 옷매무새를 바로잡고 보검을 찬 후 감개하여 단
에 올랐다. 향을 사르고 재배한 유표는 사람들을 둘러보고 맹세
문을 낭독했다.

　"한실이 불행을 만나 황실의 기강이 무너지니 적신(賊臣) 도응
이 이 틈을 타 해악을 저질러 그 재앙이 지존께 이르고 학대당
한 백성이 뿔뿔이 흩어졌도다. 표 등은 사직이 무너질까 두려워
의병을 모아 국난을 헤쳐 나가려고 한다. 무릇 우리는 한마음,
한뜻으로 온 힘을 다해 신하의 충절을 바치고 다른 뜻을 품지
않았음을 맹서하노라. 맹서를 저버리는 자는 비명횡사하고 자손
이 끊기리니 황천후토(皇天后土)와 조종명령(祖宗明靈)은 부디 굽
어 살펴주소서!"

유표는 맹세문을 완독한 후 제사에 쓸 백마를 죽이라고 명하고 그 피를 입술에 발라 맹서를 표했다. 이어 제후 대표들도 차례대로 단에 올라 삽혈 맹세를 하니, 분위기가 절정에 달하고 사방에서는 마치 약속이나 한 듯 동심협력해 도적을 멸하자는 구호가 터져 나왔다.

정해진 의식이 마무리되면서 7로 제후와 의용군 엄백호의 반도웅 연맹이 정식으로 성립되었다. 의식을 마친 유표는 제후 대표들과 함께 성으로 돌아와 이번 회맹을 자축하는 성대한 연회를 베풀었다.

술자리가 한창 무르익었을 때, 조조군 대표 만총이 유표에게 공수하고 먼저 운을 뗐다.

"맹주, 지금으로서는 회맹 의식으로 제후들의 사기가 크게 진작된 이 기회를 어떻게 이용하느냐가 가장 중요합니다. 되도록 빨리 행동을 취해 기고만장한 도웅의 예기를 꺾고, 천하 군민에게 도웅 토벌에 대한 자신감을 북돋워 주어야 합니다."

원술군 대표 서소가 재빨리 이 말을 받았다.

"맞습니다. 천하제일인 맹주의 수군이 즉각 팽려택으로 출격해 도웅의 수군을 공격해야 합니다. 수상에서 대승을 거두어 돌파구를 열기만 하면 앞으로의 일이 술술 풀릴 수 있습니다."

이는 당연히 강동에 대한 지원을 바라는 원술의 의지가 담긴 청이었다. 다분히 사심이 담긴 발언이었지만 만총이 보기에 이것이 가장 효과적인 전술이었다. 이에 만총이 맞장구를 치고 말했다.

"중응 선생의 말이 옳습니다. 도응을 멸하려면 반드시 사기와 군심을 먼저 드높여야 하고, 사기를 드높이는 가장 좋은 방법은 서전을 승리로 장식하는 것입니다. 따라서 가능한 한 빨리 형주 수군을 출격시켜 도응 수군 정벌에 나선다면 쉽게 승리를 취할 수 있을뿐더러 도응 주력군의 남하를 압박해 작은 노력으로도 큰 효과를 얻을 수 있습니다."

하지만 유표는 수염을 어루만지며 미소를 짓고 말을 돌렸다.

"그건 너무 걱정 마시오. 한 가지 대사만 먼저 처리된다면 형주 수군이 알아서 움직일 터이니. 신 좨주, 이 주부."

유표는 신비와 이부를 앞으로 불러 원씨 형제가 이제 싸움을 멈추고 힘을 모아달라고 당부했고, 신비와 이부 역시 이에 막 응낙했을 때였다. 갑자기 밖에서 왕위가 허겁지겁 뛰어 들어와 두 손으로 뭔가를 받쳐 들고 아뢰었다.

"주공, 양양성 밖을 순찰하던 병사가 주변을 두리번거리는 수상한 자를 발견하고 고함을 질렀는데, 그자가 작은 소포를 떨어뜨린 후 줄행랑을 쳤다고 합니다. 순찰병은 그 소포에 주공께 전하라는 말이 적혀 있어서 냉큼 제게 달려와 보고했습니다."

"뭐라고?"

유표가 깜짝 놀라며 그 물건을 건네받아 보니, 과연 위에 자신에게 직접 전하라는 말이 적혀 있었다. 유표는 혹시 몰라 소포를 꼼꼼히 만져보다가 안에 딱딱한 물건이 없는 것을 확인하고 재빨리 열어보았다. 그런데 안에는 뜻밖에 편지 네 통이 들어 있었다. 그중 세 개는 이미 개봉된 상태였고, 하나만 봉랍으로 밀봉돼 있었다.

"웬 편지들이지?"

유표는 영문을 몰라 고개를 갸우뚱하고 손에 잡히는 대로 뜯어진 편지 중 하나를 집어 들어 읽어 내려가기 시작했다. 그런데 편지를 읽을수록 유표의 표정이 점점 굳어지고 몸을 바르르 떠는 것이 아닌가.

"맹주, 무슨 일입니까?"

제후 대표들은 놀랍고도 의아해 급히 그 편지를 받아 읽어보았다. 알고 보니 이는 다름 아닌 원상이 도웅에게 보낸 밀고 편지였다! 신비는 분노를 참지 못하고 이부에게 욕을 퍼부었다.

"후안무치한 도적놈아! 네놈은 원래 도웅의 세작이었구나. 도웅을 위해 우리 회맹을 염탐하러 왔단 말이냐!"

이부는 울상을 짓고 소리 질렀다.

"억울합니다! 글씨가 우리 주공의 필적이 아닌 것으로 보아, 이는 동맹을 이간하려고 보낸 도웅의 서신이 분명합니다!"

얼굴이 납빛으로 굳은 유표는 원상의 편지를 바닥에 내팽개치고 재빨리 다음 편지를 열어보았다. 이번에는 조앙이 도웅에게 회맹을 밀고한 내용이 가득 적혀 있었다. 유표는 노기충천해 편지를 만총에게 던지고 고래고래 소리쳤다.

"이 편지를 어찌 설명할 거요? 입이 있으면 당장 해명해 보시오!"

"그… 그건 대공자가 제멋대로 벌인 일이라 저는 알지 못했습니다."

만총의 억지 변명에 유표는 헛소리하지 말라고 노호한 뒤, 마저 세 번째 편지를 펼쳐 읽었다. 이것 역시 원담이 도웅에게 보낸 밀고 편지였다. 안에는 회맹의 날짜와 장소 및 참여 제후의 이름이 적혀 있었고, 원상이 반도웅 연맹에 가입했다는 점을 특별히 강조했다.

"네놈들이 모두 이 회맹을 팔아먹었구나!"

이어 각 제후 대표들은 서로에게 배신의 죄목을 뒤집어씌우고 옥신각신 다투기 시작했다. 큰 충격을 받아 한동안 말이 없던 유표는 가까스로 정신을 차리고 세 번째 원담의 편지를 북북 찢은 뒤 크게 노호했다.

"이번 회맹은 무효요, 무효!"

천하의 대세를 가르는 중차대한 회맹이 얼굴에 바른 피가 채마르기도 전에 무효가 되는 이런 우스꽝스러운 일이 세상천지 어디에 있단 말인가?

이부와 신비, 만총 등 당사자들은 난처한 기색을 띠며 상황을 반전시킬 틈을 엿보았고, 서소와 마휴는 크게 당황해 유표에게 냉정을 되찾으라고 연신 권유했다. 하지만 유표는 눈을 감고 팔짱을 낀 채 꿈쩍도 하지 않았다.

"주공, 여기 네 번째 편지입니다."

이때 마침 왕위가 편지 한 통을 더 건네자, 유표는 그제야 눈을 뜨고 밀봉된 편지를 뜯었다. 유표가 매서운 눈초리로 제후 대표들을 휙 둘러본 후 편지를 뜯어보니, 거기에는 도웅이 친필로

쓴 글이 적혀 있었다.

유 사군, 이는 미리 보내는 경고장이라고 해둡시다. 그대가 제후들을 끌어들여 명을 재촉한 점 고맙기 그지없소이다. 이 편지를 보았을 때 나는 이미 허도에서 친히 12만 대군을 이끌고 형주를 토벌하러 남하하고 있을 터이니 목을 씻고 죽을 준비나 하시오! 대한 태위 겸 서주, 연주, 청주, 양주, 예주 5개 주 주목 도응이 삼가 배상하오.

도응의 선전포고에 유표는 얼이 빠져 한참 동안 목석처럼 몸이 굳어 있었다. 겨우 정신이 돌아온 유표는 안절부절못하는 제후 대표들을 돌아본 후 억지웃음을 짓고 입을 뗐다.
"여러분, 이번 회맹은 여전히 유효하오."

*          *          *

도응이 유표에게 보낸 선전포고는 단순한 위협이 아니었다. 사방이 온통 적인 상황에서 유표가 획책한 반도응 연맹을 서둘러 깨뜨리지 않는다면 예측하기 어려운 연쇄반응이 일어날 가능성이 높았기 때문에 형주에서 회맹 의식이 치러진 날, 도응도 장수를 선봉으로 삼아 12만 대군을 거느리고 형주 토벌에 나섰다.
고순, 도기, 시의, 순심 등에게 허도를 지키라고 명한 도응은 섭현과 도양(堵陽)을 지나 공격 목표인 남양의 제일 요지 완성을 향해 호호탕탕하게 진격했다.

서주군의 출병 소식을 확인한 유표는 유선과 괴량의 건의를 받아들여 즉각 세 가지 대응책을 취했다. 첫째로 괴월을 급히 완성으로 보내 남양 방어를 책임진 황조와 함께 참호를 깊이 파고 성루를 높이 쌓아 굳게 지키며 함부로 나가 싸우지 말라고 명했다. 둘째로 속히 양양 일대의 병마를 집결해 수륙 양로를 통해 황조를 증원하려고 준비했고, 셋째로 회맹에 참여한 제후들에게 맹약을 지켜 도웅의 증원군을 견제하라고 요구했다.

제후 대표들은 하나같이 꿍꿍이를 품고 있었던지라 입으로는 즉각 자신들의 주공에게 출병을 청하겠다고 약속했지만 속으로는 마침내 서주군의 형주 침공을 이끌어 내는 데 성공했다며 몰래 웃음을 지었다.

적의 예봉을 피하고 수성에 주력하자는 괴량의 계책은 전략적으로 매우 적확했다. 형주군은 수전에 강하고 육전에 약했기 때문에 서주군과 야전을 벌이는 건 자살행위에 가까운 데다 완성 일대는 하류가 많고 수운이 발달하여 황조군에게 양초를 보급하고 증원군을 보내기 편했다. 반면 서주군은 허도에서 완성까지 수로가 연결돼 있지 않아서 대군의 식량 공급에 어려움이 있었기 때문에 완성 일대의 방어선을 철통같이 지킨다면 서주군이 양초가 다해 스스로 물러가게 할 희망이 있었다.

하지만 아무리 완벽한 전술이라도 장수가 이를 시행할 의지가 없으면 무용지물인 법. 괴월이 유표의 명을 가지고 완성에 당도하자, 성미가 불같은 황조는 당장 반대하고 나섰다.

"가만히 앉아서 성을 지키라니? 이런 어리석은 계책을 대체 누가 주공에게 올렸단 말이오? 성문을 꽁꽁 걸어 잠그고 나가 싸우지 않는다면 언제 적의 침공을 물리치겠소?"

괴월은 황조를 힐끔 쳐다본 뒤 쓴웃음을 짓고 말했다.

"이 계책은 내 형장이 올린 것이외다."

"허허, 그랬었구려."

괴월의 대답에 황조는 난처해하며 멋쩍은 웃음을 지었다. 잠시 뒤 황조가 자세를 고쳐 앉고 물었다.

"그대가 보기에 영형(令兄)의 이 방략은 너무 소극적이지 않소? 남양군 내의 아군은 족히 5만이 넘고 언제든지 대량의 전선을 집결시킬 수 있어서 서주군과 일전을 겨뤄볼 만한데, 어찌 성안에 틀어박혀 있기만 한단 말이오?"

괴월은 잠시 주저하다가 허심탄회하게 대답했다.

"장군, 내 솔직히 말씀드리리다. 사실 형장이 이 계책을 내놨을 때, 장군이 받아들이지 않을까 걱정했었소. 하지만 이 계책은 아주 정확한 대응이오. 아군은 수전에 강하나 육지에서는 서주군의 상대가 되지 않아 되도록 야전을 피하고 성을 군게 지켜야 하오. 하천과 수운에 의지해 서주군의 진군을 막아서며 적의 양식이 다하거나 후방에 변고가 생기길 기다린다면 싸우지 않고도 저절로 승리할 수 있소."

황조는 단호히 고개를 가로저었다.

"그건 틀린 말이오. 소극적으로 성을 지키면 적군의 기세가 크게 올라가 아군의 군심에 불리하게 작용하오. 게다가 육수는 남북으로 곧게 흘러서 육수 서쪽 성지는 강물에 의지해 지켜낼 수 있다지만 육수 동쪽의 성지와 토지는 어찌한단 말이오?"

유표가 괴월을 완성에 보낸 이유는 성격이 조급한 황조의 경거망동을 막기 위함이었다. 그러나 괴월의 힘으로는 황조의 고집을 꺾기에 역부족이었다. 고민에 잠겨 있던 괴월은 말을 얼버무리다가 끝내 이렇게 말했다.

"저… 황 장군의 말도 일리가 있지만 이는 주공의 명이라……."

유표의 명에도 황조는 초지일관 자신의 뜻을 굽히지 않았다.

"주공은 내게 함부로 나가 싸우지 말라고 명했지, 나가 싸우는 것 자체를 불허한 것은 아니오. 내 뜻은 이미 결정됐소. 어찌 됐든 서주군과 일전을 겨룬 연후 상황에 따라 진퇴를 결정합시다. 만일 결전에 실패한다면 그때 완성으로 물러나 지켜도 늦지 않소."

괴월은 유표의 명까지 거부한 황조를 더는 만류하기 어려워 어쩔 수 없이 그의 뜻을 따르기로 결심하고 말했다.

"황 장군의 뜻이 정 그렇다면 나 역시 반대하지 않겠소. 하지만 완성 일대는 지세가 매우 개활한 데다 적군의 숫자가 우리보다 월등히 많아 야전을 벌이기 적합하지 않소. 따라서 응당 박망으로 가야 하오. 그곳은 지형이 복잡하고 길이 협소해 지리에 익숙한 아군에게 훨씬 유리할 것이오."

"이제야 내가 아는 바로 그 괴이도답구려!"

황조는 손뼉을 치고 크게 웃음을 터뜨린 뒤 괴월과 대책 논의에 들어갔다. 이어 황조는 친히 2만 군사를 거느리고 괴월과 함

께 박망으로 북상해 서주군과 응전하고, 부장 소비(蘇飛) 등에게
는 각각 완성, 극양, 안중 등 남양 요지와 주요 나루를 지키라고
명령했다.

한편 괴월은 이 사실을 서둘러 유표에게 보고하지 않았는데,
만약 유표가 이를 알고 황조의 출격을 제지했다간 이에 앙심을
품은 황조가 중립적인 태도에서 채모 편으로 기울까 염려했기
때문이다.


하루가 좀 더 걸려 황조군은 완성에서 동북쪽으로 60리 떨어
진 박망에 당도했다. 황조는 양초와 군수를 대부분 성안에 쌓아
둔 뒤, 성 밖에 영채를 차리고 서주군과 맞서 싸울 태세를 갖추
라고 명했다.

서주 세작은 이를 탐지하고 이미 도양에 이른 서주군에게 신
속히 이 사실을 보고했다.

도응은 이 소식을 듣고 크게 기뻐 손뼉을 쳤다.

"그거 잘됐구나! 황조가 예상 밖으로 북상해 영채를 차렸으니
야전에서 적에게 큰 타격을 입힐 수 있겠어."

그러면서도 도응은 약간 걱정된 빛을 띠고 뇌까렸다.

"그런데 박망파란 말이야…… 이 일대 지형이 아주 복잡하
고 길도 협소한 데다 길 양쪽에 갈대와 초목이 우거졌다고 들
어서, 아군이 경솔히 전진하다가 적의 화공에 걸리면 큰일일 텐
데……"

이는 사실 제갈량이 바로 이곳 박망에서 화공으로 조조군을

크게 물리친 '삼국지연의'의 내용이 도응의 뇌리에 깊이 박혀 있었던 탓이 컸다. 당연히 이 사실을 모르는 가후는 이상해서 물었다.

"주공, 왜 이렇게 민감하게 반응하십니까? 저 역시 박망에 가 본 적이 없어 그곳의 지형을 모르지만 박망의 지형이 설사 주공이 묘술한 것처럼 복잡하더라도 아군이 신중히 대처한다면 아무 문제가 없습니다. 그래도 걱정이 된다면 불을 놓아 길 양쪽의 초목과 갈대를 모두 불살라 버리면 될 일 아닙니까?"

유엽 역시 고개를 갸웃하고 척후병이 그려온 투박한 지도를 펼친 후 황조군 영채 위치를 가리키며 말했다.

"주공, 잘 보십시오. 황조의 대영은 박망성 아래, 상대적으로 너른 지대에 배치돼 있습니다. 길이 좁은 박망 동남쪽이나 서북쪽에 주둔해 있지 않아 화공을 펼칠 가능성은 없어 보입니다."

유엽은 지도를 내려놓고 한마디 더 보충했다.

"황조가 기어이 화공으로 아군을 기습한다면 두 가지 가능성이 있습니다. 첫째로 미리 길이 좁은 지대에 군사를 매복해 놓고 아군과 싸우는 척하다가 길을 돌아 아군을 매복권으로 유인할 수 있습니다. 하지만 이는 매복권까지 길이 너무 멀고 번거로워 채택할 방법이 아닙니다. 둘째로는 아군이 대영을 초목이 무성하고 협소한 지대에 배치하는 경우입니다. 그러나 이 역시 전쟁 경험이 조금만 있는 장수라면 범할 리 없는 실수라, 황조에게 화공을 펼칠 기회를 줄 리가 없습니다."

도응은 가후와 유엽의 지적에 자신이 나관중에게 너무 깊이 세뇌당한 건 아닌가 싶어 씁쓸한 웃음을 지었다. 도응은 여전히 의혹의 시선을 보내고 있는 가후와 유엽을 바라보며 주의를 환기시킨 뒤 환한 얼굴로 말했다.

"자, 내 노파심에 너무 걱정이 많았구려. 그럼 이렇게 합시다. 기왕 황조가 화공으로 아군을 공격하지 않는다면 역으로 우리가 화공을 펼쳐보는 건 어떻겠소? 먼저 매복을 설치한 후 일지 군마를 황조군 영채로 보내 싸움을 돋우다가 거짓 패배해 적을 매복권 안으로 유인하는 것이오."

가후는 재빨리 고개를 끄덕이고 대꾸했다.

"황조는 성격이 조급하기로 이름난 데다 아들 황사 일 때문에 아군을 극도로 증오해 설욕을 벼르고 있어서 유인 작전이 성공할 가능성이 매우 높습니다. 설사 실패하더라도 성가신 초목과 갈대를 제거할 수 있으니 주공의 근심을 조금은 덜 것입니다."

그러자 유엽이 자리에서 벌떡 일어나 자진해 나섰다.

"이 계책은 주력군을 출동시킬 필요 없이 장수 장군의 선봉대로도 충분히 시행 가능합니다. 제가 선봉군 대영으로 급히 달려가 장수 장군을 도와 밤새 복병을 배치하고, 내일 계획에 따라 이를 처리하겠습니다."

유엽이 간다는 말에 도응은 안심하고 동의를 표한 후 당부했다.

"자양, 이곳이 적진임을 명심하시오. 적군은 박망 지형을 손바닥 보듯 훤히 꿰고 있으니 유인군을 출격시킬 때 반드시 시간을 엄수해야 하오. 황혼이 다가올 때 유인군이 적군 영채 앞으로 달려가 싸움을 걸고, 복병도 유인군이 적의 시선을 빼앗는 사이 예정된 장소에 급히 매복시키시오. 그리하면 적의 척후병에게 들킬 염려가 없을 것이오."

유엽은 도응의 명을 받고 영채를 나가 장수가 있는 남쪽으로 총총히 달려갔다.


이튿날, 영채가 아직 안정되지 않은 관계로 황조는 괴월의 건의에 따라 곧바로 서북쪽의 산림 지대를 넘어 서주군 선봉대를 공격하지 않았다. 다만 군대를 지휘해 영채를 견고히 하는 데 주력하며 기회를 노리기로 했다.

그런데 오후 신시 초각 즈음에 척후병이 바람같이 달려와 2천 정도 되는 서주군이 형주군 진영을 향해 쇄도해 들어오고 있다고 보고했다. 그리고 군대를 통솔하는 장수는 바로 얼마 전 남양을 돌파해 서주군에게 투항한 장수의 조카 장선이라는 것이었다.

"젖비린내 나는 놈이 죽으려고 환장했구나!"

장수 일가를 극도로 증오했던 황조는 이 소식을 듣고 대로해 좌우 장령들을 돌아보고 소리쳤다.

"누가 출전해 저 서량 반군의 목을 베어 오겠느냐?"

"소자가 가겠습니다!"

이때 황사가 자리에서 벌떡 일어나 공수하고 청했다.

"3년 전 양양에서 장선 놈과 무예를 겨루었으나 당시 승부를 가리지 못했습니다. 그 3년간 소자가 절치부심하며 기량을 연마

했으니, 3천 군사만 내어주시면 이번에야말로 반줄을 죽이고 수급을 부친께 바치겠습니다!"

황조가 아들의 의기를 크게 칭찬하고 출전시키려는데, 괴월이 급히 앞으로 나와 말했다.

"장군, 소장군이 출전을 자청한 기개는 가상하나 만에 하나 예기치 못한 사태가 발생할 수 있소이다. 그러니 언제든지 접응이 가능하도록 영채 밖에서 적을 맞이하도록 하시지요."

황조는 괴월의 말을 듣고 하나뿐인 아들이 걱정돼 그게 좋겠다며 고개를 끄덕였다. 황사야 당연히 이에 심히 불복했지만 부친의 뜻을 거스르기 어려워 하는 수 없이 영채 밖에 대오를 정렬하고 적군을 기다렸다.

황사가 조바심을 내며 기다린 지 한 시진쯤 지난 유시 초각에 장선이 이끄는 서주군은 유유히 길이 좁은 지대를 통과해 박망성 밖 개활지에 다다랐다. 그런데 장선은 진영을 갖추지도 않은 채 곧장 말을 몰아 적진 앞으로 달려가 창으로 황사를 가리키며 큰 소리로 외쳤다.

"황사 어린놈아, 서량의 장선을 기억하느냐?"

황사도 이에 질세라 들입다 욕을 퍼부었다.

"후안무치한 도적놈아! 유 사군의 대은을 입고도 어찌 적과 내통해 주군을 배반하고 도응 놈에게 투항했단 말이냐! 오늘이 바로 네 제삿날이다!"

"시끄럽다. 유표 늙은이가 이간질을 곧이듣고 내 숙부를 해치려 하지 않았다면 어찌 그런 일이 일어났겠느냐! 쓸데없는 소리

집어치우고, 목숨이나 탐하는 네놈은 내 상대가 아니니 당장 황조더러 나오라고 일러라. 오늘 백 합까지 겨루고 말리다!"

"필부 놈아, 내 칼을 받아라!"

분기탱천한 황사는 쏜살같이 튀어나가 장선에게 달려들었다. 두 장수가 교전한 지 수 합 만에 장선은 황사의 공격을 당해내지 못하는 척하며 말 머리를 돌려 달아나기 시작했다. 미리 명을 받은 장선의 대오도 모두 방향을 바꿔 도주하자, 황사는 고래고래 소리를 지르며 뒤를 맹렬히 추격했다.

이를 안 황조는 아들에게 혹여 실수가 생길까 염려해 부장 장호(張虎)에게 3천 군사를 거느리고 즉각 뒤를 따라가 접응하라고 명했다. 괴월은 막 영채를 나가려는 장호에게 당부의 말을 건넸다.

"장 장군, 북쪽 길은 매우 좁고 날이 저물 시간이라 적의 복병에 대비해야 하네. 따라서 소장군이 10리 이상 적을 추격하지 못하도록 꼭 만류하게."

장호는 명을 받고 서둘러 군사를 소집해 황사의 뒤를 쫓아갔다.

황사의 맹추격에 후위의 서주군이 몸을 돌려 저항했지만 여지없이 패하고 다시 줄행랑을 쳤다. 신바람이 난 황사가 고삐를 늦추지 않고 추격에 나서 어느새 영채에서 10리 가까이 떨어진 길이 협소한 지대로 진입했다.

이때 해가 점점 저물고 밤바람이 슬슬 불기 시작했다. 황사의 대오를 따라잡은 장호는 급히 황사 가까이 달려가 권유했다.

"소장군, 이 정도면 됐습니다. 날이 곧 어두워져서 적의 매복에 대비해야 합니다."

하지만 황사는 이에 아랑곳하지 않고 크게 소리쳤다.

"이곳은 형주 경내요. 매복이 있었다면 지리에 밝은 우리 척후병이 진즉에 발견했을 거요. 내 적의 뒤를 시살할 테니 장군은 뒷수습을 맡아주시오."

그러더니 황사는 더욱 속도를 높여 적을 추격해 들어갔다. 아무리 설득해도 황사가 말을 듣지 않자, 장호는 어쩔 수 없이 자신의 대오로 돌아와 계속 그 뒤를 따르며 언제든지 접응할 준비를 했다.

이리하여 10여 리를 더 추격했을 때, 날은 거무스름해졌고 바람도 더욱 세차게 불었다. 장호는 이러다간 변고가 생길 것 같아 다급히 황사에게 달려가 아예 말고삐를 잡고 소리쳤다.

"그만하십시오! 앞으로 10리 더 추격하면 바로 서주군의 대영입니다. 오늘 밤에 서주군 영채를 공격할 작정이십니까?"

"제기랄!"

황사는 신경질적으로 장호의 손을 뿌리친 뒤 불평을 몇 마디 늘어놓고 그제야 추격을 멈추라고 명했다.

"와아!!!"

이때 갑자기 사방에서 거대한 함성 소리가 울려 퍼지더니, 길 양쪽 수림과 갈대에서 화광이 충천했다. 때마침 밤바람이 거세게 불었고 바람살을 타고 삽시간에 갈대와 관목을 잿더미로 만들었다. 이어 전방의 장선 부대가 말 머리를 돌리고 황사군을 향해 돌격해 들어왔다. 선봉에 선 장선은 벽력같이 고함을 질렀다.

"3년 전 숙부의 만류로 네 얼굴을 보아 비겨줬더니 안하무인이 하늘을 찌르는구나! 내가 얼마나 무시무시한지 오늘 똑바로 보게 될 테다, 이 애송이 놈아!"

"헉, 정말로 매복이 있었어!"

괴로운 비명을 지른 장호는 어안이 벙벙해 멍하니 서 있는 황사에게 빨리 도망치라고 소리쳤다.

도응이 계획한 화공에 적군이 걸려들자 장선이 정면에서 진격하고, 뇌서(雷敍)와 호거아(胡車兒)가 길 좌우에서 길을 끊어 형주군에게 맹공을 퍼부었다. 갑작스러운 적의 기습과 거센 불길 앞에 형주군의 대오는 크게 어지러워져 불에 타거나 적의 창칼에 찔려 죽는 자가 부지기수였다. 여기저기서 처절한 울부짖음이 끊이지 않고 사방에 시체가 나뒹구는 가운데, 황사와 장호는 급히 퇴각하라는 명을 내린 뒤 불길을 뚫고 박망성 쪽을 향해 뒤도 돌아보지 않고 내달렸다.

이때 마침 황조가 북쪽에서 일어난 불을 보고 친히 접응하러 달려온 덕에 황사와 장호는 겨우 목숨을 부지할 수 있었다. 하지만 서주군의 기습에 황사와 장호가 이끌고 간 6천 군사 중 절반 이상이 죽거나 다치는 참패를 당하고 말았다. 이로 인해 형주군의 사기가 바닥에 떨어지자 황조는 노발대발하며 아들을 끌고 가 참수하라고 호령했다. 휘하 장수들과 괴월이 간곡히 만류한 뒤에야 황조는 황사의 목숨을 살려주고 공을 세워 속죄하라고 명했다.

　황사를 꾸짖어 물리친 황조는 여전히 노기가 가라앉지 않아 즉각 병마를 점검해 친히 아들의 복수에 나서려고 했다. 그러자 괴월이 다급한 목소리로 만류했다.

　"장군, 너무 감정적으로 대응하지 말고 잠시 화를 거두시지요. 박망 이북은 지형이 복잡하고 도로가 협소해 진퇴가 불편하여 함부로 진병하는 건 양책이 아니오. 게다가 적군의 수가 많고 서전의 대패로 아군의 사기가 크게 떨어진지라 잠시 영채를 굳게 지키며 적의 공격을 유도하는 것이 최선이오. 적의 선봉대는 개활한 전장에 진입하고, 후발대는 좁은 길을 지나느라 수미의 연결이 원활하지 않을 때 기습에 나선다면 필시 대승을 거둘 수 있소."

　백전노장 황조는 괴월의 말뜻을 바로 알아채고 노기를 거두고서 더 이상 공격 얘기를 꺼내지 않았다. 이어 그는 정예병 백 명에게 좁은 길이 끝나는 지점의 높은 곳에 올라가 서주군이 진격해 오면 즉각 낭연을 피워 신호를 보내라고 명했다. 신호를 받는 즉시 좁은 길 끄트머리를 틀어막고 적군의 연결을 방해할 요량이었다.

　장수는 화공으로 서전을 승리로 장식한 뒤 공을 세우고 싶은 마음이 간절했다. 이에 다음 날 여세를 몰아 친히 3천 군사를 이끌고 형주군 영채 공격에 나섰다. 유엽이 도응의 주력군을 기다리라고 강력히 만류했지만 장수는 이를 들은 척도 하지 않았다.

다음 날 오후, 장수가 20리나 이어진 좁은 길을 뚫고 너른 지대로 나왔을 즈음에 신호를 받은 형주군은 이미 개활지에 진용을 갖추고서 적군을 기다리고 있었다. 장수의 선봉대는 막 좁을 길을 나와 미처 포진하지 못하고, 후군은 여전히 좁은 길을 지나고 있을 때 형주군이 병력의 우세를 앞세워 서주군 선봉대를 에워싸고 총공격을 개시했다.

장수가 사력을 다해 분전했지만 또다시 형주군이 튀어나와 좁은 길을 나오려는 서주군을 공격하는 바람에 후원이 끊긴 천여 명의 선봉대로는 대여섯 배에 달하는 적군을 당해내기에는 역부족이었다.

전황이 불리하게 돌아가자 장수는 어쩔 수 없이 선봉은 후군이 되고, 후군은 선봉이 되어 신속히 좁은 길을 빠져나가라고 명했다. 이 틈을 타 형주군이 바짝 뒤를 추격해 들어오자 창졸간에 서주군은 혼란에 빠져 잇달아 적의 창칼에 쓰러지며 왔던 길을 돌아 달아나기 바빴다. 형주군은 기세등등하게 서주군을 20리나 쫓으며 상당한 전과를 올렸다. 특히 속죄에 나선 황사는 선두에 서서 적을 대량으로 참살해 전날의 패배를 말끔히 설욕했다.

이때 대영을 지키던 유엽은 장수 대오가 적에게 쫓긴다는 소식을 듣고 즉각 장선과 뇌서를 보내 접응하라고 명했다. 길 양쪽을 지키고 있던 이 두 부대는 장수의 패잔군이 통과한 다음 양옆에서 튀어나와 형주 추격군의 길을 끊었다. 앞이 막힌 형주군은 날이 이미 어두워진 데다 또 다른 서주 복병이 있을까 우려해 감히 앞으로 더 나가지 못하고 퇴각을 선택했다. 장선과 뇌서 역시 추격을 단념하고 장수를 보호해 대영으로 물러갔다. 장수와 유엽은 적이 완전히 물러난 것을 확인한 뒤 곧장 주력 부대에 이 사실을 알리고 구원을 요청했다.

이번 전투에서 장수 대오는 천 명이 넘는 병력 손실을 입었다. 반면 형주군은 매복에 처참하게 당한 수모를 씻고 사기가 다시 크게 고무되었다. 하지만 황조 부자는 좁은 길 양쪽에 복병 일단을 매복해 두고 장수의 퇴로를 끊어 전군을 몰살하지 못한 데 대해 몹시 아쉬워했다.

괴월은 이에 크게 개의치 않고 황조 부자에게 말했다.

"너무 애석해하지 마시오. 이는 단지 시작일 뿐이외다. 박망은 서주군이 길을 돌아가지 않는 이상 완성으로 남하하는 데 반드시 거쳐야 하는 땅이오. 따라서 우리로서는 전과를 확대하고 적에게 중상을 입힐 기회가 아직 남아 있소이다."

황조는 호탕하게 웃음을 터뜨리고 대답했다.

"하하, 이도의 말이 옳소. 우리에게는 여전히 기회가 있지. 그래서 말인데, 산길 양옆의 으슥한 곳에 복병을 배치하는 건 어떻겠소? 도응의 대오가 패퇴하길 기다렸다가 그들의 허리를 단칼에 끊는 것이오."

그러자 괴월이 미소를 짓고 대꾸했다.

"이 월이 미리 방책을 생각해 두었으니 너무 걱정 마시오. 척후병에게 주변 도로를 자세히 살펴보라고 일렀는데, 아군 대영

정북 방향에서 관도로 곧장 통하는 소로 하나를 발견했소이다. 다음번에 적이 다시 쳐들어오면 장군은 즉시 정예병 천여 명을 이 소로에 매복시켜 놓고 적의 퇴로를 끊으시오. 그런 다음……."

황조는 크게 기뻐 무릎을 치고 외쳤다.

"좋소. 그리합시다! 서주 적군이 빨리 공격해 오기만 바라야 할 텐데."


장수 대오가 패배한 다음 날, 도응은 주력군을 이끌고 장수의 영지에 당도했다. 그는 후일에 대비해 일부 군사를 두 길로 나눠 박망 북쪽의 치현(雉縣)과 동남쪽의 무음(舞陰)을 취하라고 명했다.

도응이 대영 안으로 들어서자 장수는 낙담한 얼굴로 꿇어 엎드려 죄를 청했다. 하지만 도응은 아무 일도 아니라는 듯 손을 휘젓고 말했다.

"승패는 병가지상사요. 이제 곧 복수에 나서면 그만하니 너무 자책하지 마시오."

장수는 도응에게 사례하고 몸을 일으켜 자진해서 나섰다.

"주공, 말장이 일군을 거느리고 적의 영채를 공격해 어제의 치욕을 씻고 말겠습니다. 출전을 허락해 주십시오."

도응은 미소를 짓고 말했다.

"장군을 다시 보내도 문제없겠지요. 다만 황조가 어제와 똑같은 전술로 후발대가 좁은 길을 빠져나오기 전에 기습을 가한다면 어찌 대응할 생각이오?"

"그건……."

장수는 난처한 표정으로 말을 잇지 못했다. 그러자 유엽이 끼어들어 간했다.

"다시 매복을 펼치는 건 어떻겠습니까? 군사를 두 부대로 나눠 일군은 적을 유인하고, 다른 일군은 좁은 길에 매복해 있다가 공격해 들어오는 적군을 기습한다면 필시 대승을 거둘 수 있습니다."

도응은 고개를 가로젓고 대꾸했다.

"적이 이미 당한 전술에 또 당하길 바라는 건 무리요. 게다가 적은 이곳 지리를 훤히 꿰고 있고, 또 지형이 복잡한 산림 지대에서는 적에게 기습을 당하지 않는 것만도 다행이오."

유엽은 이토록 신중한 도응의 모습이 낯설어 멍한 얼굴로 물었다.

"그럼 어쩔 요량이십니까? 설마 박망을 돌아서 가려는 건 아니겠지요?"

"12만 대군이 출동해 박망 같은 작은 성 하나 돌파하지 못하고 길을 돌아서 갔다고 한다면 세상 사람들이 비웃지 않겠소?"

웃음으로 대답한 도응은 이내 얼굴을 굳히고 막하의 제장들을 향해 소리쳤다.

"위연은 명을 받들라!"

위연이 즉각 앞으로 나와 공수하자, 도응은 큰 소리로 분부했다.

"내일 아침, 그대는 본부 정예병 3천을 이끌고 출전해 황조 노부에게 본때를 보여주어라!"

위연이 비장한 얼굴로 명을 받자마자 도웅은 산회를 명했다.

장수가 눈을 멀뚱멀뚱 뜨고 의아해 물었다.

"주공, 이게 끝입니까? 단지 위연 장군을 보내 황조를 공격한다고요? 만일 황조가 예전 수법을 들고 나오면 어찌합니까?"

도웅은 무심히 위연을 바라보며 물었다.

"문장, 그럴 경우 어떻게 대응할 생각이오?"

"말장은 적군을 격퇴할 때까지 계속 밀어붙일 것입니다. 그리하여 황조의 수급을 베 주공께 바치겠습니다!"

위연은 고개를 쳐들고 당당하게 대답했다.

장수는 눈이 더욱 동그래져 어이없다는 표정을 지었다.

"그렇게 간단하다고? 주공은 위연 부대의 전투력을 그토록 신임하십니까?"

"당연하지요. 문장 휘하의 정예병이 대부분 내 동향인 단양병인데, 그들을 믿지 않으면 누굴 믿겠소?"

도웅이 여유롭게 미소를 짓고 대답했지만 장수는 속으로 그깟 단양병이 무에 대단하냐며 전혀 승복하려 들지 않았다.

장수가 자신에게 귀순한 지 얼마 되지 않았고, 또 성격이 오만한 것을 안 도웅은 잠시 생각에 잠겼다가 명했다.

"장군도 내일 3천 군사를 이끌고 출격해 문장의 뒤를 따르며 접응하시오. 수풀이 우거진 곳에는 소로가 많으므로 적이 이 길로 위연의 배후를 급습하지 못하도록 막으시오."

장수가 공수하고 명을 받자, 이번에는 위연이 즉각 반발했다.

"주공, 적이 우리 배후를 기습한다 해도 전혀 두렵지 않습니다. 그리고 형주군이 길을 돌아 기습에 나설 때쯤이면 우리는 이미 적의 봉쇄를 돌파하고 형주군 영지로 쇄도하고 있을 것입니다. 그러니 지원군은 필요 없습니다."

도응은 당연히 위연의 능력을 믿어 의심치 않았지만 장수의 도도한 콧대를 꺾기 위해 이를 불허했다. 위연은 어쩔 수 없이 공수하고 명에 따랐다.

또 하룻밤이 지나고 아침이 밝자, 위연은 3천 정예병을 거느리고 먼저 출정했다. 곧 뒤따를 장수 대오가 이들을 전송했는데, 뜻밖에 대열을 제대로 갖추기는커녕 무기를 질질 끌고 기치가 가지런하지 않은 모습에 깜짝 놀랐다. 심지어 어떤 병사들은 마치 야외로 놀러나가는 듯 시시덕거리며 장난을 치고 있었다. 그런데도 위연은 이를 제지하거나 단속할 기미를 전혀 보이지 않았다. 두 눈으로 이 장면을 똑똑히 목도한 장수는 속으로 탄식을 내뱉고 볼멘소리로 중얼거렸다.

"아, 세상에 기율이 이토록 산만한 군대는 처음 보았구나! 주공은 우리더러 이들 시체를 치우라고 보낸 것일까?"

장수 등 새로 항복한 장수들이 의혹의 시선을 보내는 가운데, 위연 휘하의 이른바 3천 정예병은 쏜살같이 적진을 향해 달려갔다.

서주군이 출격했다는 소식을 들은 황조는 부장 진생(陳生)에게 1천 군사를 이끌고 가 소로를 통해 위연의 후방에 매복하라 명하고, 자신은 친히 8천 정예병을 거느리고 좁은 길이 끝나는 지점에서 대열을 정비하고 적군이 오기만 기다렸다.

잠시 후, 어수선한 위연 대오가 어슬렁거리며 좁은 길을 빠져 나오려 하자 황조가 갑자기 광소를 터뜨렸다.

"하하, 도응이 제대로 미쳤구나! 이 따위 군대로 우리 영채를 공격하겠다고? 개와 양을 끌고 호랑이에게 덤비는 꼴 아닌가!"

괴월도 입가에 비릿한 미소를 짓고 말했다.

"이는 전형적인 유인군이외다. 그게 대패한 도응은 저들을 보내 아군을 자신의 매복권 내로 유인하려고 술책을 부리는 것 이오. 응당 척후병을 적의 후방에 보내 매복 지점을 정탐하고, 장군도 너무 깊숙이 추격하지는 마시오."

황조가 괴월의 건의를 받아들여 즉시 척후병을 적의 후방으로 파견하자, 장수들이 언제 공격에 나설지 물었다. 황조는 음흉하 게 웃고 대답했다.

"서둘지 말고 적의 유인군이 좀 더 안쪽으로 들어올 때까지 기 다려라. 그래야 적이 쉽게 빠져나가지 못해 모두 섬멸해 버릴 것 아닌가."

이리하여 황조는 인내심을 가지고 서주군이 좁은 길을 통과하 기만 기다렸다. 그런데 화살받이로 여겼던 이 군대가 좁은 길을 나오자마자 신속히 좌우로 흩어져 후위의 동료들이 전진할 공간 을 내어주었다. 황조는 제법이라고 코웃음을 치며 속으로 이들 의 숫자를 셌다. 얼추 2천 군사 정도가 개활한 전장에 진입했을 때, 황조가 마침내 손을 크게 휘두르며 명을 내렸다.

"북을 울려라! 총공격이다!"

둥둥둥!!

"와와와!!"

수십 개의 전고가 동시에 울려 퍼지고, 학익진을 펼친 8천 형주군은 일제히 함성을 질러댔다. 이어 좌우 양익과 중군은 반원형을 이루며 후군이 아직 좁은 길 안에 있는 서주군을 완전 포위하고 조수가 밀려들 듯 맹렬한 기세로 돌격해 들어갔다.

"황조 노부 놈은 예나 지금이나 죽음이 두려워 홀로 후방에 몸을 숨기고 있구나."

위연은 뒤쪽의 황조 장수기를 바라보고 중얼거린 뒤 곁에 있는 병사에게 눈짓을 보냈다. 그 병사는 즉각 손에 든 홍기를 힘껏 흔들었다.

"대열을 정돈하라!"

명이 떨어지자마자 방금 전까지만 해도 무질서하기 그지없던 서주군은 함성을 지르며 전광석화처럼 진용을 갖추기 시작했다. 후방에서 득의양양하게 웃고 있던 황조와 괴월은 갑자기 얼굴이 굳어지고 동공이 크게 확대됐다. 그 이유는 형주군과의 거리가 채 50보도 남지 않은 상황에서 서주군이 순식간에 대오를 이루었기 때문이다.

좌우에 흩어져 있던 사병들이 사선을 그리며 뒤로 물러남과 동시에 서로 오열을 맞추고 간격을 좁혀 대장기를 중심으로 눈 깜짝할 사이에 봉시진을 형성한 것이 아닌가! 날카로운 화살촉

모양의 이 봉시진은 대오를 이끄는 장수의 무력이 매우 강해야 가능한 진법이었다.

"헉! 내가 잘못 봤어. 저들은 오합지졸이 아니라 서주 정예병이 었어!"

황조는 이를 보고 놀라 소리쳤다. 하지만 그다지 걱정하는 빛을 띠지는 않았다. 왜냐하면 서주군은 현재 수미 연결이 매끄럽지 않아 후방의 군사가 제때 전장에 투입되기 어려운 데다 형주군이 여전히 절대적인 병력 우세를 점했기 때문이다. 그러나 곧이어 황조로서는 보고도 믿지 못할 장면이 연이어 연출되었다.

그대로 돌격했다간 부대가 빤히 양단되는데도 서주군은 이에 아랑곳하지 않고 함성을 지르며 거대한 살촉처럼 형주군 학익진의 정중앙을 향해 곧바로 달려드는 것이 아닌가!

황조는 얼굴이 하얗게 질려 외마디 비명을 질렀다.

"헉! 대체 저 적장은 어떤 자이기에 이리도 무모하단 말이냐!"

"글쎄요······."

괴월은 서주군 깃발을 뚫어져라 응시했지만 거리가 너무 멀고 사방에 온통 흙먼지가 날린 탓에 장수의 이름이 제대로 보이지 않았다.

서로 간의 거리가 채 십 보도 남지 않은 가운데, 양군은 서로를 향해 미친 듯이 돌진해 들어갔다. 곧이어 전혀 두려운 빛 없이 달려드는 서주군의 날카로운 창칼에 두부 썰리듯 형주군 중군이 나가떨어졌다. 서주군은 앞을 가로막는 형주군을 닥치는 대로 베고 찌르며, 그 피를 온몸에 뒤집어쓴 채 쉼 없이 앞으로

내달렸다. 특히 살촉 맨 앞에 선 위연은 마치 춤추듯 미친 듯이
칼을 휘둘러, 그의 칼이 닿는 곳마다 적군의 머리가 떨어지고 사
지가 절단됐다.

전장에서는 혼전이 벌어지는 것처럼 보였지만 실제로는 형주
군의 시체가 바닥 여기저기에 나뒹굴고 피가 사방으로 튀었으며
처참하게 아우성치는 소리가 귀에 쟁쟁했다.

이 서주군은 단순히 용맹하다는 말로 표현하기에는 부족했다.
이들을 형용할 수 있는 유일한 단어는 광기였다. 피에 굶주린 야
수 같은 무시무시한 얼굴은 피로 범벅돼 더욱 섬뜩하게 보였다.
이를 마주한 형주군은 상하를 막론하고 모두 전율이 일어 자기
도 모르게 돌진하는 걸음을 멈추고 슬슬 옆으로 피하기 시작했
다. 거칠 것이 없어진 서주군은 계속 돌격해 들어가 학익진 내부
까지 깊숙이 침투했다.

서주군의 돌진에 형주군 학익진 중군이 속절없이 양단되었을
때, 괴월은 마침내 적의 의도를 깨닫고 기가 막혀 말문이 막힌
황조를 급히 잡아끌며 소리쳤다.

"장군, 빨리 달아나야 하오. 저들의 목표는 바로 장군이란 말
이오!"

"뭐라고?!"

황조는 비로소 정신이 돌아와 비명을 지른 뒤, 급히 말 머리를
돌려 사력을 다해 자기 대영으로 도망쳤다. 혼비백산이 된 황조
는 절규하듯 소리를 질렀다.

"저놈은 대체 누구길래 5천 중군이 당해내지 못할 정도로 용

맹하단 말이냐!"

달아나는 와중에도 힐끔힐끔 뒤를 돌아보던 괴월은 쫓아오는 적군의 장수기에 큼직하게 쓰인 '위연' 두 글자를 보고 화들짝 놀랐다.

"저자는 위연이었소! 일찍이 우리 형주에서 도백을 지낸 바로 그 위연 말이오! 일전에 소장군이 도웅에게 포로로 잡혔을 때, 저자를 내주고 풀려났던 일을 기억하시오?"

황조도 그제야 황연히 깨닫고 자신이 알던 위연이 정말 저자인가 싶어 연신 고개를 돌리며 확인했다.


한편 단양병이 출전한 지 일각 정도가 지난 후, 장수도 이들을 접응하기 위해 군사를 이끌고 영지를 나섰다. 복병이 나타나지 않을까 유심히 주위를 살피며 진군하던 장수는 소로 출구를 약 10여 리 남겨둔 지점에서 샛길로 위연 대오의 뒤를 끊으려는 진생의 부대를 발견했다.

이미 만반의 태세를 갖추고 있던 장수는 전군에 즉각 적을 공격하라고 명했다. 뜻밖의 적을 만난 진생 대오가 공세를 당해내지 못하고 왔던 길로 패주하자, 부장 뇌서와 호거아가 이 기회에 적을 섬멸해 버리자고 주장했다. 하지만 장수는 복잡한 지형에 혹여 실수가 생길까 염려해 저들의 뒤를 쫓지 말고 계속 박망으로 진격하라고 명했다.

그리하여 7, 8리 정도 더 나아가 소로 출구까지 겨우 5리쯤 남겨두었을 때, 장수는 문득 의문이 생겨 전방의 뇌서에게 달려갔

다. 무슨 소리가 나지 않는지 귀를 기울이던 장수는 고개를 갸웃
거리며 좌우 장사들에게 물었다.

"혹시 남쪽에서 함성 소리가 들리지 않았느냐?"

장사들 모두 듣지 못했다고 대답하자, 장수의 의심은 더욱 짙
어졌다.

"이상해. 이치대로라면 함성과 전고 소리가 들려야 정상인
데……. 대체 무슨 일이지? 설마 위연이 길을 잘못 든 걸까, 아니
면 이미 전투가 끝나서……."

뇌서가 장수의 말을 끊고 재빨리 대꾸했다.

"전투가 벌써 끝났을 가능성이 높습니다. 우리는 위연보다 일
각 늦게 출발했고, 또 방금 전 적군을 물리치느라 반 시진 정도
지체했으니 전후로 한 시진은 허비한 셈이니까요. 그 정도면 황
조에게 당하기 충분한 시간입니다."

장선도 코웃음을 치며 비아냥거렸다.

"흥, 쓸모없는 놈들 같으니라고. 그래도 3천 군사가 출동했는
데 한 시진을 못 버티다니. 이런 버러지들이 무슨 믿을 만한 병
사라고."

하지만 장수는 여전히 꺼림칙한 기분을 지울 수 없었다.

"아냐. 위연이 이미 패했다면 패잔병이라도 만났어야 정상인
데… 설마 전멸? 아니지, 그럴 가능성은 크지 않다고."

장선이 대꾸했다.

"숙부, 불가능한 일도 아닙니다. 아까 출정할 때 저들의 꼬락
서니를 두 눈으로 똑똑히 보지 않았습니까? 황조가 그래도 형주

맹장인데 저런 오합지졸 하나 쉽게 처리하지 못했을라고요."

뇌서도 장선의 말을 거들었다.

"맞는 말입니다. 황조는 강동의 맹호 손견을 화살로 쏘아 맞혀 죽인 맹장입니다. 게다가 이 일대 지형이 황조에게 대단히 유리해, 정예병 수백 명을 곳곳에 배치하고 위연의 퇴로를 끊는다면 전군을 몰살하는 것도 그리 어렵지 않습니다. 그것도 아니라면 단양병이 겁을 집어먹고 적에게 모두 투항했겠지요."

장수 등이 단양병의 전투 결과를 놓고 설왕설래하고 있을 때, 전방으로 보낸 척후병이 나는 듯이 달려와 보고했다.

"장군, 위 장군이 급히 증원병을 요청했습……."

"저들이 적에게 포위됐느냐?"

장수는 대경실색해 척후병의 말을 끊고 소리쳤다. 뇌서와 장선은 서로의 얼굴을 마주 보고 자신들의 예측이 맞았다며 득의한 기색을 띠었다.

"적에게 포위되다니요?"

척후병은 어안이 벙벙한 표정을 짓더니 이내 고개를 가로저었다.

"아니, 아닙니다요. 위 장군은 벌써 적군을 대파하고 적의 대영을 공격 중입니다. 적이 영문을 꽁꽁 걸어 잠그고 수성에 나선지라 장군께 급히 협조를 요청했습니다."

"뭐라고?!"

장선과 뇌서는 믿기지 않는다는 듯 동시에 비명을 질렀고, 장수도 눈이 번쩍 떠지며 다그쳐 물었다.

"제대로 본 것이 확실하냐? 고작 3천 군사로 적의 대부대를 단숨에 대파하고 영채에 맹공을 퍼붓고 있다고? 세상에 이토록 황당한 일이 어디 있단 말이냐?"

척후병은 흥분된 얼굴로 대답했다.

"소인 역시 직접 보지 않았다면 믿지 못했을 겁니다. 위 장군대오의 공격에 적군이 추풍낙엽처럼 나가떨어지는 장면은 정말 가관이었습니다. 도처에 형주군 시체가 널려 있으니 믿지 못하겠다면 당장 달려가서 보시지요."

"전군은 전속력으로 전진한다!"

척후병의 말이 끝나기 무섭게 장수는 명을 내렸다. 그러고는 이를 확인하기 위해 재빨리 선두에 서서 달리는 말에 연신 채찍질을 가했다.

길이 멀지 않은 관계로 장수군은 금세 전장에 당도했다. 좁은 길을 나오자마자 펼쳐진 광경에 장수 등은 입을 다물지 못했다. 과연 척후병의 말대로 여기저기 형주군의 시체가 즐비했고 사방에 선혈이 낭자했으며 적군 깃발은 죄 부러져 바닥에 나뒹굴었다.

가까스로 정신을 차린 장수는 마찬가지로 벌린 입을 다물지 못하는 장사들에게 크게 외쳤다.

"당장 달려가 위연 장군의 영채 공격을 도와라!"

장수가 군사들을 이끌고 3, 4리 정도 달려갔을 때, 위연은 잠시 강공을 멈추고 반 리 정도 물러나 휴식을 취하며 군대를 정비하고 있었다. 위연은 장수기 아래 바위에 앉아 금 투구를 만지 작거리고 있었고, 그 앞에는 포로 하나가 밧줄에 꽁꽁 묶여 무릎을 꿇고 있었다. 장수 등이 유심히 살펴보니, 그는 다름 아닌 황조의 아들 황사였다.

위연은 장수 등이 오는 것을 보고 거만하게 자리에 앉아 손가락으로 아무 데나 가리키며 말했다.

"오셨소. 대충 자리를 잡아 앉으시오. 그래도 생각보다 빨리 왔구려."

장수는 자리에 앉지 않고 고개를 들어 위연 뒤쪽의 단양병을 주의 깊게 관찰했다. 이들은 아침과 다름없이 껄렁껄렁한 모습이었고, 깃발도 제대로 세워놓지 않아 대부분 바닥에 누워 있었다. 하지만 이들은 하나같이 온몸에 피를 뒤집어썼고, 손에 든 창칼에서도 선혈이 뚝뚝 떨어지고 있었다. 장수는 그제야 도응이 왜 이 부대를 그토록 총애하는지 이유를 알 만했다.

"장 장군, 장 장군."

장수가 넋을 놓고 이를 바라보고 있을 때, 장수를 발견한 황사가 갑자기 울먹이는 목소리로 애걸했다.

"장군, 나 황사요. 전에 형주에서 함께 술을 마신 적이 있는데 기억하시겠소? 제발 위 장군에게 날 좀 풀어주라고 얘기해 주시오. 그리해 주기만 하면 내 뭐든 다 하리다."

장수는 피식 하고 비웃더니 위연에게 정중히 공수하고 말했다.

"문장, 실로 탄복했소이다. 고작 3천 군사로 황조의 주력군을 대파하고, 이렇게 많은 적을 죽이다니. 정말 대단하오!"

위연은 별일 아니라는 듯 거드름을 피우며 손사래를 친 뒤, 금 투구를 들어 올리고 말했다.

"운이 조금만 좋았다면 이 투구가 아니라 황조의 목이 이 손에 들려 있었을 거요. 황조를 베려는 찰나에 갑자기 저 놈이 끼어드는 바람에……"

여기까지 말한 위연은 순간 화가 치밀었는지 앞에 꿇어앉은 황사를 냅다 걷어찼다. 황사는 고통스러운 비명을 지르고 애걸복걸했다.

"위 장군, 위 장군, 목숨만 살려주십시오. 일찍이 우린 한 부대에 있었잖소? 내가 아니었다면 지금의 장군도 없었을 거요."

위연은 홍, 하고 코웃음을 친 뒤 말했다.

"틀린 말은 아니군. 네가 아니었으면 난 지금껏 군사 50명 거느린 도백에 머물렀겠지. 죽이지 않을 테니 걱정 마라. 네놈을 주공께 끌고 가 처분을 맡길 것이다."

황사는 감사하다며 연신 머리를 조아렸다.

장수는 위연에 대한 경외감에 불타 제 스스로 앞으로 나섰다.

"문장의 대오가 많이 지쳐 보이니 내 대신 적의 영채를 공격하리다. 적의 간담이 서늘해진 지금이야말로 단숨에 대영을 격파할 절호의 기회요."

위연도 이에 흔쾌히 응하자, 장수는 즉각 대오를 조직해 황조 대영에 강공을 퍼부었다. 또한 자신의 심복 장수들을 불러 단양병에게 절대 비웃음을 사지 않도록 분연히 공격에 나서라고 신신

당부했다.

단양병으로 인해 사기가 크게 진작된 장수 대오는 실력을 십이분 발휘해 황조 대영을 맹공격했다. 녹각 차단물과 참호를 뚫고 두 차례나 대영 울타리 근처까지 진출했지만 영채 안에서 화살이 비 오듯 쏟아지는 데다 물러설 곳 없는 형주군의 필사적인 저항에 막혀 장수군의 공격은 끝내 무위로 돌아갔다. 더 이상 영채 함락이 어렵다고 판단한 위연과 장수는 오후쯤 군사를 물려 서주 대영으로 철수했다.

서주군이 황조 대영을 손에 넣진 못했지만 이번 전투에서 위연 대오의 무시무시한 전투력을 몸소 경험한 황조와 괴월 등은 스스로 적의 적수가 아님을 깨달았다. 이에 이들은 가까스로 적의 공격을 물리친 뒤 다급히 상의에 들어가, 당장 박망을 버리고 완성으로 철군해 수상 방어선을 철통같이 지키며 서주군의 남하를 막기로 결정했다.

물에 익숙한 형주군은 신속히 육수를 건너 하룻밤 만에 전군이 완성으로 퇴각했다. 도웅이 이 소식을 듣고 급히 허저를 파견했지만 형주군은 이미 강을 건너고 교량을 모두 파괴한 뒤였다. 도웅은 형주군의 결단에 찬탄한 뒤 허저에게 강을 건너 추격에 나서지 말고 박망성을 지키며 교량 건설을 서두르라고 명했다. 또한 박망 동북 일대의 좁은 길을 넓히는 데 대량의 군사를 동원했는데, 이는 대군이 쉽게 남하하기 위한 조치였다.

이어 도웅이 걸음마다 진을 치며 신중하게 행군하자, 장수들은 승세를 타 적을 공격해야 하는 마당에 이런 작전을 펴는 도응이 도무지 이해가 되지 않았다. 그중에서도 자신의 공격 효과가 감소할까 우려한 위연이 기회를 엿봐 물었다.

"주공은 공성에 나설 때 항상 병귀신속을 신조로 삼아 과감하게 진병했습니다. 그런데 이번에는 왜 전과 달리 하루에 20리도 나아가지 않음은 물론 한가하게 길을 넓히고 수리하는 데 시간을 허비하십니까?"

"길을 넓히는 건 이후 양초 운송의 편의를 위한 것이요, 또 진격 속도를 늦춘 건 형주 회맹에 참여한 제후들에게 충분한 시간을 주기 위함이오. 내가 형주 친정에 나선 걸 확인해야 저들이 안심하고 자신의 이익을 위해 움직일 테고, 그래야 우리에게도 좋은 기회가 오지 않겠소?"

도응의 찬찬한 설명에 고개를 갸우뚱하던 위연은 잠시 뒤 그 뜻을 알아차리고 급히 말했다.

"아, 주공의 의중은 본래 남쪽이 아니라 북쪽에 있었군요. 형주에서 허장성세를 펼쳐 원담과 원상 형제의 싸움을 유도한 뒤, 저들이 양패구상하길 기다렸다가 즉시 북쪽으로 군사를 돌려 이익을 취할 생각 아니십니까?"

"하하, 내 뜻을 아는 장수는 문장뿐이구려!"

도응은 손뼉을 치고 웃음을 터뜨리며 위연을 크게 칭찬하고 말을 이었다.

"아군의 중점이 북쪽 전선임에는 틀림없소. 하지만 원담과 원상이 의외로 침착하게 기다리거나 혹은 동심협력해 우리에게 저항할 가능성을 배제하기 어렵기 때문에 아군의 이번 남정이 단번에 형주를 취하려는 것처럼 보이게 할 필요가 있소. 그래야 저들도 이때다 싶어 세력 확장에 나서려 할 것이오."

위연은 도응의 칭찬에 고무돼 주먹으로 가슴을 치며 외쳤다.

"기왕 그렇다면 주공은 주력군을 이끌고 천천히 진군하십시오. 말장이 선봉에 서서 가능한 한 빨리 완성을 함락해 최대한 우리의 의도를 숨기도록 하겠습니다."

도응은 미소를 짓고 이를 허락한 뒤 말했다.

"하지만 너무 서두르거나 적을 얕잡아봐서는 아니 되오. 어찌됐든 완성 일대에는 4만 이상의 병력이 있어서 단양병만으로는 상대하기 어려우니, 주력군이 길을 열 때까지 기다렸다가 완성을 취하도록 하시오. 물론 그때 당연히 그대를 선봉으로 삼으리다."

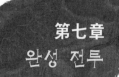

第七章
완성 전투

　반도웅 연맹이 결성되기 직전, 서주군이 허도로 집결하자 원담과 원상 형제는 이미 이상한 낌새를 눈치챘다. 이에 대해 원담은 도웅이 하내로 진격한 뒤 병주 내지로 쳐들어오려는 건 아닐까 노심초사했다. 반면 서주군의 형주 남하를 예견한 원상 측은 다른 꿍꿍이를 꾸미기 시작했다.

　맹약을 체결하러 이미 형주에 사신을 보낸 상황에서 심배는 원상에게 계책을 올렸다.

　"주공, 도웅이 연주 북쪽의 군대를 허도로 집결한 목적은 유표를 치기 위함입니다. 하지만 허도와 접경한 원담도 당연히 도웅이 쳐들어오지 않을까 전전긍긍하고 있을 것입니다. 이때 원담에게 거짓으로 호관에서 화해 협정을 맺고 함께 3주를 지키자는 서신을 보낸다면 양쪽에서 공격을 받는 원담은 이 제안을 뿌리치기 어렵습니다. 그리하여 원담이 호관에 당도했을 때 담판을 목적으로 그를 밖으로 유인해 죽인다면 일거에 대사를 이룰 수 있습니다."

"오, 그거 정말 묘계요!"

원상은 손뼉을 치며 기뻐했다. 그런데 잠시 뒤 걱정된 빛을 띠고 물었다.

"하지만 원담이 이에 응하지 않거나 혹은 다른 사람을 호관으로 보내면 어찌하오?"

심배는 이 질문을 예상한 듯 여유롭게 미소 짓고 답했다.

"원담은 지금 궁지에 몰려 있어서 절대 이 제의를 거부할 리 없습니다. 그리고 만에 하나 원담이 호관으로 올 담이 없거나 다른 이를 보낸다면 주공은 화친 제의에 성의가 없다는 구실로 반도웅 연맹에서 탈퇴해 도웅과 손잡고 원담 토벌에 나서면 그만입니다."

심배의 설명에 원상은 호탕하게 웃음을 터뜨리고는 당장 편지를 써서 원담 진영에 사신을 보냈다.

\*             \*             \*

이때 원담은 하내, 기주와 접경한 상당군(上黨郡)에 주둔하며 내부 진영을 공고히 하고 병력을 조정해 도웅과 원상의 침공에 대비하고 있었다. 며칠 뒤 서주군의 동정을 유심히 살피던 원담

앞에 원상의 화친 제의 서신이 도착했다. 심배의 예상대로 서주군과 원상의 협공이 두려웠던 원담은 기다렸다는 듯이 이를 수락하고, 아예 호관에서 만날 날짜까지 6월 초엿새로 정해 버렸다.

6월 초사흘, 원담은 수백 경기병을 이끌고 백여 리 떨어진 호관을 향해 출발했다. 원담이 관내로 들어서자 호관 수장 학소와 하소는 원상도 현재 급히 이리로 달려오고 있어서 다음 날에는 호관 동쪽에 이를 것이라고 보고했다. 다만 협상 자리에 2만 대군을 이끌고 오는 점이 좀 수상쩍다고 덧붙였다.

"원상이 그렇게 많은 군사를? 협상을 하겠다는 거야 아니면 호관을 취하겠다는 거야?"

원담은 문득 경계심이 들어 쾌마를 상당으로 돌려보내 왕마에게 1만 5천 군사를 거느리고 속히 호관으로 오라고 명하는 한편, 원상에게도 사신을 보내 화친하는 데 그렇게 많은 군사를 이끌고 온 의도가 무엇이냐며 강력하게 따졌다.

얼마 지나지 않아 사신이 돌아와 원상의 답변을 전했다. 그의 말인즉슨 업성에서 호관까지 거리가 멀어 도중에 변고가 생길까 우려해 호위 목적으로 병력을 조금 거느리고 왔다는 것이었다. 동시에 원상은 사신 편에 편지 한 통을 더 보내 호관 밖에서 술잔을 기울이며 원씨의 중흥에 대해 허심탄회하게 논의하자고 요청했다.

세 살짜리 어린애에게나 통할 이 계략에 물론 원담이 속을 리 없었다. 원담이 원상의 진짜 의도에 대해 의심을 품고 있을 때,

곽도가 즉각 계책을 올렸다. 담판 장소를 호관 안으로 정해 원상이 성안으로 들어오면 그 자리에서 목을 베라고 권하자, 원담도 주저 없이 이 생각을 따랐다.

이리하여 원상은 호관 밖에서 협상을 벌이자고 주장하고, 원담은 아우에게 성안으로 들어오라고 요구하며 누구 하나 좀체 양보하려 들지 않았다. 하루가 넘는 시간 동안 이들 형제가 서로 자신의 생각만 고집함에 따라 회담 일자인 6월 초엿새가 되었음에도 불구하고 회담 장소에 대한 합의를 이루지 못했다.

회담이 이 지경에 이르면서 양측의 관계가 악화일로로 치닫는 가운데, 6월 초엿새 날 저녁, 원담에게 뜻밖의 희소식이 전해졌다. 서주군을 감시하던 세작의 보고에 따르면, 6월 초하루에 도응이 허도에서 친히 12만 대군을 거느리고 하내가 아닌 형주 남정에 나섰다는 것이다.

원담은 이 소식을 듣자마자 쾌재를 부르고 도응이 허도에 없는 틈을 노려 원상과 개전하기로 결심했다. 곽도 역시 원상이 아무런 준비도 없는 지금 야습을 감행해 영채를 급습하라고 건의했다. 이에 원담은 왕마, 학소 등의 격렬한 반대에도 불구하고 친히 5천 군사를 이끌고 몰래 호관을 나갔다.

불시에 허를 찌르는 기습은 원상의 영채를 얼마 남겨놓지 않고 적의 정탐병에게 발각되고 말았다. 이에 원담은 전군에 즉각 돌격 명령을 내렸으나 대비할 시간을 번 원상군의 완강한 저항에 부딪혔다. 이로써 횃불이 환하게 밝혀진 칠흑 같은 밤, 두 형제는 서로에게 욕을 퍼부으며 결전에 돌입했다.

이번 개전에서 선수를 친 원담군은 잠시 우세를 점유했다. 하지만 원상군이 대오를 정비하고 병력의 우세를 앞세워 반격을 가하면서 전세는 점차 원상군에게 유리하게 전개됐다. 그런데 이때 왕마와 학소가 거느린 응원군이 가세함에 따라 국면은 다시 원담군 쪽으로 기울었다.

적의 공세를 당해내지 못한 원상군은 결국 영채를 버리고 업성으로 패주했다. 원담은 승세를 타 친히 군사를 거느리고 50리나 추격하며 무수한 원상군 장사들을 죽였다. 사전에 미리 충분한 준비를 갖추고 군사와 양초 보급이 원활했다면 원담은 필시 업성까지 적군을 추살했을 것이다.

통쾌하게 승리를 거둔 원담은 여기에 만족하지 않고 즉각 동정 준비에 착수했다. 도응이 형주로 남정을 떠난 지금이야말로 일거에 업성을 취하고 기주 전역을 수복할 절호의 기회라고 여겼다. 이때 고간이 골육상잔으로 인해 외부인에게 틈을 보여서는 안 된다며 신중하게 행동에 나서라고 권유했지만 원담은 이를 전혀 귀담아듣지 않았다. 그는 유주 대군(代郡)에 주둔하며 이족의 침입에 대비하던 기주 대장 견초(牽招)까지 남하하라고 명해 원상 협공에 나섰다.

*　　　　　*　　　　　*

이 사태를 전혀 모르던 도응은 대군을 이끌고 육수를 건넌 뒤 원상의 구원 요청 편지를 받고서야 호관에서 전투가 벌어진 경과를 듣게 되었다. 이때 서주군은 순조롭게 서악을 손에 넣어 완성으로 통하는 길을 열었고, 또 위연이 거느린 선봉대도 이미 완성 아래에 당도한 뒤였다. 곧 있으면 전투가 벌어질 상황인지라 도응은 화급히 가후와 유엽을 불러 완성을 포기하고 북쪽으로 군사를 돌리는 문제에 대해 논의했다.

"허허, 원씨 형제가 성질이 이리 급할지 몰랐구려. 아군이 출동한 지 겨우 닷새 만에 싸움이 벌어져 대패한 원상이 우리에게 구원을 요청해 왔는데, 두 분의 생각은 어떠하오?"

원상의 편지를 자세히 읽어본 뒤 유엽이 먼저 입을 열었다.

"원상은 원담이 기주로 출격하려는 낌새를 탐지하고 구원을 요청한 것으로 보이는군요. 그렇다면 빨리 군사를 돌려야 합니다. 지금이야말로 기주로 진병해 북방 3주를 손에 넣을 절호의 기회입니다."

하지만 도응은 주저주저하다가 답했다.

"지금 회군하는 건 너무 빠르지 않소? 원상이 편지에서 원담군의 출병을 언급하긴 했지만 진짜 기주로 출격했는지는 아직 모르는 상황이오. 게다가 우리가 당장 북상하게 되면 원담도 겁을 집어먹고 기주 침공을 포기할 가능성이 높소."

유엽은 도응의 말이 일리가 있다며 동의를 표한 뒤, 다시 의견을 개진했다.

"제가 좀 성급했습니다. 그럼 잠시 사태를 관망하고 있다가 원담이 업성 아래까지 쳐들어간 것을 확인한 연후 북상하시지요."

"아니오. 원담군이 업성 아래에 이른 것으로는 충분지 않습니다."

이때 가후가 입을 열더니 단호하게 잘라 말했다.

"반드시 원담군이 업성을 함락하길 기다린 뒤에야 기주로 쳐들어가야 합니다!"

"뭐라고요?"

이 말에 도응이 화들짝 놀라 다급히 물었다.

"대체 그게 무슨 말이오? 업성은 원상의 근거지라 업성을 잃으면 원상은 끝장나게 되오. 원담이 3주를 일통한 뒤 출병하는 건 너무 늦지 않겠소?"

그러자 가후가 대뜸 물었다.

"주공, 이 문제에 답하기 전에 먼저 한 가지만 여쭙겠습니다. 전에 주공의 힘이 미약할 때 원소가 딸을 시집보내고, 조조가 감히 서주를 엿보지 못하도록 비호하지 않았다면 주공에게 오늘이 있었겠습니까?"

도응은 왜 갑자기 가후가 이런 얘기를 꺼내는지 몰라 적잖이 당황했다. 하지만 분명 이유가 있을 것이라 여겨 솔직히 대답했다.

"불가능했을 것이오. 그때 원소의 도움이 없었다면 조조의 침공을 막아내기 어려웠을 테고, 또 이렇게 빨리 힘을 키우지도 못했을 거요."

"또 하나, 당시 원상이 중간에서 도와주지 않았다면 주공이 손쉽게 원소의 영애를 아내로 맞이하고 원소와 동맹을 체결할 수 있었을까요? 원소와 동맹을 맺은 후에도 원상이 가운데서 분주히 움직이며 갈등을 봉합하지 않았다면 동맹이 수년 동안 지속될 수 있었을까요?"

도응은 가후의 의도를 적이 짐작하고 자신의 생각을 있는 그대로 털어놓았다.

"역시 불가능했을 거요. 처남이 도와주지 않았다면 나와 악부의 동맹은 조조의 이간계에 일찌감치 파기됐을 테고, 또 훗날 낭야 충돌 때 원상의 권유가 없었다면 원소는 분명 조조와 연합해 서주로 쳐들어왔을 거요."

그제야 가후는 도응에게 정중히 공수하고 간했다.

"이런 이유 때문에 우리는 원담이 업성을 점령한 연후 기주로 출격해야 합니다. 업성과 기주를 원상이 아닌 원담 손에서 빼앗아야 천하에 명분이 서는 것이지요."

도응이 고개를 끄덕여 자신의 견해에 찬동하자, 가후는 한마디 더 보충했다.

"따라서 아군은 절대 지금 당장 군대를 북쪽 전선으로 돌려서는 안 됩니다. 만약 원상을 도와 원담군을 물리쳤다 해도 도의적으로 기주를 취할 명분이 그리 강하지 않기 때문입니다. 그러나 원담이 업성을 손에 넣은 다음 우리가 기주를 취하게 되면 원상에게 전혀 미안하지 않을뿐더러 오히려 원상의 옛 은혜에 보답하는 일석이조의 효과를 거둘 수 있습니다."

가후의 생각에 혀를 내두른 유엽이 건의했다.

"문화 선생의 말이 일리가 있습니다. 이제 주공은 원상에게 서신을 보내 유표와 원담이 상호 맹약을 맺었으므로 아군이 멀리 기주를 구하러 달려가는 것보다 형주에 맹공을 퍼붓는 것이 곧 원상을 돕는 길이라고 말하십시오. 유표가 위기에 처하면 필시 원담에게 구원을 요청할 테니, 기주의 포위도 자연히 풀릴 것이 라고 이르면 그만입니다."

도응은 크게 만족한 표정을 짓고 진응에게 즉시 원상에게 보 낼 편지를 쓰라고 분부했다. 이때 가후가 계책을 하나 더 올렸 다.

"업성은 견고하기로 정평이 난 성이니 편지에 한마디 더 덧붙 이십시오. 아군이 즉시 구원에 나설 수 없는 상황이라 위기에 처 하면 당장 업성을 버리고 여양이나 청하로 도망쳐 진도나 장패 의 부대와 회합하라고 이르십시오. 아군 주력 부대가 북상하길 기다렸다가 업성을 탈환하자는 말과 함께 말입니다. 그리하면 목 숨을 아끼는 원상은 퇴로가 확보된 상황에서 전력을 다해 업성 을 지킬 리 없으므로 원담이 성을 손에 넣기 훨씬 더 수월해집 니다."

가후의 말에 도응과 유엽은 좋은 생각이라고 칭찬하며 크게 웃었다.

*            *            *

황조가 박망에서 대패했다는 소식이 양양에 전해지자, 유표는 버럭 화를 내며 자신의 명을 따르지 않은 황조에게 마구 욕을 퍼부었다. 그렇다고 형주의 대족이자 유력한 장수를 내칠 수는 없는 노릇. 이에 유표는 황조에게 또다시 함부로 나가 싸우지 말라고 완곡하게 타이른 뒤 전력을 다해 완성을 사수하라고 신신당부했다. 동시에 문빙을 육양으로 파견해 언제든지 수로로 황조를 지원할 수 있도록 완성과 양양 사이의 원활한 연락로를 확보하라고 명했다.

황조 역시 위연군에게 호되게 당한 터라 더는 나가 싸울 마음이 없었다. 서주군 선봉 위연이 완성 아래에 이르러 싸움을 돋우었지만 황조는 전혀 대응하지 않은 채 성문을 꽁꽁 걸어 잠그고 성 방어를 견고히 하는 데 여념이 없었다.

사실 완성은 수성에 유리한 장점을 두루 갖추고 있었다. 첫째, 완성 전장에서 가용할 수 있는 병력이 4만이 넘을 정도로 충분했다. 둘째, 완성은 육수와 맞닿아 동문과 남문의 수문으로 배들이 자유롭게 성을 드나들 수 있었다. 이는 육수 항로를 통해 양초와 군수, 각종 치중을 끊임없이 공급할 수 있음은 물론 후속 원군도 언제든지 보충이 가능하다는 의미이다. 혹은 수로를 통해 서주군 배후로 돌아가 기습 공격을 펼치는 것도 가능했다.

무엇보다 중요한 점은 완성 성지가 그 자체로 대단히 견고하다는 것이었다. 완성은 형주의 북쪽 관문이었기 때문에 적의 침략에 대비해 여러 차례 보수공사가 진행되었다.

현재 완성 성벽의 높이는 네 길이 넘고, 두께는 두 길 반 이상이었으며, 해자 너비가 세 길에 깊이도 두 길 남짓이었다. 여기에 육수 물을 끌어왔기 때문에 해자를 메우거나 건너기 아주 어려웠다. 이밖에도 성의 동문과 남문은 육수와 인접해 있어서 서문과 북문만 지키면 되는지라 수비 쪽에서 받는 압력을 크게 경감할 수 있었다. 따라서 완성은 공격하기는 어려워도 지키기는 쉬운 금성탕지(金城湯池)나 다름없었다.

이런 이유로 황조는 수성전에 자신감으로 가득 차 지난 패배를 설욕해 실추한 명예를 되찾고, 그 김에 적에게 포로로 잡힌 아들까지 구하고자 했다.

괴월 역시 든든하기는 마찬가지였지만 조금 우려되는 점이 있어서 황조에게 말했다.

"장군, 완성이 견고하긴 하나 도응은 농간을 부리는 데 일가견이 있는 자요. 하여 견고한 성을 공격할 때마다 갑자기 기병을 출동시킨다거나 적을 교묘히 속이는 것은 물론 내응을 이용해 성을 무너뜨려 왔소. 따라서 도응의 정면공격이야 두렵지 않다 해도 계략으로 성을 빼앗는 전략에 반드시 대비해야 하오."

"그럼 어떻게 이를 예방하는 것이 좋겠소?"

"완성에는 열양(涅陽)과 극양 두 위성(衛城)이 있어서 완성과 기각지세를 이루고 있소. 병법대로라면 이 두 성과 긴밀히 연계해 상호 호응하는 것이 정상이오. 한 성이 적의 공격을 받으면 나머지 두 성이 즉각 출병해 적의 뒤를 협공하여 압력을 분담하는 것이지요. 하지만 서주군은 야전에서 우리보다 훨씬 강한 데다 도응과 가후 등은 간사하기 짝이 없어 난리 통에 이익을 취하는 데 아주 능하오. 따라서 아군이 병법대로 도웅과 대적했다 간 세 성의 군사를 밖으로 유인해 죽이려는 적의 위성타원이나 성동격서 계략에 걸릴 가능성이 아주 크오."

괴월은 여기까지 설명하고 잠시 숨을 고른 뒤 계속 말을 이었다.

"상황이 이러하니 장군은 열양과 극양에 각기 5천 군사를 주둔시킨 다음 나머지 두 성의 전황이 아무리 긴급해도 절대 성을 나와 구원하지 말고 단단히 지키라고 이르시오. 열양과 극양이 우리 수중에 있는 이상, 서주군도 반드시 군사를 나눠 이들을 방비해야 하므로 완성이 받는 압력을 줄이는 효과가 있소. 그리 된다면 도웅이 완성을 공격하는 척하며 열양이나 극양을 취하려는 등의 계략을 걱정할 필요가 없소이다."

괴월의 말을 가만히 듣고 있던 황조가 반문했다.

"그건 너무 소극적인 것 같은데……. 도웅이 만약 열양이나 극양을 정말로 취하려 들면 어찌하오? 지키기만 하고 나가 싸우지 않다가 적의 각개격파 작전에 당할 것 아니오?"

괴월이 대답했다.

"열양은 안중의 군사가 구원하면 되고, 극양은 문빙에게 구원을 부탁하면 되오. 그리고 전쟁은 성 한두 개의 득실에 연연하는 것이 아니므로 설사 도웅이 이 두 성을 손에 넣는다 해도 별 상관이 없소. 아군은 오로지 완성 수성에 전념하며 적의 양초가 다 떨어지거나 후방에 변고가 생겨 퇴병하길 기다리면 열양과 극양은 자연히 우리 손에 다시 들어오게 돼 있소. 따라서 열양과 극양이 함락될까 걱정돼 힘을 분산하기보다 완성 요지를 지키는 데 주력하며 이 두 성을 버리는 돌로 활용한다면 되레 적군의 역량을 분산시키는 효과가 있소."

완성과 양양 간의 수로를 통해 후원과 양도 걱정이 없었던 황조는 원래 세 성을 모두 지킬 계획을 세웠다. 하지만 괴월의 분석에 설득돼 흔쾌히 그의 의견을 따르기로 결정했다.

*           *           *

6월 스무엿새 날, 침착하게 진군하던 서주군 주력 부대가 마침내 완성 전장에 당도했다. 서주군은 완성에서 북쪽으로 15리 떨어진 육수 가의 지세가 높은 곳에 대영을 차렸다. 황조는 서주군이 물가에 영채를 세웠다는 보고를 받고 쾌재를 부르며 수로로 출병해 적의 대영을 기습하라고 명했다. 그러자 괴월이 신중한 어조로 권했다.

"조심해야 할 거요. 용병에 능한 도웅이 물가에 영채를 세우면 적이 수로로 기습한다는 이치를 모를 리가 없소. 어쩌면 이는 우리를 유인하려는 계책일지 모르오."

황조는 이번에도 괴월의 말에 따라 수로를 통한 서주군 영채 기습 계획을 포기했다. 물론 괴월의 예상은 그대로 적중했다. 서주군은 영채를 건설하는 동시에 육수 하류 5리 지점에 말뚝과 쇠사슬로 수책(水柵)을 세워 형주군이 수면으로 북상하는 길을 막았다.

그런데 괴월이 예상했던 다른 일은 전혀 일어나지 않았다. 은빛 갑옷과 백포를 걸친 도웅은 한 차례 무리를 이끌고 완성 아래에 모습을 드러내 이곳 지형을 자세히 관찰한 후 대영으로 돌아가 더는 밖으로 나오지 않았다. 도웅의 용병술을 잘 아는 괴월은 도대체 도웅이 무슨 꿍꿍이를 꾸미는지 몰라 갈수록 마음이 초조해졌다.

이어진 열흘여 동안 마치 잠잠한 바다처럼 서주군은 완성의 동정을 엄밀히 감시하는 것 외에 어떤 움직임도 보이지 않았다. 물론 군사를 나눠 열양과 극양을 공격하는 일도 없었다. 이렇게 아무 일 없이 시간이 흘러 7월 초열흘이 되어서야 서주군은 비로소 행동에 돌입했다.

한동안 미동도 없던 서주군이 대대적으로 출동하자, 마음을 놓고 있던 완성의 3만여 형주군은 눈이 휘둥그레졌다. 한꺼번에 5만이 넘는 병마가 쏟아져 나와 완성 북문 밖 벌판을 새까맣게 뒤덮더니, 곧이어 진영 앞에 벽력거 3백여 대가 배치되고 접이식 비교 및 독륜거까지 빽빽이 늘어서 실로 장관을 이루었다.

잠시 뒤 중군의 영기가 펄럭이는 것을 신호로 서주군의 공성이 드디어 시작되었다. 먼저 방패수 천여 명이 앞장서고 그 뒤를 벽력거 부대가 따르며 완성 북문 해자 밖에 설치된 임시 방어물 쪽으로 성큼성큼 나아갔다. 성안과 양마성의 수비군이 적군의 전진을 저지하려고 화살을 날릴 때, 벽력거가 위력을 발휘했다.

거대한 석탄이 마치 까마귀 떼가 활공하듯 하늘을 날아 완성 북문 성벽 안팎에 잇달아 떨어지자 놀란 형주군은 몸을 숨기기 바빴다. 쉴 새 없이 쏟아지는 수많은 석탄 앞에 성벽과 방어 시설 곳곳이 부서지고, 여기저기서 형주군의 처절한 비명이 연이어 터져 나왔다.

이 틈을 타 임시 방어물까지 진출한 서주군은 화살을 쏘아 적군을 제압했다. 또 접이식 비교를 든 보병들이 단숨에 해자까지 달려갔고, 독륜거를 끄는 사병도 빠른 속도로 해자로 돌격해 수레에 실은 돌과 진흙을 가득 채운 가마니를 쉬지 않고 날랐다. 완성의 수비군이 화살을 날려 제지하려 했지만 해자를 메우러 나온 서주군이 워낙 많은 데다 수레를 미는 병사들이 방패수의 보호를 받은 탓에 그 효과는 미미하기 그지없었다.

이어 비교가 해자에 걸쳐지며 맞은편으로 통하는 임시 교량이 완성되었다. 손에 단병기와 둥근 방패를 든 서주군은 비교를 건너 방패로 비 오듯 쏟아지는 화살과 횃불 공격을 막으며 앞으로 나는 듯이 달려가 양마성에 몸을 숨기고 화살을 쏘는 형주군을 마구 베어 죽였다.

이때 수비군의 올바른 대응 방법은 완성과 호응을 이루고 있는 열양과 극양에서 군대가 출동해 적군의 측면을 위협함으로써 정면에서 받는 압력을 줄이거나 혹은 아예 완성 북문을 열고 나가 해자에 접근한 적군을 공격하는 것이었다. 하지만 애석하게도 열양과 극양에 어떤 일이 있어도 절대 군사를 이끌고 성을 나오지 말라고 명한 데다 완성의 주장 황조는 군대를 성 밖으로 보내 서주군과 교전할 용기가 없어 오로지 성벽에 궁노수를 증파해 원거리 무기로 서주군에 대응할 뿐이었다.

이런 공격으로는 당연히 큰 효과를 보기 어려웠다. 형주군이 아무리 궁술에 능하다 해도 거리가 멀리 떨어져 있을 뿐 아니라 방패로 화살을 막는 적을 살상하기란 쉽지 않았다. 동시에 성벽 위에는 사병이 지나치게 밀집돼 있어서 서주군의 석탄과 우전이 더 큰 위력을 발휘했다. 특히 무게 3백 근이 넘는 대형 석탄이 떨어진 곳에서는 살과 피가 어지럽게 튀고 고함과 비명이 연달이 터져 나왔다. 이로 인해 형주 사병들은 두려움에 벌벌 떨며 전력으로 적을 막을 마음을 잃고 말았다.

"장군, 이렇게 가다간 위험해집니다!"

군사들을 독려하며 싸움을 지휘하던 진취가 황조 앞으로 달려오며 외쳤다.

"당장 일지 군마를 내보내 적의 예기를 꺾고 해자 메우는 작업을 막아야 합니다. 이를 방치했다가 해자가 메워지는 날에는 당거와 운제거까지 성벽 아래로 몰려와 적을 막아내기 더욱 곤란해집니다!"

황조가 낯빛이 흑색으로 굳어 아무 말도 꺼내지 못하자, 곁에 있던 괴월이 잠시 생각에 잠겼다가 황조에게 말했다.

"사기는 북돋아야지 떨어뜨려서는 아니 되므로 당장 군대를 출동시켜야 하오. 미적거리다간 적이 성을 공격하기도 전에 군심에 큰 타격을 입고 말 것이오."

황조는 굳은 얼굴로 좌우 장령들을 돌아보며 물었다.

"누가 2천 정예병을 이끌고 성을 나가 적군의 해자 메우는 작업을 막겠느냐?"

현장의 심복들은 일제히 고개를 숙이고 누구도 앞으로 나서려 하지 않았다. 황조가 대로해 재차 소리쳐 묻자, 진취가 창을 번쩍 들고 큰 소리로 외쳤다.

"제가 가겠습니다!"

"저를 보내주십시오!"

이때 황조가 강하에 있을 때 두터이 신임하던 소비도 출정을 자처하고 나섰다. 믿을 만한 장수 둘이 잇달아 나서는 것을 본 황조는 만족한 듯 고개를 끄덕이고 분부했다.

"진취가 먼저 출전을 자원했으니, 이번 임무는 네가 맡도록 하라!"

이에 진취는 한쪽 무릎을 꿇고 황조의 영전(令箭)을 받은 뒤 군사를 조직하러 달려 나가려 했다. 이때 황조가 진취를 불러 세워 명했다.

"서문을 통해 성을 나가 적의 측면 쪽에서 돌격해 들어가라!"

"네?"

진취는 깜짝 놀라 소리를 지르더니 다급히 말했다.

"장군, 서문 쪽으로 나가면 적에게 충분히 대비할 시간을 주게 됩니다. 게다가 적은 무려 5만 대군입니다."

하지만 황조는 이에 아랑곳하지 않고 당당하게 말했다.

"북문에서는 전투가 치열하게 벌어지고 있어서 성문을 열었다가 만에 하나 적이 안으로 뛰어들면 어쩐단 말이냐? 일단 서문으로 나가서 공격해 보고, 공격이 여의치 않으면 다시 성안으로 들어오도록 해라. 너에게 패전의 책임을 묻지 않겠다."

진취는 어쩔 수 없이 공수하고 명을 받으면서도 속으로는 깊은 한숨을 내쉬었다.

완성 밖에서는 여전히 전투가 치열하게 전개돼 공중으로 무수한 화살과 돌이 끊임없이 날아다녔다. 하지만 서주군의 공격도 크게 진전이 없어 아직까지 해자를 메울 기미가 보이지 않았다.

이에 서주 장수들은 마음이 점점 초조해졌고, 그중에서도 이번 전투에 가장 전의가 불타 있는 위연이 도응에게 달려가 넌지시 물었다.

"주공, 완성이 너무 견고해 이런 식으로 공격하다간 시간만 질질 끌 것 같습니다. 차라리 계책으로 성을 공파할 방법이 없겠습니까?"

하지만 도응은 씁쓸한 웃음을 지을 뿐 아무 대꾸도 하지 않았다.

"그래도 이건 좀… 사상자만 점점 더 늘어……."

조심스럽게 얘기를 꺼낸 위연은 문득 무슨 생각이 났는지 말을 채 끝내지 않고 화제를 바꾸었다.

"주공, 말장이 형주 군중에 있을 때 동료들과 크게 불화했지만 유일하게 허물없이 지낸 친구가 있었습니다. 그의 이름은 진취로 황조 휘하에서 도위를 지내고 있었습죠. 지난번 황사를 심문하다가 진취가 여전히 황조 군중에 있고, 박망 전투 때 완성을 지키고 있다는 말을 우연히 들었습니다. 이는 진취가 황조에게 자못 신임을 받고 있다는 뜻이니 말장이 한 번……."

"너무 서둘 것 없소. 그 얘기는 나중에 합시다."

도응은 고개를 가로저으며 위연의 말을 끊고 차근차근 설명했다.

"그보다 먼저 지금 대국이 어떤지 유심히 살펴볼 필요가 있소. 적은 견고한 완성에 틀어박혀 전혀 나오지 않고, 열양과 극양에서도 성문을 꽁꽁 걸어 잠근 채 미동도 하지 않고 있소. 이런 상황에서 열양과 극양을 공격한다고 완성에서 구원을 나와 틈을 보일 리 없고, 게다가 이는 군사가 분산되는 역효과만 날 뿐이오. 이런 이유 때문에 지금 난 어쩔 수 없이 고육지책을 쓰고 있는 것이라오."

도응은 길게 한숨을 내쉬고 자세를 고친 뒤 계속 말을 이었다.

"우리가 유일하게 공략할 수 있는 적의 약점은 바로 사기요. 전투력과 병력, 사기 모두 우리가 월등히 앞서고 있지만 적이 일심 단결해 성을 지키는 이유는 바로 견고한 완성을 믿기 때문이오. 따라서 이 믿음을 깨뜨리기만 한다면 제아무리 철옹성이라 해도 오래 버티기 어렵소. 이제 왜 내가 희생을 무릅쓰고 정면 돌파에 나섰는지 이유를 알겠소? 참, 이 작전이 주효한다면 언제든지 완성과 외부의 연락을 차단해 적의 사기를 완전히 무너뜨릴 방법을 이미 강구해 두었소이다."

"네? 언제든지 저들과 외부의 연락을 끊을 수 있다고요?"

위연은 깜짝 놀라 멍한 표정을 짓더니 이내 자신들이 육수에 세운 수책이 생각나 다급히 물었다.

"혹시 아군이 아무 때나 육수 하류에 수책을 세울 수 있음을 이르는 것입니까? 그럼 왜 지금 당장 손을 쓰지 않으십니까?"

도응은 완성에서 날아온 우전을 손가락으로 가리키고 웃으면서 말했다.

"바로 저 화살 때문이오. 육수 항로의 이점을 가진 황조는 무기 보급에 걱정이 없다고 여겨 함부로 궁전을 낭비하고 있소. 하지만 해자를 메우고 있는 아군과의 거리가 너무 멀고, 또 아군의 대형이 분산돼 있어서 화살 공격의 효과는 그다지 크지 않소. 화살은 적군이 개미처럼 성벽을 기어오르고 밀집된 대형을 이루었을 때에야 비로소 위력을 발휘하는 것이오. 그래서 난 지금 적이 화살을 물 쓰듯 쓰게 해 화살이 다 떨어지길 기다리는 중이라오. 그때 돌연 수로를 끊고 보급이 절단된 성을 공격하면 완성도 쉬이 공파할 수 있소. 물론 적의 구원병이 들이닥칠 때까지 시간이 별로 없겠지만 우리 군대라면 충분히 가능하지 않겠소?"

위연은 멍한 얼굴로 도응을 바라보며 그의 치밀한 계산에 혀를 내둘렀다.

위연이 말을 잇지 못하고 있을 때, 마침 전령 하나가 화급히 달려와 형주군 일단이 서문을 통해 완성을 나와 서주군 측면 공격에 나섰다고 보고했다. 여유로운 표정의 도응은 다감하게 위연의 어깨를 두드리며 말했다.

"문장, 이제 그대가 나설 차례가 왔구려. 본부 인마를 이끌고 가 적을 섬멸하고 성안 형주군의 사기를 꺾어놓으시오."

서주군이 공성에 나선 이틀 동안, 완성 수비군의 화살은 어림 잡아 절반이 넘게 소모되었다. 드디어 때가 왔다고 여긴 도응은 한밤중에 서황에게 2만 군사를 이끌고 완성 남쪽으로 남하해 밤새 수책을 세워 육수 남북 연결로를 차단하라고 명했다. 완성의 수비군과 육양에 주둔하던 문빙이 이를 알아챘을 때는 이미 늦은 뒤였다. 만반의 준비를 갖추고 있던 서주군은 물가에 영채까지 세워 수책을 보호하면서 물살이 느린 곳에 첫 번째 수책과 부교를 이미 건설했고, 빠른 속도로 다음 수책과 부교 여러 개를 세우는 중이었다.

대경실색한 황조는 급히 소비에게 출동해 수책을 무너뜨리라고 명했다. 그런데 소비는 성을 나가자마자 조운 기병의 기습 공격을 만나 처참하게 패배하고 어쩔 수 없이 성안으로 퇴각했다.

문빙 역시 서둘러 수륙 양군을 이끌고 북상해 수책 파괴에 나섰다. 이에 서황은 국종에게 벽력거로 형주 수군의 선단을 포격하라 명하고, 자신은 육지에서 문빙의 군대를 맞이하러 달려갔다. 야전에서야 형주군은 서주군의 상대가 되지 않는지라 문빙의 분전에도 불구하고 몇 차례 접전에서 모두 패해 몸을 돌려 달아났다. 승세를 탄 서황은 패주하는 적군의 뒤를 쫓으며 많은 군사를 살상했다. 형주 수군도 육수의 좁은 수로를 지나다가 서주군의 벽력거 공격을 만나 배들이 산산조각 나고 말았다. 수륙 공격에서 모두 실패한 문빙은 육양으로 퇴각해 즉각 유표에게 구원을 요청했다.

이처럼 완성이 철저히 고립되고 사기가 크게 저하된 틈을 타 도응은 공격의 고삐를 더욱 바짝 죄었다. 보급로가 끊겨 더 이상 화살을 공급받을 수 없게 된 형주군은 서주군의 총공세를 근근이 막아내는 데 급급했다.

양군이 치열하게 공방전을 벌인 지 이레째 되는 날, 해자가 거의 메워진 데다 언제 양양의 수군이 들이닥칠지 모르는 상황인지라 마침내 도응은 일거에 완성을 취하기로 마음먹었다. 그리하여 내일 있을 결전 준비로 한창 바쁘던 이경 때쯤, 뜻밖에 강동 전선을 관할하던 노숙에게서 급보가 도착했다. 편지의 내용인즉, 원술이 병사하고 그의 아들 원요가 자리를 계승해 현재 원술군 내부가 어지러운 국면을 맞이했으므로 이 틈을 타 원술 세력을 쓸어버리겠다며 도응에게 허락을 요청해 왔다.

"노숙에게 회신을 보내 잠깐만 참으라고 전하시오."

도응은 깊이 생각하지도 않고, 또 가후와 유엽 등을 불러 상의하지도 않은 채 진응에게 분부했다.

"그리고 노숙더러 사신을 보내 내 명의로 원술 영전에 조문하고, 원요가 만약 원술을 여남 고향에 안장하고 싶다면 우리가 적극적으로 협조한다고 이르라 하시오."

진응은 명에 답한 뒤 궁금증이 들어 물었다.

"원술을 여남 조상 묘에 안장하도록 허락하는 것이야 이해되지만 원술이 막 세상을 떠나고 원요가 자리를 이어받은 지금이야말로 단숨에 완릉과 예장을 취할 절호의 기회입니다. 그런데 왜 노숙의 진공 요청을 불허해 앉아서 호기를 놓치려 하십니까?"

도응이 웃음을 띠며 대꾸했다.

"그 이유는 우리의 전략적 목표가 여전히 북쪽 전선이기 때문이오. 천하를 삼분하면 서주, 연주, 청주, 예주가 하나요, 기주, 유주, 병주가 또 다른 하나이며, 나머지 땅을 뭉뚱그려 하나로 묶을 수 있소. 이런 상황에서 양주의 자투리땅을 얻기 위해 대량의 병력과 전량을 소모한다면 어찌 낭비가 아니겠소? 또한 아군은 해마다 전쟁을 치르느라 전량이 그리 여유롭지 못하니 꼭 필요한 곳에 써야만 하는 것이오."

진응이 무슨 말인지 알겠다며 고개를 끄덕이고 노숙에게 보낼 편지를 쓰려는데,

"급보입니다!"

장막 밖에서 갑자기 호위병 하나가 헐레벌떡 뛰어 들어와 도응 앞에 무릎을 꿇고 아뢰었다.

"주공, 잠시 전에 황조가 돌연 완성 서문과 북문을 열더니 군사를 이끌고 서남쪽의 열양 방향으로 달아나고 있습니다!"

이 말에 도응은 진응을 보고 미소를 지은 뒤 호위병에게 물었다.

"완성 안에서 불이 일어났느냐?"

"아닙니다."

도응은 안도의 한숨을 내쉬고 즉각 명을 내렸다.

"속히 조운에게 가서 기병을 이끌고 적의 뒤를 추격하라고 전해라. 또 뒤를 이어 후속 병마를 보내야 하니 전군에 소집 나팔을 불어라."


이때 사실 완성 수비군에게는 일전을 겨룰 충분한 힘이 남아 있었다. 성내에는 여전히 양초와 물자, 무기가 충분했을 뿐 아니라 해자가 메워지고 양마성이 파괴됐다고 하나 가장 중요한 성벽은 크게 부서지지 않아 전체적인 손실은 너끈히 감당할 만한 수준이었다. 계속 싸워 나간다면 성을 지킬 희망이 전혀 없지 않았고, 최소한 서주군에게 큰 손상을 입히며 시간을 질질 끌어 원군의 출동을 기대해 볼 수 있었다.

하지만 싸움은 사람이 하는 것. 아무리 견고한 방어 시설을 갖추고 수비군이 많다 해도 병사들에게 사기와 투지가 없으면 무용지물인 법이다. 육수 수로가 서주군에게 차단됐다는 소식을 들은 완성 수비군은 끝내 성이 고립되지 않을까, 하는 두려운 마음을 품기 시작했다.

이레 넘게 이어진 공격에도 서주군이 성을 공파하지 못했지만 야금야금 성을 돌파하기 위한 기초를 다져갔다. 이에 사기가 심각하게 꺾인 형주군은 결국 위아래 할 것 없이 모두 완성을 지킬 수 있다는 희망을 잃었고, 많은 장사가 그저 성을 버리고 달아날 궁리에 몰두했다.

여기에 형주군이 성을 포기하는 데 결정적인 역할을 한 두 가지 요인이 더 있었다. 서주군이 공성에 나선 첫날, 진취는 황조의 명을 받아 성을 나갔다가 위연 대오의 통렬한 반격을 만나 결국 포로로 잡히고 말았다. 의리를 중시하는 위연은 전에 진취 덕에 서주군에게 투항했던 은혜를 잊지 않고 직접 그를 도응 앞으로 데리고 가 용서를 청했다. 도응도 이에 흔쾌히 응하고 그 자리에서 진취에게 투항을 원한다면 서주군 진영에 머물고, 원하지 않는다면 완성으로 돌려보내 주겠다고 약속했다. 진취는 형주에 두고 온 가솔이 걱정돼 도응에게 자신을 완성으로 돌려보내 달라고 간청했다. 위연은 친히 진취를 완성 아래까지 배웅하고 눈물을 흘리며 석별의 정을 나누었다.

이리하여 진취가 무사히 성으로 돌아옴으로써 완성 수비군의 사기에 더 큰 영향을 미쳤다. 누구도 완강히 저항하다가 헛되이 목숨을 잃길 원하지 않자, 황조도 진취를 어떻게 처벌해야 할지 몰라 매우 난감해했다.

결국 그는 괴월의 건의에 따라 진취가 포로로 잡힌 후 벌어진 일에 대해 일절 추궁하지 않았고, 그렇다고 투항을 거절한 일에 대해 상을 내리지도 않았다. 하지만 이 일로 인해 완성 수비군의 투지는 크게 꺾였고, 군중에서는 서주군이 인애(仁愛)하다는 소문까지 돌아 군심은 더욱 동요하고 말았다.

물론 이보다 더 결정적인 이유는 따로 있었다. 목숨을 아끼는 황조와 괴월이 완성을 지키기 어렵다는 데 의견 일치를 보았다는 사실이다. 수로가 봉쇄된 상황에서 육지에 아무리 군사가 많다 해도 용맹한 서주군의 적수가 되지 못하므로 끝까지 싸우다가 헛되이 목숨을 잃느니 차라리 완성을 버리고 남쪽으로 철수해 힘을 보존하는 것이 낫다고 생각했다. 성을 지키는 장수들이 이러했으니 사병들이 성을 버리고 달아나는 것은 너무도 당연했다.

『전공 삼국지』 15권에 계속…

# 초대형 24시 만화방

**신간 100%, 샤워실, 흡연실, 수면실(침대석), 커플석, 세탁기 완비**

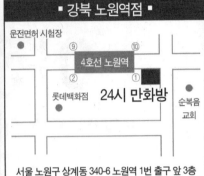
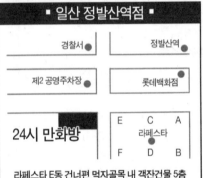
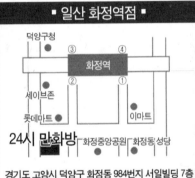
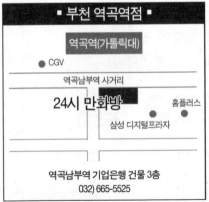
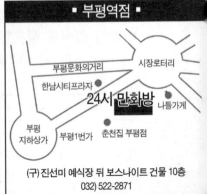

강준현 장편소설
FUSION FANTASTIC STORY
인생을 바꿔라
『복수의 길』, 『개척자』 강준현 작가의
2016년 신작!
자신이 무엇인지 알지 못하는 정신체, 염.
세상을 떠돌며 사람의 몸속으로 들어가
에너지를 얻고 나오길 반복하던 어느 날.
사고로 인한 하반신 마비, 애인의 이별 선언,
삶에 지쳐 자살하려는 김철의 몸에 들어가게 되는데…….
"뭐, 뭐야! 아직도 못 벗어났단 말이야?"
새로운 삶을 살리라,
정처 없이 떠돌던 그의 인생 개척이 시작된다!
"어떤 삶인지 궁금하다고? 그럼 한번 따라와 봐."
Book Publishing CHUNGEORAM
유행이 아닌 자유추구 -
WWW.chungeoram.com

# 궁극의 쉐프

## 가프 장편소설

### FUSION FANTASTIC STORY

태초의 우물에서 찾은 사막의 기적.
사람의 식성과 식욕을 색으로 읽어내는 능력은
요리의 차원을 한 단계 드높인다.

## 『궁극의 쉐프』

요리란!
접시 위에 자신의 모든 것을 담아내는 것.

쉐프란!
그 요리에 자신의 가치를 증명하는 사람.

*"요리 하나로 사람의 운명도 좌우할 수 있습니다."*

혀를 위한 요리가 아닌, 마음을 돌보는 요리를 꿈꾸는
궁극의 쉐프 손장태의 여정이 시작된다!

Book Publishing CHUNGEORAM

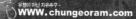

유행이 아닌 자유추구 -
WWW.chungeoram.com

철순 장편소설
FUSION FANTASTIC STORY

# 괴물
# 포식자

지구 곳곳에 나타난 차원의 균열.
그것은 인류에게 종말을 고하는 신호탄이었다.

## 『괴물 포식자』

괴물을 먹어치우며 성장한 지구 최강의 사내, 신혁돈.
그는 자신의 힘을 두려워한 인류에 의해
인류의 배신자라는 낙인이 찍히고 죽게 되는데…

[잠식이 100%에 달했습니다.]
[히든 피스! 잠들어 있던 피닉스의 심장이 깨어납니다.]

불사의 괴물, 피닉스의 심장은
신혁돈을 15년 전으로 회귀하게 한다.

**먹어라! 그리고 강해져라!**
**괴물 포식자 신혁돈의 전설이 시작된다!**

Book Publishing CHUNGEORAM

유행이 아닌 자유추구 -
WWW.chungeoram.com